그 남자의 연애사

그 남자의 연애사

한창훈 소설

문학동네

일러두기

초판 1쇄에 실린 단편 「그 남자의 연애사」를 2쇄부터 수록하지 않습니다. 작가가 실존인물에게 사전 허락을 받아 취재하고 작품을 집필하였으나, 단행본 출간 후 자신의 개인사가 더이상 알려지는 것을 원치 않는다는 그의 뜻을 존중해 수록하지 않기로 결정했습니다.

차례

뭐라 말 못할 사랑

약속시간보다 삼십 분이나 일찍 청년은 찾아왔다.

항구 사창가 근처에서 점집을 하고 있는 내 도사 친구의 설명대로 그는 불안해 보였다. 무어든 곧바로 들이대고도 남을 정도로 번들거리는 눈빛이 그랬고 잘 다물어지지 않는 입이 그랬고 발을 끊임없이 떠는 것도 그랬다. 얼굴의 붉은 기운도 건강의 표시로는 보이지 않았다. 이렇게 거듭 도사를 찾아온다는 것만으로도 심각한 상태라는 증거가 되겠지만, 전반적으로 좀 얼떠 보이는 모습은 최근에 생긴 현상 같지는 않았다. 입성 또한 허름해서 바지는 낡았고 양말도 떡이 져 반들반들했다.

그는 들어오자마자 내 친구를 노려보았다. 친구는 천천히 고개를 저었다.

"못 찾았단 말이요?"

"이미 자네가 찾을 수 있는 그런 사람이 아니야."

"그것이 뭔 말이요? 내가 도사님한테 그런 것 물어봤소? 어디 있는가만 가르쳐달라고 그랬지."

그는 당장이라도 한판 붙자는 태세였다.

"일없어. 깨끗하게 포기해."

"난 찾는단 말이요. 무조건 찾는단 말이요."

"말귀 못 알아듣네. 용을 써도 못 찾아. 자네하고는 인연이 끝났어."

"못 찾는 것은 도사님 아니요? 자기가 못 찾으니께 인연이 어쩌고 저쩌고하는 것 아니요?"

"허."

"사람 하나도 못 찾아내는 그런 귀신 데리고 점치는 장사를 하요?"

친구는 기가 막혀 대답도 못 하고 나에게 이것 보라는 시늉을 했다. 내가 보기에도 청년의 우격다짐은 정도를 지나치고 있었다.

"말 함부로 하는 것 아니야. 그리고 나보다는 여기 이분이 도움이 될 거야."

"이 양반도 도사요? 쎄요? 찾아줄 수 있소?"

"주둥이에다가 예초기를 달았나…… 여기 이분은 작가인데, 자네 사연 때문에 내가 특별히 오시라고 했어. 조금 전에 멀리 서울서 오셨어. 내가 몸 상태가 안 좋으니 이분을 따라가서 자세히 말씀드려."

친구는 그래놓고 젖은 휴지처럼 보료에 누워 숨을 몰아쉬었다. 나는, 도사도 아니고 사람을 찾는 능력도 없지만, 보아하니 제대로 먹지도 못한 것 같으니 밥은 한 끼 살 수 있다고 말했다.

"밥 먹는다고 사람이 찾아지요?"

"자네 이야기 들어보고 글로 써서 잡지 같은 곳에 실어줄 거야. 읽는 사람들이 전국에 많아서 봤다는 연락이 올 수도 있어."

친구는 덧붙이며 나를 향해 손을 내저었다. 어서 데리고 나가라는 소리였다. 청년은 그렇다면, 하는 표정으로 순순히 일어서며 이왕 사줄 거면 고기 좀 사달라고 중얼거렸다. 나는 친구를 쉬게 하기 위해서라도 얼른 그를 데리고 나가야 했다.

그는 고기 익기 전부터 부어주는 대로 술을 받아마셨다. 외롭거나 위기에 몰린 사람들에게는 흔히 독백체의 말투와 사람을 정면에서 빤히 바라보는 버릇이 있는데, 그가 그랬다. 너무 많은 총알을 가지고 있는 총처럼 그는 열에 들떠 이야기를 시작했다. 사연은 이랬다.

항구를 벗어나면 이런저런 섬이 강냉이 튀겨놓은 듯 흩어져 있다. 그는 그중 제법 떨어진 어느 섬 안에서도, 몇 가구 옹기종기 살다 죽거나 떠나거나 하여 담배 하나 피울 동안 걸어도 이웃집까지는 아직 거리가 남은, 그런 집에서 살았다.

어머니는 세상을 뜬 지 몇 년 되었다. 어머니가 죽자 아버지는 중풍의 방문을 받아 자리보전하고 누웠다. 중풍은 치매를 부록으로 데리고 왔다. 부모는 그에게 지붕 낮은 집과 오소리 낯바닥만한 밭뙈기와 당장 가라앉는다 해도 이상할 것 없는, 작고 낡은 배 한 척을 남겨놓았다. 그것을 밑천으로 아비의 죽을 쑤고 제 밥을 해 먹었다.

그는 외로웠다.

파도의 고달픔, 배추밭 몇 이랑의 수고로움, 어제저녁에도, 오늘 아침에도, 조금 전에도 밟았던, 똑같은 길의 무료함, 환자 뒷수발의 시달림, 툭하면 근이 발기하여 뭔가를 찾아 끈덕거리는, 그런 외로움의 총화 속에서 살았다.

벌이가 딱 하나 그것이라 그물질을 안 할 수 없고 반찬거리가 딱 그것이라 호미를 안 들 수 없었다. 또래들처럼 도시 뒷골목도 좀 쏘다니고 당구도 좀 쳐보고 토할 정도로 마셔도 보고 방구석에서 빈둥거려봐도 되는 스물여덟 청년이 병든 노인네 수발하면서 그렇게 산다는 것은 확실히 혹독한 데가 있었다. 그러니 그는 수음을 자주 했다.

"날마다 아부지가 옆방에서 다 죽어가는 신음소리를 내고 있는디, 그 소리 듣기 싫어서 허구헌 날 갱번(바닷가)에 내려가서 딸딸이를 쳤소. 씨벌. 그것 말고는 방법이 없습디다. 어떨 때는 하루에 네 번도 쳤소. 한 잔 더 주십시오, 아저씨랑 말을 한께 술이 달디다요."

되는대로 마구 내뱉는 폼은 못 배운 사람의 특징이라 하겠지만 참으로 모처럼 만나보는 생날것 스타일이기도 했다. 나는 웃었고 사람들은 이쪽을 힐끔거렸다. 그사이 고기는 익었다.

그는 바다의 사나이답게 굵은 팔뚝을 지니고 있었다. 필경 그물 던지고 밧줄을 당기느라 단단해졌겠지만 두서없이 씨불이는 대로 하자면 잦은 수음으로 인해 생긴 근육일 수도 있어서 나는 자꾸 웃었다.

밤마다 그의 정액은 갯바위에 떨어졌다. 간음의 대상이 없는 이가 선택한, 바다에 대한 성적 모욕이고 어리광이자 호소였다.

"니미, 오줌보다 좆물이 더 빨리 들어찹디다."

몇 잔 술에 그는 목소리가 더 올라갔고 이곳으로 모이는 눈초리도 더 많아졌다. 사람들이 경계와 멸시의 눈초리로 이쪽을 바라보는 것은 단지 청년의 목소리가 크기 때문만은 물론, 아니었다.

하지만 수음이 도대체 어떻다는 것인가. 저 먼 곳에는 왕의 무덤을 또렷한 삼각뿔로 만드느라 기운 다 써버린 사막나라가 있다. 몹시 오래전 그 마을 맨 처음 생겨난 이야기에 따르면, 존재하지 않아서 완전한 존재였다고 떠받들린 신(神)이 하나 있었는데, 그이는 시간이라는 것이 없었을 때 이마빡에 혼돈이라고 적어놓은 어미의 가슴을 찢고 세상에 나왔단다.

자기 의지로 나오기는 했지만 친구도 없고 이웃도 없었다. 너무 적적하여 뭔가 있으면 좋겠는데 누구처럼 무어무어가 있으라, 말 한마디로 만들어보자니 너무 쉽게 만들어놓으면 애정이 안 갈 것 같기도 하고, 혹 능력이 달리는 부분도 없지는 않아 생각해낸 방법이 제 몸을 이용한 것이었다.

글쎄, 수음으로 세상 만물을 창조한 것이다. 움켜쥔 손과 일체가 되고, 자신의 그림자와 포옹하고, 입에다가 자신의 씨를 쏟아넣어 모든 것을 만들어냈다는데, 혼신의 힘을 쓴 이들이 흔히 그렇듯, 파트너가 없다는 게 그렇듯, 막판에는 공연히 눈물도 났는데, 그 눈물방울에서 문득 사람이 솟아나왔다고 한다.

하여, 그 의견을 좇으면, 태초에 딸딸이가 있었다는 말이다. 그 말이 맞다면 우리는 그 양반이 싸질러놓은 것 위에 살고 있는 셈이다. 정액 위에서 집을 짓고 밭을 갈고 잠을 자며, 정액 위에서 유목과 항해를 하고, 정액 위에서 결혼하고 아이를 낳고 간음을 하는 것이고 결국 그 자리에 무덤을 만드는 것이다.

내친김에 그 마을에서 북쪽으로 좀더 가보면 예전에는 아주 화려하게 고민하며 한세상 살았다는 주민들이 나온다. 그 동네 늙은이들 지

껼이는 것도 들어보면, '비너스'라 불리는 극히 아름다운 한 여자는, 제 아비 갈가리 조각났을 때 정액 몇 방울 바다에 떨어졌는데 그때 생겨난 거품을 태반으로 삼았단다. 그 시절 뭐 좀 만들었네 하는 신들께서는 아주 대놓고, 그렇게들 쏘아대고 줄줄 흘렸다는 소리이기도 한데, 하긴 신보다 더 무모하면서 처절한 존재가 어디 있겠는가.

자식은 부모를 닮는 법. 그렇기 때문에 사람들은 그렇게들 열심히 팬티 속에 손을 집어넣는다. 책, 숟가락, 운전대, 안경, 곡괭이, 식칼, 형사재판 판결문, 컴퓨터 키보드 따위를 만지며 하루를 보낸 손이 마침내 찾아가는 곳이 그곳인 것이다. 그 행위의 끝에는 편안과 허탈과 피로가 준비되어 있어 비로소 몸을 누이며 잠을 청할 수 있는 것이다. 그러니 자위행위로부터 자유로운 자, 어디에 있겠는가. 경멸의 눈초리로 이쪽을 노려보는, 저 근엄한 교장선생풍의 영감이야말로 이 식당에 모인 사람들 중에 가장 많은 횟수를 기록하고 있을 것 아니겠는가.

한마디 해보자면, 이중에서 팔 짧아 한 번도 제 물건을 만져보지 못한 자만이 이 사람을 째려보라, 부드러움으로 스스로를 증명해내는, 임포나 불감의 근을 달고 있는 자만이 침을 뱉어라, 할 만했지만, 청년의 경박 또한 만만찮았기에 목소리나 좀 낮추라고 이르는 게 우선해야 할 일이었다.

아무튼, 그는 짧은 쾌감과 긴 허무함으로 날마다 몸을 떨었다. 이 쌍년의 바다야, 내 물이나 받아 보태거라, 해보았댔자 그게 어리광이든 모욕이든 간에 대상은 워낙 광(廣)하고 활(闊)하며 대(大)해서 눈썹 하나 까딱하지 않았다. 이쪽에서 아무리 감자를 먹여도 저쪽이 산처럼 떡하니 반응 없으면 부끄러워 붉어지는 것은 이쪽의 주먹일 뿐이다.

그는 머리 숙이고 집으로 돌아가곤 했다. 그리고 씨톨이 간이 밴 채 두리둥실 떠다니다가 물고기의 입으로 들어간 다음 그물 걷으러 가곤 했다. 그러고 보면 자신의 씨톨들을 밑밥 삼아 어장을 한 셈이었다.

바람 몹시 부는 날이 있었다. 거센 남동풍이 벼랑을 만나 솟구쳐오르던 밤, 꿈자리가 불편했다.

용두질치던 갯바위가 뜬금없이 쩍 벌어지고 그 속에서 무슨 꽃 같은 것이 피어오르는데, 장미 같기도 하고 해당화 같기도 하고 호박꽃 같기도 했다. 비바람 몰아치자 꽃잎이 마구 흩어졌다. 바다는 목욕탕처럼 김이 푹푹 피어났고 천둥도 시끄럽게 울어댔다.

그는 뺨 맞은 듯 잠에서 깨었다. 덜컥 겁이 났다. 용왕이 나타나 모가지 그러잡고, 니가 내 집에다가 날마다 물을 쏘던 그놈이냐, 이럴 것만 같아서 한번 내려가보지 않을 수 없었다.

아직 날이 새지 않아 주변은 어두웠고 꿈속에서처럼 바람과 파도가 사나웠다. 절벽에 부딪쳐 튕겨나온 바람이 하늘로 솟구치면 검푸른 어둠 부스러기들이 소나기처럼 쏟아져내리는 그곳에서 그는 흠칫, 발을 멈췄다. 갯바위 옆 몽돌밭에 뭔가가 쓰러져 있었던 것이다. 사람이었다.

아따, 진짜 놀랐어라우. 벌벌 떨리면서 피잉, 머리가 돕디다. 그 시간 거기에 누가 있겄소, 귀신 아니믄 시체지. 근디 사람이였어라우. 여자였소. 긴 생머리를 한 채 홀랑 벗겨져 있습디다.

숨은 간신히 붙어 있드만요. 우선 살려놓고 봐야 쓰지 않겄드라고요? 이렇게 보듬어갖고 집으로 왔소. 하나도 안 무겁습디다. 그것을 방에다가 눕혀뒀는디 가슴이 방망이질을 침서 뭘 어찌해야 좋을지 통 몰르겄습디다. 이것이 워쩐 일이다냐, 워쩐 일이다냐, 이럼서 공연히 변소로, 텃밭으로 빙빙 돌았소.

무슨 배 하나 지나가다가 파도에 뒤집어졌는디 간신히 혼자 살어난 것 같습디다. 얼마나 다행이요. 가만있어라, 그렇다믄 하늘이 나를 불쌍하게 여겨서 여자를 하나 보내준 것인가? 내가 얼마나 불쌍했으믄 아예 홀랑 벗겨갖고 보내줬을까, 싶어 하늘에다가 인사도 했어라우. 아이고, 고맙습니다, 감사하게 잘 받겄습니다.

이쁩디다. 씨팔, 진짜 이쁩디다. 미스코리아 같은 것들은 칼 물고 뒤로 자빠지게 이쁘게 생겼습니다. 내가 여자 구경도 잘 못하는 팔자지만 못생긴 것을 이쁘다고는 안 하요. 진짜 이뻥게 자꾸 봐지는디, 어디 얼굴만 봐지겄습디여? 그냥 다 보이는디요.

그는 돌연 내 얼굴을 빤히 쳐다보았다. 나는 수긍해주었다. 그는 손을 들어 갈퀴처럼 해 보였다.

젖이 요만합디다. 크지도 작지도 않은디, 단단하기가 모개(모과) 같습디다. 젖꼭지도 딱 요만하고. 어깨가 벌어지고 허리는 늘씬하니 잘록하고. 배에 근육이 붙어 무슨 운동선순질 알았소. 그 있잖소? 올림픽 같은 데서 달리기 여자선수들 보믄 배에 왕짜가 패져 있잖애라우? 아마 운동을 많이 해서 안 빠져 죽고 살아났는가 싶습디다.

"저기 말이요, 혹시 말을 듣고는 있는 것 같애서 하는 말인디요, 하여간 살어는 났소. 여기가 저승은 아닌 게 걱정 말고요, 저 뭐시냐, 나보고 옷을 벗겼다고 하겄지라우? 나는 아니요. 집구석에 여자는 하나도 없응게 여자 옷도 없지라우. 그래서 내 빤스라도 하나 입혀준다 이 말이요."

도저히 참을 수 없다는 얼굴의 영감께서 주인을 불렀고 주인은 굳은 표정으로 우리를 찾아왔다. 그즈음 해서 나는 장소를 옮기기로 했다. 바람도 좀 쐬며 입과 귀도 좀 쉬게 할 생각이었다. 아까운디. 그는 남은 고기를 한꺼번에 집어 씹었다. 이야기는 좀 한적한, 칸막이가 되어 있고 음악이 나오는 호프집에서 이어졌다.

아따, 여기는 시원하니 좋습니다요. 맥주도 괜찮어요. 이렇게 자꾸 얻어묵어서 괜찮을란가 모르겄네요. 안주는 아무것이나 상관없구만이라우. 사장님 좋으실 대로 시키시오. 가만있자. 어디까지 말했드라. 아, 맞소.

히히. 참말로, 고것도 이삐게도 생겼습디다. 늘씬한 허리 아래로 아주 딱 보기 좋을 만한 아랫도리가 붙었는디, 조갑지는 쬐끄만하고 털도 부들부들하고…… 아이고 엄니, 나 못살겄네, 오매 천불이여. 저기, 아예 큰 것으로 한 잔 주시오.

여자 거기는 몇 번 봤단 말이요. 아까 그 도사님 살고 있는 거기 그 똥방(사창굴)에를 몇 번 와봤습니다요. 돈 없는 섬놈이 거기 아니믄 어디서 여자 거기를 구경하겠소. 하여간, 저기 똥치들은 일 년 삼백육십오 일 날마다 몇 번씩 그짓을 해서 거기가 너덜너덜하잖애라우? 근디 이 여자는 너무 깨깟했어라우. 색깔도 얇은 분홍색이고. 눈깔 확 돌아불겄습디다.

그 대목에서 그는 입을 다물었다. 주문한 술이 와서가 아니었다. 눈빛이 점차 흐려지더니 마치 발작처럼 빈주먹을 꽉 쥐고 눈을 질끈 감았다. 금방이라도 눈물을 흘릴 것 같은 비통한 모습이었다. 무슨 사연인지 들어나보자, 했던 나는 장난스러운 마음을 비질해서 치워버렸다. 뭔가를 착각했거나 생각이 모자라거나 하는 것과 상관없이 이 비통한 모습은 최소한 스스로에게 진실되다는 것을 뜻하지 않겠는가. 그는 흐리게 눈을 뜨고는 나를 정면으로 바라보았다.

정말이지, 너무 생각이 나요. 너무 보고 싶어서 나가 꼭 죽겄단 말이요. 내 맘 아시겄소? 씨발, 죽어불든 그 여자를 찾을 수가 없어서 죽지도 못하고. 고 가시내, 내 여자…… 사장님, 선생님. 나 그 여자 꼭 찾을 건디, 찾을 수 있겄지라우?

나는 담배 한 대를 권했다. 담배가 세상에 있다는 것은 이럴 때 미덕이었다. 미덕은 연기 덕분이다. 그는 받아 피웠고 담배 한 대 정도의 맺히고 복잡한 심정을 향 살라 올린 다음 말을 이었다.

빤스 입히다 말고 멍하니 들여다보고 있는디 여자가 눈을 번쩍 뜨등만요. 그러고는 순간 내 가슴을 팍 밀어붙이는디, 월매나 힘이 쎈지 내가 저만큼 툭 나가떨어져부렀소. 고것도 부족해서 와락 달려들어 모가지를 물어뜯습디다. 모가지가 순간 끊어질라고 그럽디다. 다 죽어가던 여자가 느닷없이 그러니 얼마나 놀랐겄소. 이러지 마, 나 암짓도 안 했어. 간신히 밀쳐놓았는디 이빨에서 번쩍하고 빛이 다 납디다. 나를 통째로 으득으득 씹어불 것만 같습디다. 앞뒤 안 보고 후다닥 튀어 도망갔소. 따라나오지는 안 합디다.

그는 셔츠 한쪽을 내려 목을 보여주었다. 아닌 게 아니라 그의 오른쪽 목과 어깨가 닿은, 오랜 뱃일로 다져진 근육 부분에 이빨 자국 같은 게 남아 있었다. 흉터로 보아 조금씩 옮겨가며 두어 번 물어놓은 것 같았다. 나는 오호, 하는 표정을 지었다.

기가 막힙디다. 하필 이런 것을 보내줬나, 싶습디다. 한참 있다가 슬쩍 문을 열어봤소. 흐흐, 가시내도 참, 아 이렇게 고개를 숙이고 지 아랫도리를 내려다보는디, 암만해도 나가 거시기를 했나 살펴보는 것 같습디다.

"정신 드셨는개라우? 오해 마시요, 아가씨를 어찌 한 것도 아니고, 첨부터 빨개벗고 있었던 것은 그짝이고, 나는 빤스라도 하나 입혀줄라고…… 근디 뭔 여자가 힘이 그리 씨고 뭔 놈의 이빨이 그런다요? 나 명줄 끊어질 뻔했소."

암말도 안 합디다. 그냥 나를 빤히 노려보는디, 눈이 무슨 보석 같습디다. 아주 반짝반짝합디다. 쏙 빼서 팔믄 일억원은 받겄습디다.

무슨 일이 있었냐, 배가 뒤집어졌냐, 일행이 있었냐, 집이 워디냐, 하나씩 물어봐도 대답을 못 합디다. 너는 짖어라, 나는 안 들린다, 이럽디다. 아무래도 기억이 상실된 것 같습디다. 그저 거기 터럭만 만지작거립디다.

"안 했당게, 손도 안 댔당게요."

가시내가 느닷없이 터럭 하나를 쏙 잡아빼더니 비명을 지릅디다. 아프다고 말이요. 거기 터럭을 생짜로 잡아채믄 좀 아프요? 흐흐. 뭐한다고 터럭은 잡아빼고 염병을 하는지. 지가 잡아챈 것을 가만히 딜여다보다가 또 한번 잡아채고는 또 아프다고 뭐라고 소리를 질러대고. 몇 번 하다가 관둡디다.

그래서 그 여자랑 살게 됐소. 말 그대로 콧구멍 같은 집구석에 밑구녕 같은 나그네가 온 셈이었지라우.

다 이상하고 이상한디, 근디 워쩔 거요. 암말도 안 항게. 나는 차라리 그것이 더 좋았어라우. 정신이 돌아와서 집으로 가버리믄 월매나 서운하겄소. 툭하믄 물어뜯을라고 해서 무섭기는 하지만 집 안에 처녀 하나 있는 것이 좋기만 합디다. 보는 것만으로도, 있는 것만으로도 좋기만 합디다.

근디 이 여자가 말이요, 확실히 맛이 가기는 갔는지, 옷을 안 입드란 말이요. 입으라고 갖다놔도 입을 생각을 안 합디다. 가을이었는디, 작년에는 윤달이 들어 늦게까지 따시기는 했지만 그래도 워디 깨벗고 살아지겄소? 조석으로는 쌀쌀한디. 근디 하나도 추운 줄 모른갑습디다.

걷는 것도 잘 못했소. 일어설라고 하다가 픽 쓰러지고, 벽을 짚고 간신히 일어서서 애기들 걸음마하듯 비틀비틀하다가 또 픽 쓰러지고. 볼펜 쪼가리 같은 것 밟고는 죽는다고 끼약끼약 비명을 지르고.

그리고 툭하믄 고개 처박고 지 조갑지를 쪼물락거리기만 합디다. 참 나. 자기 것인디, 마치 남의 것 보듯 그럽디다. 마치 첨 본 것처럼 말이요. 그러니 죽어나는 것은 나였소. 사흘 굶은 놈한티 밥 한 그릇 차려놓고 눈으로 쳐다보기만 하라믄 더 돌아버릴 것 아니겄소? 씨발, 옆에는 죽어도 못 오게 하니께 말이요. 어떻게 좀 해볼라고 하믄 이빨을 번쩍, 해대니께.

그는 잠시 말을 멈추고 기억의 장막 너머를 들여다보는 듯했다. 한숨도 푹푹 내쉬었다. 나는 그의 잔이 다시 비었다는 것을 발견하고는 술을 추가시켰다. 맥주만도 벌써 삼천 시시를 넘기고 있었다. 얼굴이 붉어진 것 외에는 크게 취한 것 같지는 않아 보였는데, 하긴 저렇게 활활 타오르는 속불이 이것 몇 잔으로 꺼질 것 같지도 않았다.

밥도 안 묵습디다.

밥상을 채려줘도 이것이 뭔가, 바라보고만 있습디다. 숟가락을 손에 쥐여주니께 멀뚱하니 쳐다보다가 그냥 씹어불등만요. 쇠숟가락이 뚝, 부러집디다. 그때 이빨을 자세히 보게 되었지라우. 이빨이 두 줄로 났더란 말이요. 여기 위로 두 줄, 아래로 두 줄. 젖이 넷 달린 여자가 있다는 말은 들어봤어도 이빨이 두 줄로 난 여자는 들어보지도 못했어라우. 혹시 선생님은 들어봤어요?

이건 늑대나 곰이 사람으로 환생을 했나, 싶습디다. 숟가락 똥가리를 뱉드만 이번에는 국에다가 손가락을 집어넣고는 뜨겁다고 꿰꿰 비명을 지르고, 국그릇은 엎어지고.

그러다가 또 엉거주춤 벽 잡고 일어서더니 전깃불을 들여다봅디다. 백열전구 있잖소? 육십 촉짜리. 그 속에 뭐가 있나 싶은지 뽀짝 눈깔을 대고 있더니 휘청, 하면서 비틀거립디다. 눈이 컴컴해져버릴 것 아니요. 그러면서 뭐라고 이상한 소리를 지르며 눈깔을 비빈디, 그러고 나면 또 어지러워서 휘청거리고. 눈에서는 눈물이 줄줄 나고.

그러더니 그냥 오줌을 싸드란 말이요. 누런 오줌이 수도꼭지 튼 것처럼 주욱 나오는디, 방이 난리가 나부렀어요. 오줌발도 장난이 아닙디다. 다 싸고 나서 철푸덕거리는디 참 기가 멕힙디다.

애였어라우. 암것도 모르는 애기. 허 참, 사람이 상해도 이렇게 이상해질 수 있나 싶습디다. 나도 어디 가서 똑똑하다는 말은 못 듣고 살았지만 가시내는 아주 바보 천칩디다. 어쩌다가 이 지경으로 상해부렀을까, 기억이 상실되믄 밥 묵는 것하고 오줌 싸는 것까지 다 잊어부른 것이까요, 선생님?

그 여자가 집에 온 지 한 사흘 되었을 것이요. 배가 고픈게 뭔가를 자꾸 씹는 시늉을 냅디다. 얼굴이 홀쭉하니 들어가기도 했습디다. 아부지 저녁죽 멕이고 나서 가시내 밥을 또 갖다줬어라우.

"밥 좀 묵어보랑게. 숟가락 좀 뿐지르지 말고."

배는 고픈 것 같은디 손가락으로 밥을 꾹꾹 눌러보기만 합디다. 나도 한숨만 나옵디다. 나야말로 밥 생각 안 나서 소주병을 꺼내왔소. 종재기에다가 따르고 마시니께 또 빤히 쳐다봅디다. 하, 그 눈깔. 보석 박은 것처럼 이쁜 그 눈깔. 그 이쁜 눈깔로 지금은 뭘 보고 있을게라우. 혹시 딴 놈 쳐다보고 있을게라우?

"왜? 술은 땡겨?"

"……"

"아가씨는 말이여, 얼굴도 이쁘고 머리카락도 이쁘고 눈도 보석 같고 코도 오똑하고 입술도 이쁜디, 뭐 거기만 이쁘겄어? 젖도 이쁘고 허리도 이쁘고 거기도 이쁘고 다리도 이쁘고 똥구녕까지 모다 이쁜디 말이여, 그놈의 입, 말도 못 허고 이빨만 잔뜩 난 그것이 맘에 안 들구만."

"……"

"도대체 워디서 뭐하던 사람이간디 이 모양이 되어서 나한티 온 것이여?"

"……"

"제기랄, 벗고만 있으믄 뭐한다냐. 한코 줄 지를 아나, 밥할 생각을 하나, 묵을 줄을 아나…… 사돈 사타구니에도 들어가는 것이 손인디 옆에다 두고도 손을 못 대니 아가씨 때문에 내 배꼽 밑이 아주 곪을 대로 곪아부렀어. 니미."

"……"

"왜, 마셔볼 거여? 자 한잔 묵어봐. 이렇게 묵어야 써. 오물거리지 말고 그냥 꼴딱, 이렇게."

가시내가 잔을 받아들더니 내가 하던 대로 홀떡 넣습디다. 그러고는 사레가 들려 킥킥거리고 콕콕거리고, 히히히, 오만 인상을 쓰다가 더 달랍디다. 오냐, 니가 밥도 마다하고 국도 마다하고 딱 하나 술이라는 음식은 달라는구나, 그래, 이거라도 묵어봐라, 또 줬소. 몇 번 켁켁거리다가 잘 묵습디다. 얼굴이 불그죽죽해지니께 더 이쁘드라고요. 눈빛도 순해지고 볼도 빨개지고 젖도 빨개지고.

"어이 아가씨, 술이라는 것이 좋은 것이기는 한디, 많이 묵으믄 못 쓰는 것이여, 젊은 사람이 밝히믄…… 어어, 알았어, 알았다니께. 힘 좀 쓰지 마. 이빨 좀 닫어. 준다니께, 자, 잠깐, 지금 따르고 있잖어. 아따 참말로."

그렇게 여러 잔을 마셨소. 지가 취하지 별수 있겄소. 취했는디, 갑자기 무슨 노래 같은 것을 부릅디다. 하이구야, 그것은 말로 어떻게 설명 못 하요. 첨 들어본 노래지라우. 노래라기보다는 무슨 계이름 같은 것을 흥얼거리는 것 같기도 하고 휘파람 부는 것 같기도 한디, 사람이 완전 딴판입디다. 사람 목소리가 그렇게 곱고 좋은 건지 생각도 못 해봤소.

얼마나 애절한지 눈물이 다 납디다. 공연히 슬프고 괜시리 서럽고 그럽디다.

"어이, 아가씨. 말은 못 해도 노래는 하는구만. 근디, 무슨 노랜디 그리 슬퍼? 아주 사람 간장을 쥐어짜는구만이."

죽은 어메가 옆에 와 있는 것 같고 옛날에 죽은 할머니도 자꾸 생각나고 그러다가 한 번도 본 적 없는 사람들까지 다 그립고 보고 싶고, 내가 자꾸 어디 멀리로 가는 것도 같고…… 그래서 울었소. 흑흑 울다가 엉엉 울었소. 그년이 노래로 사람을 아주 죽여불라고 작정을 했습디다. 노래 듣다가 죽었다는 뉴스가 나왔다믄 그것이 나였을 것이요. 휘유, 세상 어디에 그런 노래가 다 있는지. 그 여자는 차력사 겸 가수였던 모양입디다.

나는 우는디 술에는 장사 없다고, 쓰러집디다. 아주 인사불성으로 떨어졌단 말이요. 흐흐. 말 안 해도 알지라우? 나 술 또 떨어졌소. 우리 안주 하나만 더 시키믄 안 되겄소? 솔직히 아까 그 도사님은 말도 잘 안 해주고 그래서 좀 거시기했는디, 사장님은, 사장님이라고 불러도 되지라우? 사장님은 술도 잘 사주고 말도 잘 들어주시니께 영 고맙소.

그래서 기회가 생긴 거요. 쌕쌕 숨을 내쉬며 곯아떨어졌으니께 인자는 오직 내 세상 아니겄소. 그날 처음으로 합궁을 했소. 좋습디다. 너무 좋습디다. 하늘로 날아갈 것만 같습디다.

그는 다시 말을 멈췄다. 빈 잔을 가지러 웨이터가 왔는데도 잠시 그

첫날밤으로 돌아가 있는 듯했다. 몸은 이곳에 있되 정신은 제 물건을 앞세워 그 여자 몸속으로 들어가고 있는 것 같았다. 그러다가 돈 훔쳐 나갔다가 석 달 만에 돌아온 막냇동생처럼 굴며 목소리를 낮췄다.

처녀였소. 진짜로…… 난 인자는 딴 여자랑은 죽어도 못 하겄소. 누가 와서 벌려줘도, 때려죽인다고 해도 못 하겄단 말이요.

그는 짧은 순간 다시 우울해져 있었다. 새 술잔이 다시 왔다. 우리 테이블 번호 아래에는 바를 정자가 몇 개 그려져 있을지 이젠 가늠조차 할 수가 없었다.

혹시 물지 몰라 모가지를 꽉 껴안고 했습니다요. 신음소리가 장난이 아닙디다. 손을 마구 내젓고 뭐라고 소리를 내는디, 그 소리도 흉내를 못 내겠단 말이요. 하여간 그렇게 해서 고 가시내는 내 여자가 되었소. 인자는 마누라가 됐응게 다시 사람을 만들어야 되지 않겄습니까. 옷도 입히고 걸음마도 시키고. 먼저 오줌 싸는 것부터 훈련시켰습니다요.

변소에 데리고 갔더니 코를 틀어잡고 끼약끼약 한바탕 난리를 치고는 죽어도 안 들어갈라고 합디다. 푸세식이거든요. 그래, 마당 구석에서 그냥 누게 해야 하는디, 이건 원 말이 안 통하니 어쩔 수 없이 내가 여자들처럼 쪼그려앉아서 오줌을 눴소.

"이렇게 하는 거여."

처음 몇 번은 누다가 픽 쓰러집디다만 눈치는 있어가지고 한자리에다가만 눕디다. 오줌발이 하도 쎄서 지금도 요만큼 패어 있소.

걸음마도 갈쳤소. 다 큰 처녀를 애기처럼 발등에 올리고 걸음마시킬 수도 없고 해서 대나무 잘 뻗은 거로 지팽이를 만들었지라우. 하나

가지고는 여전히 비틀거려 두 개를 만들었습니다. 흐흐, 볼만했소. 올림픽 같은 데서 나오잖애요? 스키선수들. 양쪽으로 지팽이를 잡고 죽어라 걸어가는 거 안 있소. 딱 그렇게 두 손에 지팽이를 집고 비틀비틀 걷기 시작했소.

다음날 아침에 그물을 걷으러 갔소. 가시내가 오고 며칠간 어장을 못 나갔응게 집에 묵을 것이 뚝 떨어졌지라우. 혼자 놓고 올리는 그물이라 많지는 않지만 그래도 몇 시간은 훌쩍 갔소. 참돔이랑 볼락이랑 좀 들었습디다.

돌아와봉게 난리가 났습디다.

가시내하고 아부지가 쌈이 붙었드란 말이요. 마당 한가운데에 둘 다 아랫도리를 벗고 서 있는디 가시내는 자빠라졌는지 이마가 까져 있고 아부지는 아부지대로 엉덩이에 똥이 범벅인 상태로 서로 노려보면서 악을 쓰고 있습디다.

보니께 플라스틱 지팽이, 고것 가지고 다툽디다. 노인네들 짚고 댕기는 것 있잖소. 가시내가 고것이 탐났던 모양이지라우. 노인네가 비실비실 걸어가 자기 것이라고 지팽이를 뺏고는 웨엘웨엘 소리를 지르믄 가시내는 가시내대로 비틀비틀 쫓아가서 또 뺏으면서 끼얄끼얄 뭐 이런 악을 씁디다. 그러면 노인네가 때릴라고 하다가 서로 넘어지고. 참말로 돌겠습디다. 어디서부터 손을 대야 할지 환장하겠습디다.

근디, 내 손의 고기를 보더니 가시내 눈이 번쩍합디다. 지팽이도 던져버리고 고꾸라질 듯이 달려오더니 그중 큰 놈 하나를 집어서는, 말릴 틈도 없이 으득으득 씹드라니께요. 수달이 고기 씹듯, 그렇게 씹습디다. 사짜(사십 센티미터 급) 참돔 하나가 순식간에 사라져버렸소.

그것뿐이간디요, 한 댓 마리를 그 자리에서 그냥 조져붑디다.

그때 그 생각이 번쩍 들었소. 아무래도 이것이 사람이 아닌갑다.

옛날에 좀팽할매라는 사람이 우리 마을에 있었소. 이 할매가 한번은 물질을 갔다가 인어를 봤다요. 얼마나 놀랬는지 얼이 다 빠져 왔었지라우. 그 할매가 살아 있다믄 맞는지 아닌지 물어나볼 건디, 죽어부렀지라우. 흙 돼부렀서라우. 기억이 실종돼서 밥 묵는 것도, 오줌 싸는 것도 다 잊어버렸다는 것은 그렇다 칩시다. 아무도 생선을 그렇게 묵지는 안 하잖소?

이번에는 아부지가 쫓아와서 뭐라고 또 소리를 지릅디다. 도대체 저 여자가 누구냐, 누군디 내 지팽이를 뺏어가고 내 먹을 고기도 씹어 묵어부냐, 뭐 이런 말이겠지라우.

"아부지, 메느리요."

"에?"

"메느리니께 그런 줄 아시요이."

"에?"

"이리 좀 오시요, 씻읍시다. 씻고 나믄 밥 차레드릴 텡게. 아따, 메느리 거기 좀 그만 좀 쳐다보고."

아부지 뒤치다꺼리해놓고 여자를 데리고 바다로 가봤소. 아닌 게 아니라 바로 달려들드만요. 근디, 이것이 첨에는 수영을 잘 못합디다. 바로 바닷물을 토하고 기침도 하고. 그래서 그냥 사람인가? 싶기도 했는디, 얼마 안 있어 아주 선수처럼 합디다. 이렇게 깨구락지 모습이 아니고 꼬리 흔드는 것처럼 다리를 흔듭디다. 똥도 거기서 쌉디다. 많이도 싼 것 봉게, 지 딴에는 참았던 모양입디다.

"그래, 모처럼 친정 왔응게 깨깟하게 씻어라."

어디를 들어갔는지 다시마를 금방 한 보따리 따옵디다. 그것도 으적으적 씹어묵습디다. 그러니 인어가 확실하잖애라우? 사장님 보시기에 뭐 같습니까? 뭐 인어라도 나는 좋은디, 근디, 인어가 진짜로 있는 것이요? 좀팽할매가 봤단 것이 진짜로 맞을까라우? 내 각시가 인어가 확실할까라우?

그는 지금 답을 듣지 못하면 벽에 머리를 박아버리겠다는 식으로 물어왔다. 나는 그의 입과 내 귀를 동시에 쉬게 할 필요가 있었다.

글쎄, 그동안 내가 주워들은 바에 의하면 그것은 있었다, 는 말이 적잖았다. 당장, 서남해안 이런저런 섬에는 이런저런 인어 이야기가 많지 않은가. 한 예로 장봉도라는 섬의 어느 누구는 그물에 잡힌 인어를 놔주고 매일 만선을 했다고 한다. 남해안의 거문도에도 보았다는 사람이 여럿 있다. 그러나 어느 섬에도 인어의 증명사진이나 자기소개서는 전해내려오지 않는다.

좀 멀리, 오키나와에 산다는 인어는 이름이 '잔'이라고 한다. 역시 젊은 미인의 모습이라고 하니, 인어라는 게 원래 미인인지, 예쁜 것들만 얼굴값 하려고 싸돌아다니다가 인간 세상을 만나는지는 몰라도 잔도 그물에 걸려올라왔단다. 그물에 걸린 것으로 보면 사람보다는 생선 쪽에 가깝겠는데, 어쨌거나 또한 친절한 어부가 놓아주었고 기브 앤 테이크의 원칙은 종이 다른 것들끼리도 존재하는 법이라 인어는 해일을 예고해주었다. 그 어부는 목숨을 건졌고 어부의 말을 비웃었던 이들은 죽었다는데, 인어가 늘 친절한 어부에게만 걸리라는 법은 없어, 심보 고약한 어부라면 아까워서라도 놔주기 싫었을 텐데, 그랬다면 어떻게 했는지는 다른 곳에서 전해내려온다.

교인(鮫人)이라는 것도 있다.

중국 땅 오래된 책에 또박또박 적어놓은 대로 하자면 남해 먼바다에 교인이 살고 있는데, 깊은 바닷속에서 베틀에 앉아 끊임없이 고운 비단을 짜는 이들이었다. 벗고 사는 주제에 그것 짜서 어디에다 팔아먹는지는 알려지지 않았지만 남녀 모두 몹시 아름다울 뿐 아니라 살결이 백옥처럼 하얗고 머리털은 말꼬리처럼 길었으며 술에 조금 취하면 온몸이 복사꽃처럼 달아오르곤 했다. 사람과 같이 눈과 눈썹, 코, 입이 달리고 두 손 두 발이 골고루 갖춰졌으며 감정도 있어 울음소리를 내고 눈물방울이 떨어질 때마다 진주가 되는데, 어민들 중에 혼자인 이는 바다에서 교인을 붙잡아 연못에 넣고 기르면서 서방이나 마누라로 삼았단다. 그렇다면 새 구워먹고 알 구워먹고 둥지 털어 불 때며 산 셈인데, 돈 떨어지면 줘패서 울게 했다는 말은 물론 써놓지 않았다.

진주를 만들어내지 못했다는 것이 흠이긴 하지만 그것대로 하자면 이 청년의 애인이 가장 비슷하기도 하다.

뭐 이쪽 동네뿐이겠는가. 저 먼 곳의 오래된, 십 년 내내 말 타고 싸움질만 되풀이하다가 마침내 목마(木馬) 하나 덕에 끝낼 수 있었다던 전쟁 이야기는, 그 반을 차지하는 게 율리시스라는 왕의 귀환과정인데, 이 양반이 풍찬노숙 갖은 고생을 겪다보니 세이렌이라 불리는 인어까지 만났다고 전해진다.

반인반어라메? 아녀, 요정일 겨, 아니, 악마 종잘 겨, 이렇게 그 정체성에 대해 의견 분분했는데, 아무튼 그들은 키르케 섬 근린지역 내 '해가 지는 섬'이라는 음습한 곳에서 수중저택을 지어놓고 살았던 듯하다.

그들 역시나 노래에 일가견 있어 그것으로 사람들을 꼬셨다는데, 그래서 빠뜨려 죽였다고도 하는데, 이 배짱 좋은 왕은 스스로를 돛대에 묶어놓고 노래에 대한 감상을 본격적으로 즐기기로 했다. 노래는 아주 유혹적이고, 그럼으로써 몹시도 혹독했으며, 하여 나를 풀어달라고 발광을 했는데, 그 유혹에는 노래뿐만이 아니라, 세상에 존재하는 모든 사물에 대한 지식 또한 총망라되었다고 한다.

노래도 좋고 공부도 좋았던 이 양반은 본격적으로 부르고 배워보고자 투신을 하려고 애를 썼는데, 밧줄 하나 어쩌지 못해 매달린 채 축 늘어졌고, 그러다보니 유혹하던 입장에서는 빈정이 상해, 아아, 난 아직 멀었어, 하며 돌덩이가 되고 말았다. 이렇게 요술에 가까운 유별난 취향이 있는 이들은, 자신의 능력이 통하지 않으면 스스로 죽어 자존을 살리는 것을 절대가훈으로 삼고 있었던 모양이다.

그렇다고 치면, 세상 모든 사물에 대한 지식을 갖추고 있다는 그들은 하필 딱 하나, 배에서 쓰는 밧줄의 인장력에 대해서만큼은 통 모르고 있었던 듯하다. 그러니 학업 중도 포기한 요괴였던 모양인데, 어쨌든 살아 있는 것이라 죽기도 할 터여서 시체가 발견되기도 했다.

세월이 흐르고 흘러 그들의 후손 중 하나는 영국에서 잡혀 세례까지 받았다고도 하고, '무르겐'이라는, 발음하기는 쉬워도 뜻은 도통 짐작이 안 되는 이름의 성자가 되었다고도 하고, 그로부터 더 많은 세월이 흐른 다음 성자의 몇십대 후손 중 하나는 항구로 흘러들어왔다가 할렘에서 남은 인생을 마쳤다고 하니, 한 종족 사이에서도 팔자도 제각각, 선택도 제각각인 것은 우리나 그들이나 다를 바 없었던 것이다.

그 시절 노트에다가 뭔가를 기록하기 좋아했던 사람 하나가 할렘의 그녀를 만났다. 실 잣는 것을 보고 물고기 종류는 아닌 것 같고, 물속에서도 종일 살 수 있는 것을 보고는 사람도 아닌 것 같다고, 거참 아리송한걸, 이라 써놓고는 이왕 온 것, 하고는 옆방으로 들어갔다는 설도 내려온다.

그러든 말든 도처의 세이렌과 이 청년이 증언하는 '바다에서 나온 애인'이 어떤 연관이 있는지는, 사실 그들도 헷갈릴 것이다. 우리도 사거리 모퉁이에서 우간다 우루봉 마을에서 온 '키왈라훈테'라는 사람을 우연히 만난다면, 같은 종이라는 것은 알 수 있겠지만 그 외에는 아무것도 알지 못할 것 아니겠는가.

다만 청년의 발언을 뒷받침해줄 만한 증언은 충분히 더 있었다.

대를 이어 내려오는 것으로 봐서 사내들도 있을 것인데, 역시나, 바빌로니아 물의 신은 이름이 '에어'이며 남자인어였다고 하고, 셈족이 달의 주인으로 모셨던 신 또한 원래 인어라고 하니, 할렘의 16번 미스 피쉬걸이에요, 이런 명함으로는 상대도 안 될 분들이었다.

그뿐인가.

일 없이 강둑에 앉아 머리나 빗다가 어머 어머, 어떡해, 또 가라앉았지 뭐야, 이렇게 미필적고의로 배 침몰시켰다는 계집아이도 본적이 물이라지 않던가. 물론, 간밤의 숙취가 풀리지 않은 항해사가 졸다가 배 좌초시켜놓고 선주에게 즉흥적인 핑계를 댔는데, 그게 통한 것을 보고 사고 친 놈들은 모조리, 나도 그 여자를 보다가 그만…… 이랬을 수도 있는 법이다. 영국에는 바다 가시내라는 뜻의 머메이드와 바다 머시매라는 머맨이 있고 프랑스로 넘어가면 창씨개명을 하여 시렌, 이탈리아에서는 시레나라고 불렸다.

이들은 하나같이 미인이며, 긴 머리카락을 늘어뜨리고 달 밝은 밤에 강가나 해변에 나타나 아름다운 목소리로 노래를 불러젖혔다. 미모와 노래에 반한 선원이나 선박의 운명은 침몰과 익사로 마감되어지니 그게 낯선 곳에서의 항해와 여자를 조심하라는 경계의 우회적인 표현이라고 해도, 하다못해 머리카락 한 올만한 근거라도 있으니 다들 저렇게 입 모아 증언들을 하고 있지 않겠는가. 인어를 소장품으로 전시하고 있는 박물관도 있을 정도이니.

대영박물관에는 일본 해안에서 18세기에 잡은 인어의 표본이 있다는데, 진짜라고 믿는 사람이 있는 반면 원숭이의 상반신을 물고기의 하반신에 꿰매어 만들었다고 트집잡는 이들도 있다. 스코틀랜드의 어떤 박물관도 인어를 소장하고 있다고 한다.

1403년에는 네덜란드의 어떤 시골 도랑에서 인어가 잡혔다. 깊고 푸른 바다에서 뭐한다고 좁은 도랑으로 기어올라왔는지는 알 수 없지만 자그마치 십오 년이나 잡혀 있었으며, 그동안 양털 잣는 일도 배우고 십자가 앞에서 기도할 줄도 알게 되었다. 하긴, 서당개 삼 년 운운하지 않더라도 그 시간이라면, 인간의 극성 때문에 그것들을 안 배우지는 못했을 것이다. 어떻게 해서든 일당 떼먹으려는 착취의 부류와 강아지한테까지도 기도하는 법을 가르치려드는 이들은 지금도 넘쳐나니까 말이다.

18세기 초 보르네오 해안에서는 푸른 눈에 물갈퀴를 가진 인어가 붙잡혔으며, 물탱크에 넣었더니 고양이 똥 같은 것을 싸고는 나흘 뒤에 굶어 죽었다고 한다.

다시 가까운 곳으로 돌아와본다면 중국의 유명한 『산해경』에 나오는 능어나 적유는 인어에 속하는 동물들이라고 설명하고 있다. 능어는 사람의 얼굴에 팔다리가 있고 몸뚱이는 물고기이며, 적유는 생김새가 물고기 같지만 사람의 얼굴을 하고 있으며 소리는 원앙새와 같다니, 이게 인어 아니면 뭐겠는가. 『태평광기』라는 책자에는 바다의 인어는 사람같이 생겼으며 눈썹, 눈, 입, 코, 손톱 등이 모두 아름답고 살결은 희고 머리털은 말꼬리처럼 치렁치렁하며 길이가 오륙 척이라고 금방 본 것처럼 쓰여 있다.

진(秦)나라 시황제(始皇帝)의 장례를 치를 때 그 넓고 화려한 광장의 횃불 원료는 인어의 기름이었다 한다. 도롱뇽 것이라고 보는 이도 있지만, 사실이라면 누가, 어떻게 그 기름을 짜냈을까.

또 있다. 밀턴이라는 이가 쓴 『실낙원』에는 '다곤'이라는 게 나온다. 하반신은 물고기이지만 상반신은 아주 흉측한 사내이며 성서에도 나오는바, 근 십 미터에 육박하는 거인이자 괴물로 온몸이 비늘로 뒤덮여 있단다. 그렇다면 이런 게 불쑥 나타난다면 '바다에서 나온 애인'은 반가워할 것인가, 우리처럼 도망을 칠 것인가.

전혀 다른 종자도 있었다. 여섯 마리의 개 대가리와 열두 개의 발이 달린 '스칼라'라는 여인네는 소용돌이치는 해협에서 기다리고 있다가 선원들을 낚아올려 씹어먹었다고도 하니 이 정도면 아예 괴물 수준이다. 그러니 인어 정도는 참으로 소박한 존재 아니겠는가.

다만 책이란 게 눈에 보이는 것만 적어놓은 것은 아닌 까닭에, 사진

기가 없는 게 그저 한스러울 뿐인데, 믿자고 하니 UFO 몰고 다니는 기사님들처럼 명함이라도 한 장 건네지를 아니하고 있고, 헛소리로 무시하자니 이 눈물겨운 고백과 대대로 이어지는 증언들은 또 어찌한단 말인가.

하여 나는 상반신의 에로틱한 모습과 생선회가 연상되는 하반신이 자꾸 뒤섞여 애매했다. 한동안 귀를 열고 입을 쉬던 청년은 자신과 팔자가 비슷했던 이들이 예전에는 세계적으로 많았다는 사실에 힘을 얻었는지 거봐라, 하는 표정으로 말을 이었다. 이번에는 내가 입을 쉬었다.

하여간 그때부터 좀 나아지기 시작했소.

똥오줌도 가릴 줄 알게 되고 걸음걸이도 좋아지고, 밥도 조금씩 묵어가고. 날마다 '소득 증대로 앞서가는 우리 어촌' 오십 번씩 쓰고, 더하기 빼기도 하고, 〈우리의 소원은 통일〉 이런 노래도 갈치고 그랬습니다. 영특해서 금방금방 배웁디다만 밥은 영영 안 합디다. 언젠가 가스불에 머리카락 태우고 나서는 부엌은 죽으라고 안 들어갈라고 하등만요.

근디, 참말로 말하기 뭐한 것이 그 딸딸이 치는 버릇이요. 툭하면 붙들고 문질러대는디, 보고 있으면 눈빛이 피잉 가고, 숨을 헐떡거리다가 그냥 질질 싸고 뭐라고 옹알거림서, 그 뭐라 그러요? 오르감인가, 그것을 합디다. 돌아서믄 그 짓거리를 하는디 가시내가 아주 작정한 색골입디다. 아무래도 없던 것이 새로 생겨서 그런갑습디다.

"어이, 그러다가 밑구녕이 남어나겄냐. 좀 쉬었다가 해."

말려봤자 소용없습디다. 우리 한 잔 더 합시다요. 인자 손님도 거의 다 갔는갭지라우.

아닌 게 아니라 북적대던 술집은 한산해져 있었다. 주인에게 물어보니 문 닫을 시간은 삼십 분쯤 남아 있었다. 나는 계속하라고 말했다.

고 맛을 알고는 날마다 동침을 했지라우. 싫타고 안 합디다. 싫은 것이 다 뭐요. 지가 날마다 덤벼들었지. 입으로 해주는 것을 별나게 좋아했는디, 그물 꿰매고 있으면 쫓아와서 내 대가리를 붙들고 지 밑구녕에다가 댑니다요. 내 쌧바닥 근육이 그때 다 만들어졌습니다.

한번은 그물 놓고 오니께, 지가 지 것을 빨려고 고개를 숙이고 낑낑대고 있드만요. 허이구. 몸이 고무줄처럼 잘 휘어져서 혀가 닿기는 한데 오래 하지는 못하더만요. 기가 막혀 바라보고만 있었소. 한참 만에 고개를 들더니 피잉 도는지 픽, 쓰러집디다. 참말로. 어이, 이녁이 갠가, 개? 그것은 개들이나 하는 거여.

아무튼 참, 행복했습니다요. 사는 것이 이런 것이구나 싶습디다. 애는 안 뱄어라우. 애 하나 섰으믄 싶었는디, 그건 안 됩디다. 그것만 빼고는 불만 없었소. 한동안 잘 살았소. 저가 알아서 바다에 가서 다시마나 전복 소라도 잡아오고 '국기에 대한 맹세'도 혼자서 다 쓸 수 있게 되고.

한번은 이장이 찾아왔습니다요.

"자네 장가들었나?"

"예, 들었소."

"베트남 처녀라도 데리고 온 모양이더라고 하던디. 근디, 신고가 전혀 안 되어 있어서 말이여."

"뭔 신고 말이요?"

"신고해놓고 이 년 동안 살어야 국적 나온다는 거 알잖은가. 중매소에서 들었을 텐디."

"근디요."

"면사무소에 간 김에 보니께 서류가 전혀 없더라고. 서류부터 해놔야지 국적 취득이 빠르지."

그런 문제가 있습디다. 서류. 주민등록이나 호적 같은 것 말이요. 참 난감합디다. 이건 뭐 바닷속으로 들어가서 전출신고를 해야 하나…… 면사무소에 가서 전입신고를 한들 저번에 살았던 주소를 뭐라고 써야 된단 말인가. 바다나라 바다시 바다면 바다리 1번지 이렇게 써야 하나, 용궁국 용궁구 용궁동 용용번지라고 써야 하나. 니미랄 것. 글쎄 처갓집이 바로 옆이고 처남 처제 들도 바글바글한디, 어떻게 해야 될지 모르겄습디다.

"차차 할 거요."

"잘못하믄 밀입국자 의심받어."

그때 내 여자가 방에서 나왔는디 이장 입이 딱 얼어붙습디다. 히히, 이뻐게. 환장하게 이뻐게. 얼른 방으로 도로 들여보냈습니다. 등을 밀어도 이장은 뒤를 돌아보고, 돌아보고, 그렇게 갔소.

근디 사람 맨들어놓으니께 이 가시내가 자꾸 길거리로 나서드만요. 마을로 가는 길을 오늘은 요만큼, 내일은 조만큼 걸어나가보드라고요. 염소라서 묶어놓기를 하겄어요, 시래기라서 매달아놓기를 하겄어요. 어떤 날은 어떤 여자한테 얻었다고 머리핀도 꽂고 오고 그럽디다. 동네 강아지랑도 친해져서 데리고 오기도 하고, 뭐, 그 정도에서 말려니 했어요.

그러다가, 그러다가, 없어져부렀어요.

흔적도 읎이. 내가 사다준 옷만 입고 휭 사라져부렀단 말이요. 아무리 찾어도 없고, 아무리 기다려도 오지도 않어요. 이장요? 벌써 잡도리를 한바탕했지라우. 죽어도 저는 아니다요. 그 말이 맞을 거요. 이장 마누라가 보통내기가 아니거등요. 이장은 빼빼 말랐는디 마누라는 처녀 적에 돌도구통도 들었다는 사람이요. 언젠가 이화다방 아가씨랑 놀다가 들켰을 때 마누라가 팔부(팔십 퍼센트)는 죽여놓은 적도 있어라우. 그러니 이장은 아닌 것 같어요. 사람들 말로는, 지 발로 걸어서 여객선 타고 나갔다고 합디다. 누가 봤다요.

어디 갔을가라우, 선생님. 어디 가서 찾을게라우? 찾아 좀 주시오. 제발. 나는 그 여자 없으면 못 삽니다요.

청년은 끝내 울기 시작했다. 술집 주인만 카운터에 앉아서 우리가 나가기를 기다리고 있었다.

발

해수욕장에서 비명소리가 들린 것은 늦은 오후였다.

소프라노풍으로 비명을 지른 사람은 웨이브 진 머리에 선글라스를 끼고 푸른색 꽃무늬 플레어스커트를 입고 있는 삼십대 중반의 여자였다. 날은 흐렸고 바닷물은 빠지는 중이었다. 그렇지만 비명이란, 들어주는 사람이 없을 땐 아무런 의미도 없는 게 되어버린다. 해수욕장에는 인기척이 끊어졌으므로 여자는 손으로 얼굴을 감싼 채 모래밭을 뛰어다니며 한동안 괴성을 질러야 했다.

그 소리는 마침내 국립공원관리공단 사무실에 있던 관리소장 성호의 귀에 들어왔다. 들어왔다기보다는 말려놓은 신발을 가지러 문을 열었을 때 저 아래 바닷가에서 어떤 여자가 새된 소리를 지르며 뛰어다니는 것을 발견한 것이다. 일반적인 경우, 섬에 막 도착한 육지 여자들이 종종 그러기는 했다. 그녀들은 그럼으로써 무언가로부터 벗어나 어딘가로 왔다는 것을 스스로에게 확인하곤 했다.

그러니까 나무 때문에 보이지 않는 저쪽 편에 비슷하게 생긴 여자들이 두엇 더 있을 거라고 그는 생각했는데, 두 사람 얼굴이 마주쳤을 때 여자는 마지막 단말마를 내지르고는 풀썩 주저앉아버렸다.

성호는 뛰어갔다. 공원 내에서 곤경에 처한 사람을 돕는 것은 그의 임무 중 하나였고, 이곳은 종종 독사가 나타나는 곳이라는 걸 보름 전 발령받아 올 때 전임자에게 들어 알고 있었다. 허벅지 아랫부분까지 맨살이 드러나 있는 여자는 그러나 무엇에 물린 것 같지는 않았다. 어딘가를 가리키는 손끝이 그저 부들부들 떨리고 있을 뿐이었다.

여자가 가리키는 곳에는 스티로폼, 페트병 따위가 모자반 줄기와 뒤엉킨 거대한 실타래 같은 무더기가 있었고, 거기에 무언가가 있었다. 사람의 발이었다. 발이 나타나면 그게 단초가 되어 결국 시체까지 발견하게 된다는 것은 그동안 국립공원 근무를 하면서 몸에 익어 있었다. 속리산에서도 그랬고 지리산에서도 그랬다. 낙엽이 말라비틀어지는 봄철이면 낡은 구두가 발견되고 누군가 비명을 지르고 그리고 낙엽 더미 속에서 시체가 나오는 게 순서였다.

그러나 이번 경우에는 그도 심장이 멎는 것 같았다. 쓰레기 더미 아래에는 또다른 쓰레기만 있을 뿐이었다. 그러니까 발은 저 혼자만 누워 있었던 것이다. 전화를 받고 달려온 해경파출소장과 마을이장, 리사무소 소속으로 해수욕장 쓰레기 처리하는 노인도 하나같이 고개를 돌렸다. 그것은 잘린 손가락 하나가 길 가운데 덩그러니 놓여 있는 경우처럼 끔찍했다. 모두 다 사라지고 마을에 달랑 혼자 남은 것과도 같았다.

"발이라……"

파출소로 돌아온 해경소장은 발에 붙은 잡물을 거즈 물린 핀셋으로 떼어내며 중얼거렸다. 여자는 의자에 앉지도 못하고 물었다.

"그게 왜, 하필, 거기 있었을까요?"

"글쎄요, 이게 왜 거기 있었을까요?"

"제가 물었잖아요."

발은 검푸르게 죽어 있었고 팅팅 부은 것과 쪼글쪼글한 게 뒤섞인 상태이며 발톱 몇 개가 덜렁거리고 있었다.

"그래도 생각보다 성성한 편이구만그래."

노인은 자신이 청소를 하다가 발견하는 것보다는 이 경우가 훨씬 낫다고 생각하며 주변을 돌아다보았다.

"이 상태가 성성하면 안 그러는 경우는 뭐죠?"

"시체가 발견되면 뭐가 잔뜩 달라붙어 있거든."

"어머, 뭐, 뭐가요?"

노인은 여자가 자신의 말에 반응을 해주는 것도 좋고 놀라는 모습도 재미있었지만, 일부러 심드렁하게 대꾸했다.

"해삼이나 소라, 고동 이런 거. 예전에 모가지 떨어져나간 시체 떠밀려왔을 때도 해삼이 다닥다닥 붙어 있었어. 그것들이 볼 때 이것이 사람이겠어? 그냥 고깃덩어리지."

여자는 떨리다못해 숨이 막혀왔다. 머리가 없거나, 그런 것들이 잔뜩 달라붙어 있는 장면도 소름끼치는데, 하필 전날 항구에 와서 먹었던 게 해삼과 소라였던 것이다. 그녀는 헛구역질을 참으려고 배와 목에 힘을 주었으나 끄억, 소리가 나고 말았다. 소장은 노인을 내보내고 보건소로 전화를 건 다음 조금 진정되는 기미가 보이자 여자에게 물었다.

"바닷가는 왜 갔어요?"

"섬에 놀러 왔는데 그럼 어디 가요?"

욕지기를 가라앉힌 여자는 눈초리에 방울진 눈물을 닦아내며 되물었다. 아닌 게 아니라 한바탕 확, 울어버리고 싶은 기분이기도 했다.

"왜요, 가면 안 돼요? 왜 그렇게 물어봐요?"

"최초 목격자니까. 다른 것은 못 봤어요?"

"아저씨, 아니 소장님도 왔었잖아요. 거기서 뭘 더 봐야 돼요? 저것 하나 본 것도 사람 돌 지경인데."

그녀는 책상 위에 놓여 있는 것으로 눈길을 주다가 획, 고개를 돌렸다.

"혼자 왔어요?"

"예, 혼자 왔어요. 됐어요?"

"목소리 안 높이셔도 됩니다…… 여자들은 혼자서 잘 안 오는데."

"기분이 나쁘니깐 그렇죠."

소장은 대꾸 없이 여자를 바라보았다.

"그냥 갔어요. 조개껍데기 같은 거 보려구요. 으으, 재수 없어. 끔찍해."

"조개껍데기를 보러 가셨다…… 섬엔 언제 오셨죠?"

"아까 오후 배로요. 자꾸 그런 식으로 물어보실 거예요?"

"우리 직업이라는 게 좀 그럴 수밖에 없으니 오해는 마시고. 신체 일부가 발견되었고 주위에는 아무도 없이 그쪽 분 혼자 있었고 오늘이 섬에 들어오셨고. 일단 목격자의 정황을 파악하는 데서부터 시작할 수밖에 없죠."

"그러면 제가 버렸다는 거예요? 제 발 그대로 있어요."

"그런 소리가 아니죠."

"그러면…… 어머머, 미쳤어요? 사람 발을 버리러 여기까지 오게."

소장은 못 들은 척, 살고 있는 곳과 직장과 가족관계에 대해 물었다.

"대답 안 할래요."

"……"

"저기요, 경찰 아저씨. 제가 사는 곳 뒷산에 약수터가 하나 있는데요, 거기에서 젊은 여자가 목매달고 삼 일이나 그대로 있었어요. 세 시간이 아니고 삼 일이나요. 뻔히 보이는 곳에서요. 그런데 아무도 신고 안 했어요. 왜 그런지 아세요? 오라 가라, 경찰이 귀찮게 할 게 뻔하니까요."

여자는 눈을 감은 채 이마를 짚었다. 남자친구와 항구로 올 때도, 횟집에서 술을 마실 때도, 섬엔 가지 말고 여기서 자고 그냥 돌아가자, 섬 여행 가자고 자기가 먼저 말해놓고 이제 와서 무슨 소리냐, 몸이 피곤해서 그렇다, 넌 조금만 귀찮으면 늘 피곤하다고 하더라, 싸울 때도, 등 돌리고 잘 때도, 혼자 배를 탔을 때도 이런 지경에 처하게 될 줄은 생각도 못 했다.

의대 본과를 졸업하고 이곳 보건소장으로 온 닥터 김은 군대 면제라는 게 여러 가지를 귀찮게 요구하는 것이라고 투덜거리면서 파출소로 걸어갔다. 검안의사 역할을 해야 하기 때문이었다. 전화를 받지 않왔다면 라면을 끓여먹고 게임을 할 예정이었다.

사체 중 일부라고 들었기에 분리된 상반신이나 팔이 없는 몸 같은 것을 떠올렸고 뒤뜰에 흰 광목천으로 덮여 있을 거라고 짐작했다. 그런데 소장이 전화기 옆에 놓여 있는, 무슨 빵덩어리 같은 것을 가리켰다.

"이게, 뭐죠?"

그는 해부학 실습시간에 본 적잖은 시신과, 만지고 찔러보고 벌려 보았던 여러 장기들이 무색하게 그렇게 묻고 말았다.

"발이잖아."

"발인 것은 알죠. 근데 이게 왜 이렇게 있죠?"

"이 여자분이 해수욕장에서 발견했어."

이 진주는 저 손님이 홍합을 먹다가 우연히 발견했다고 하네요, 라는 풍으로 소장이 말했다. 여자는 울 듯한 목소리로 대꾸를 했다.

"제발 나 좀 빼줘요."

닥터 김은 발목이 트럭에 깔린 환자 수술에 참관했던 기억을 떠올려보았다. 뼛조각을 찾아내고 신경을 잇고 두 다리뼈를 맞대어놓은 다음 쇠심을 박아 고정시키는 수술이었다. 떨어져나가려는 것을 다시 붙여놓는 것. 그게 의사의 일이었다.

그런데 발만 하나 독립적으로 있는 것은 위나 콩팥이나 간을 떼어 놓거나 일부를 잘라놓은 것과는 달랐다. 암덩어리와도 또 달랐다. 이것은 어딘가에 붙어 있어야 하는 것이었다. 갖다붙일 곳이 없어 그저 발처럼 생긴 생물이 죽은 채 누워 있는 것 같았다. 발이 없어진 사람은 어떤 기분일까, 는 생각해봤지만 몸이 없어진 발은 어떤 기분일까,

는 한 번도 생각해보지 못했다고 그는 생각했다.

닥터 김은 약간 자신 없는 상태로, 그래도 의사선생님 소리를 듣고 있는데다 자신에게 부과된 임무이기도 해서 안경을 고쳐쓰고 자세히 들여다보았고, 발목뼈를 포함한 절단면이 클린하지 않은 것으로 미루어 포식동물, 이를테면 상어나 물개에 의한 공격의 흔적으로 추측된다는 소견을 내놓았고, 타인에 의한 인위적인 절단으로는 사료되지 않는다고 덧붙였다.

덧붙이고 돌아오다가 냉동사료공장 앞에 묶여 있는, 덩치 큰 시베리아허스키를 보았다. 개는 반갑다고 꼬리를 치는데, 문득 저 개가 달려들어 발목을 지끈, 물어뜯는 상상이 들었다. 그러자 거기가 시큰거리기 시작했다. 한번 시큰거리기 시작하자 통증은 조금씩 심해졌다. 실제로 자신이 절뚝거리고 있으며 이러다가 발목이 덜렁 떨어져나가는 것은 아닌가, 하는 기분도 들었다.

그는 한동안 참다가 결국 신경안정제를 먹었다.

닥터 김이 돌아가고 난 다음 호출을 받은 호식이 도착했다. 한 달 전 그의 아버지는 삼치 낚시를 나갔다가 돌아오지 않았다. 호식은 실종신고를 했고 다음날 오후 두시경 해경선은 마을 뒤 무인도 해안에서 배를 발견했다. 그때까지 배는 엔진이 살아 있었다. 커다란 갯바위와 갯바위 사이에 머리를 박은 채 배는 무인도를 밀고 있었고 사람은 보이지 않았다.

그런 사고는 간혹 일어나곤 했다. 길고 무거운 삼치 채비가 여차하면 사람의 팔이나 다리를 감아버리곤 하기에 실종의 이유는 그것으로 보였다. 그렇지 않다면 늙은 어부가 자신의 손때 묻은 배를 버리고 어디로 가겠는가. 산해진미 차려놓은 용왕 딸이 매미옷 입힌 시녀들을 대동하고 직접 모시러 왔다 하더라도 자신의 배를 버리고 따라갈 어부는 없다는 것을 소장은 알고 있었다.

수색작업은 여러 날 계속되었다. 날마다 섬 주변을 돌고 갯바위 구석구석을 살폈다. 그렇게 해서 시신이 발견되는 경우는 극히 드물다는 것 또한 그는 오랜 경험으로 잘 알고 있었다. 섬 주변은 해류가 빠르고 변화가 심했다. 수색은 살아 있는 자가 할 수 있는 최소한의 도리 같은 거였다. 노력했다는 증명 같은 것이다. 열흘 뒤 그는 이 정도면, 하는 심정으로 검찰을 통해 '발견시까지 내사종결'지었다. 종결을 지어야 초상도 치를 수 있었다.

"무슨 일이십니까?"

호식은 자신을 부른 게 아버지 때문이라고 짐작하면서 들어섰다.

"이것 좀 봐."

"뭡니까?"

"뭐겠어. 사람 발이지."

"아이구야. 왜 발이 이렇게."

"혹시 자네 부친 게 아닌가 싶어서 말이야. 한번 잘 보라구."

호식은 발을 들여다보았다. 위에서 보고 옆에서 보고 세세히 살펴보고 후벼파듯이 노려보고 물러나서 넌지시 보아도 집안 것인지는 확신이 안 섰다.

"어디서 났대요?"

"이 여자분이 해수욕장에서 발견했어."

두 팔을 허벅지 위에 걸친 채 늘어져 있던 여자는 고개를 치켜들었다.

"저기요. 제발, 나 좀 들먹이지 말아달라니까요, 예?"

집으로 돌아오는 호식의 심정은 뒤죽박죽이었다.

초상은 치러냈지만 아직도 해결이 안 된 문제가 아버지 몸이었다. 초상은 시신을 확인하고 땅에 묻었다는 표시로 무덤을 만들어야 완성이 되는데, 그것을 하지 못한 것이다. 저 깊은 바다 어딘가에 아버지가 있다는 생각이 떠오르면 양동이로 물을 모두 퍼내버리고 싶어지기도 했다.

그러다 느닷없이 발 하나가 나타났다. 그게 아버지 거라 해도 괴롭고 아니라 해도 불편했다. 일부분만 되돌아왔거나 아직도 통째로 바닷속에 있거나 둘 중 하나 아닌가. 그는 집으로 들어가는 골목 입구에서 밭일 다녀오는 어머니를 만났다.

"아버지 발이 어떻게 생겼소?"

"발이 어떻게 생기긴. 그냥 발처럼 생겼지. 느닷없이 무슨 소리냐?"

"그냥 아버지 발이 생각나서요."

"아버지가 생각났으면 났지, 발만 왜 생각나?"

호식은 대답이 쉽지 않았다. 말하기가 좀 그랬다.

"아무튼 설명 좀 해주시요."

"발가락이 다섯 개였고 꼬린내가 났고…… 그것 말고는 모르겠다."

"부부로 평생 살았으면서 그것도 몰라요?"

"야가 왜 신경질을 부리고 지랄이여. 그럼 너는 평생을 아들로 살아놓고 아버지 발이 어떻게 생겼는지 왜 모르냐?"

"잠을 같이 안 잤잖아요."

"참 나, 갑자기 물어보니 생각이 나야지. 다른 곳이면 몰라도."

그러는 동안 순경은 의무경찰 셋을 데리고 해수욕장을 뒤지고 있었다. 넓지 않은 곳이지만 동풍에 떠밀려온 쓰레기가 많았다. 세 명의 의경은 시체가 나타나지 않기를 간절히 바라면서, 지금쯤 공익요원으로 대형 화물차 무게를 재고 있을, 면제받고 술집에서 여자와 시시덕거리고 있을, 심지어는 전방 GOP 근무를 하고 있을 친구들을 각각 떠올리며 부러워했다.

순경은 좀 달랐다.

계곡에서 아내의 발을 맨 처음 씻겨준 날이 있었다. 발 주면 다 주는 것이다, 어떻게 해서든 그 여자 발을 주물러라, 그가 들었던 조언은 그런 거였다. 효과는 좋았다. 둘은 급히 친근해졌고 친한 사이는 헤어지기 싫은 법이라 여관을 갔고 자주 가다보니 결혼을 하게 됐다.

아내의 발은 작고 통통하고 민감했다. 발가락 사이를 부드럽게 만지면 얼굴이 붉게 달아올랐다. 발과 발을 맞댄 부분에서 섹스를 끝내는 경우도 있었다. 하지만 아내는 항구에 살고 있다. 아내의 발을 가지고 놀려면 비번이 돌아와야 가능했다. 비번 날까지 근무하는 것은 아내의 발을 기다리는 시간과 같았다.

그러기에 그는 감칠맛 돌게 하는 발과, 바다에서 찾아온 발이 뒤섞이며 찝찝하고 애매모호한 기분이었다. 발기와 뱃멀미가 함께 찾아온, 그런 느낌이었는데 그러거나 말거나 수색은 두 시간 동안이나 진행되었다. 잘려나온 그물무더기와 모자반 줄기, 스티로폼과 플라스틱, 나뭇조각을 모두 들춰본 끝에 그들이 가지고 돌아간 것은 십 미터 정도를 두고 뒤집어져 있던 여자의 샌들이었다.

리사무소로 돌아온 이장은 소장의 요청대로, 우리 마을 실종자 확인을 하고 있으니 최근 연락이 두절된 가족이나 이웃이 있으면 알려달라는 방송을 했다. 그리고 옆마을 이장에게 전화를 걸었다. 낮술에 취해 잠이 들었던 옆마을 이장은 비틀비틀 일어나 아내가 받아적어놓은 메모지를 들고 이렇게 방송을 했다.

"아아, 금일 오후 다섯시경 해수욕장에서 발견된 사람의 발을 보관하고 있습니다. 아아, 발의 주인 되는 분이나 가족, 이웃 중에 최근에 발을 분실한 사람이 있으시면 이 방송을 들으시는 대로…… 도대체 이게 뭔 소리여…… 아무튼 파출소와 리사무소로 신고해주시기 바랍니다. 허, 참 나, 발이 어쨌다는 거여…… 아이고, 머리야."

그는 체머리를 흔들다가 다시 잠들었으나 주민들 대다수는 저녁식사시간이었다. 그들은 밥을 씹다가, 텔레비전을 보다가 귀를 기울였다. 이 시간의 마을 방송이란 으레 사건 사고, 실종, 사망 유의 뉴스라서 더욱 그랬고 기대는 엇나가지 않았다.

방송을 다 들은 그들은 무의식적으로 자신의 발이 없어지지 않았는지 확인해보았다. 초등학교 학생들은 엄마 아빠의 발이 잘 붙어 있나 만져보기도 했으며 노인들은 발을 끌어당겨 엉덩이 밑에 숨겼다.

호식이 어머니는 밥숟가락 놓고 멍하니 앉아 있다가 이놈아, 그렇다면 그렇다고 말을 해야지, 하고는 한달음에 파출소로 달려갔고, 냉장고에서 꺼내온 발을 보았고, 보고 있자니 남편의 발이 어렴풋이 떠오르는 것 같기도 했고, 그래도 아닌 것 같다고 고개를 흔들었고, 그리고 돌아오는 길에 아이고 호식이 아버지, 곡소리를 냈다.

누구보다도 깊은 생각에 잠긴 사람은 국립공원관리공단 성호였다.

파출소까지 동행하여 갔다가 돌아온 그는 수색작업 하고 있는 해경들을 바라보며 담배를 피웠다. 이곳 출신 직원이 퇴근을 하고, 순경이 샌들을 들고 돌아갈 때까지 그랬다.

해는 바닷속으로 잠겨들어갔고 밀물이 시작되었고 바람이 불어왔다. 저 멀리 떠 있는 무인도는 어슴푸레하고 길을 따라 자라고 있는 유도화도 몸을 흔들기 시작했다. 바람이 불면 바다는, 누가 살다 조금 전 떠났거나 먼 곳으로 갔던 사람이 이제 막 돌아온 것 같았다.

아무도 없는 해수욕장에서 눈을 거두어들일 수 없는 이유가 그거였다. 갔거나, 왔거나, 둘 중에 뒤쪽의 경우가 자꾸 커져가는 기분이었다. 어떤 사람이 바다 한가운데에서 이곳을 바라보고 있는 것도 같았다. 내 발을 돌려주게나, 소리가 들리는 것 같고, 성호야, 내 발 못 봤니? 너는 봤을 것 아니야, 이렇게 말하는 것 같기도 했다.

다도해해상국립공원으로 전근을 왔다는 게 실감나는 순간이기도 했다. 산에서 시신이 발견되면, 아무리 깊은 곳이라도, 사망자의 동선이 추측되고 신원조회도 어렵지 않았는데 바다는 이런 지경이었던 것이다.

발은 어떤 것도 달고 있지 않아서, 양말마저 신고 있지 않은 상태여서, 주민등록증이나 명함을 가지고 있을 리 없었다. 그러니 그 발이, 조금 전 파출소에서 들은 대로 한 달 전 실종된 어부의 것일 수도 있지만 일본이나 대만에서 온 것일 수도 있고, 심지어는 러시아어나 베트남 말을 모국어로 쓰는 사람의 것일 수도 있었다. 산이 국내라면 바다는 국제적인 곳이었다. 그런 가능성 때문에 그의 뇌리에서는 또다른 발의 형상이 겹치고 있었다.

발이 발견된 지점까지 바닷물이 올라왔을 때 그는 벽장을 뒤졌다. 전임이 서쪽 섬으로 전근가면서 선물로 남겨놓은 게 있었다. 와송으로 담근 술이었다. 회식 때도 예의상 두어 잔 마시는 게 음주의 전부였으니 술이 생각났다기보다는 복잡한 마음을 풀어낼 무엇이 필요했던 것이다.

그는 동그란 유리병의 커다란 뚜껑을 열고 물컵으로 술을 떴다.

호식이 어머니가 되돌아갔지만 소장은 발을 냉장고에 넣지 않았다. 해가 지고 형광등 빛을 받은 그것은 더욱더 푸르뎅뎅한 색채를 띠었다.

"그것을 왜 또 보고 계세요?"

"인적사항부터 말씀하라니까요."

"저기요, 아닌 말로 제가 버렸다고 쳐요. 그렇다면 뭐한다고 거기까지 가지고 가요? 그냥 바다에 버렸지."

"맞아요. 관광객들이 여러 가지를 몰래 바다에 버리고 가곤 하죠."

"진짜로 제가 그렇게 악질로 보여요?"

"아뇨."

"그런데 왜 자꾸 저를 괴롭혀요. 전 단지 신발이 없어서 여기 있는 것뿐이에요."

"우리도 보고를 위한 진술서 절차가 있을 뿐이에요. 거기 분의 인적사항을 강제로 체크할 수도 있는데 그렇게 안 하는 것뿐이고."

소장은 눈도 안 돌린 채 덤덤하게 대답을 했다.

"아이고 고맙네요. 아무튼 그것 좀 얼른 다시 넣어요. 그리고 넣어둘 데가 저 냉장고밖에 없어요? 아까 보니까 김치통도 있던데."

"없어요."

여자는 기가 막혀 고개를 돌렸다. 조금 전에는 선착장이 보이고 맞은편 마을이 보이고 방파제가 보였는데, 지금은 태극기가 보이고 질서 확립과 총기고 같은 단어가 보였다.

"이 정도면 제법 큰 편이란 말이야."

소장은 천천히 말을 이었다.

"발이 크면 가난하다고 했는데."

"어머, 그렇대요? 누가 그래요?"

"우리 어머니."

여자는 자신의 발을 내려다보았다.

"당신 발 큰 게 평생 한이셨거든."

"전 어때요? 가난할 것 같아요?"

여자는 발을 들어올렸고 소장은 그것을 보았다.

"족궁이 부드럽게 잘 들어갔네. 뒤꿈치도 아담하고."

"좋다는 소리죠?"

“그럼. 예쁘게 생겼다는 소리지. 복숭아뼈도 복스럽게 생겼고.”

“발 예쁘단 소리는 자주 들었어요.”

“부자로 살겠어.”

“그쵸, 그쵸.”

“우리 어머니는 발이 이렇게 긴데다가 족궁이, 거기 옴팍하게 들어간 데를 족궁이라고 하는데, 거기가 쓸데없이 크고 넓으셨어. 남의집살이와 저잣거리 장사로 평생을 보내다시피 했는데, 자신의 박복이 발에서 나왔다고 믿고 사셨지.”

여자는 자신의 발을 만져보다가 모래알을 탁탁 털어냈다.

“오죽했으면 발 예쁜 여자를 얻어라, 가 유언이었겠어. 발 예쁜 여자는 돈이 잘 붙어 주변 사람이 도움을 많이 받는다나 뭐라나.”

“사모님은 어때요, 어머니 유언대로 만나셨어요?”

“박복내림이 어디 가겠어.”

소장은 씨익 웃었다.

“우리 엄마도 발이 예쁘게 생겼는데 왜 가난했을까요?”

“글쎄, 거기까지 알면 내가 왜 여기 있겠어. 굴다리 밑에서 방석 깔았지.”

수색 나갔던 팀이 돌아왔다. 샌들을 찾아 든 여자는 자신의 연락처를 적어주고, 묵을 민박집까지 또박또박 불러준 다음 소에서 나왔다. 밖으로 나온 그녀는 남자친구에게 전화를 해서 지금까지 상황을 한쾌에 내뱉고 재수 없어, 를 열댓 번 올려붙인 다음, 그냥 올라오자니까 말 안 듣고 고집부려서 그러잖아, 대꾸에 다 너 때문이야, 네가 같이 왔으면 이런 일 없었을 것 아니야, 쏘아대고 그러다가 다시 싸움이 될 것 같아, 근데 난 발이 예뻐서 부자로 산대, 아냐, 여기 경찰이 그랬어, 자기 엄마가 그랬대, 까지 하고 끊었다.

그러나 지금 당장 부자가 된다면 모를까, 마음은 여전히 심란했다. 어판장을 돌고 선착장 지나 약수터엘 다녀오고 방파제까지 걸어다녔으나 안정을 찾기에는 섬마을이 너무 좁았고 가로등 숫자도 몇 개 되지 않았다. 그녀는, 기분이 이렇게 뭐 같을 때에는 방법이 없다, 그냥 마시고 쓰러져 자자, 사실 지금 몹시 피곤한 상태이지 않은가, 결론을 내렸다.

도로에는 단체관광객을 대상으로 하는 큰 음식점밖에 없었다. 중국집은 닫혀 있었고 하나 있는 분식집에는 술이 없었다. 조금 전 걸어다닐 때 자세히 봐놓을걸, 후회를 하다가 발견한 게 담뱃가게 옆 골목의 소주코너였다. 하지만 그곳을 향해 걸어가던 여자는 순간 반대쪽으로 뛰어가 헛구역질을 하기 시작했다.

"웬일로 제사 때 시간을 다 낼 수 있다니?"

"어떻게 될 것 같아요."

"에미는 몸이 안 좋다던데? 어제 내가 전화해봤다."

"나라도 갈 거예요. 가고 싶어요."

"네가 온다면 나야 고맙다만."

창문이 덜컹거리자 성호는 커튼을 젖히고 바깥을 내다보았다. 가로등 불빛을 받는 곳에서 흰 파도가 치솟아올라오고 있었다. 바다의 혀처럼 보였고 그러자 말을 걸어오는 것 같기도 했다. 성호야, 내 발 못 봤니? 너는 봤을 것 아니야.

"저기 어머니. 아버지 신발 생각나요? 그 낡고 큰 미제 등산화 말이에요."

"느닷없이 그 신발 이야기를 왜 하는데?"

"그거 아직도 집에 있어요? 한번 보고 싶네."

"니네 아버지 묻을 때 태웠잖니. 가지고 가라고. 근데 애비 너 술 마셨니?"

아버지는 산을 떠돌며 살았다. 한 며칠 잘 지낸다 싶다가도 홀린 사람처럼 산을 찾아 떠났고 가면 잘 오지 않았다. 산에 미친 사람, 칭호는 성호가 태어나기 전부터 있었다. 니 애비가 미친 게 아니라 발이 미친 거다, 발이 먼저 가버리니 몸뚱이는 어쩔 수 없이 따라다니는 거야, 어머니는 매번 그렇게 말했다.

학교 갔다 오거나 아침에 일어나면 그는 마루 아래 툇돌부터 보는 게 버릇이었다. 낡고 큰 등산화. 그게 있으면 아버지가 왔다는 소리고 없어졌으면 발 따라 산으로 가버렸거나 아직도 오지 않았다는 소리였다. 그가 국립공원관리공단 직원이 된 게 아버지의 영혼이 작용한 탓이라고 어머니는 지금도 굳게 믿고 있다.

오래도록 아버지가 산에서 돌아오지 않던 날, 마을에 미친 여자가 들어왔다.

여자는 딱딱하게 굳은 머리카락을 노끈으로 묶고 수건을 목에 둘렀으며 한쪽이 찢어진 치마를 입고 있었다. 자그마한 조약돌을 사탕처럼 쭉쭉 빨았으며 둘둘 만 종이뭉치가 들어 있는 보따리를 늘 가슴팍에 오므리고 있었다. 그리고 맨발이었다. 나이도 말하는 사람마다 달라 이십대에서 오십대까지 여러 가지였다.

그 여자는 시장 이곳저곳에 서 있거나 걸어다녔는데 학교에도 종종 찾아왔다. 운동장에 들어온 날도 있었다. 아이들이 우르르 몰려가면 그 여자가 말했다. 집에 갈 거야, 나 집에 갈 거야. 그녀는 그 말밖에 하지 않았다. 여자가 나타나는 횟수가 늘어나자, 나 그 여자 보지 봤다, 는 아이들이 하나둘씩 늘어갔다.

집에 가겠다는 여자는 날마다 어제 있었던 곳에 그냥 있었다. 집에 갈 거야. 그 말은 어제도 집으로 가는 길을 못 찾았다는 소리였다. 집으로 가는 길을 잃어버린 사람. 성호는 학교에서 지도에 대해 배우는 중이었다. 오만분의 일. 오대강과 산맥, 고속도로, 등고선, 급경사와 완만한 구릉, 목욕탕과 학교 표시 같은 것. 담임도 말했다. 먼 곳을 쉽게 찾아갈 수 있도록 도와주는 것이 지도이다. 미친 여자는 지도가 없어서 집을 못 찾아가는 거였다.

성호는 사회과부도를 가져다주었다. 아줌마 집을 여기에서 찾아보세요. 맞아, 이게 있어야 했어. 여자는 새까만 줄이 만들어진 손톱 끝으로 먼 곳을 짚었다. 여기야, 여기가 우리 집이야. 그는 여자가 가리키는 곳을 중심으로 지도를 둥글게 찢어냈다. 통째로 드리면 좋겠지만 책이 없으면 매를 맞거든요. 고맙다, 이걸로 충분해, 난 줄 게 없는데 이 보따리라도 가질래? 아니요, 대신 거기 한 번만 보여주세요. 여자는 치마를 올렸다. 그곳에 아이들이 봤다는 게 있었고 성호는 빨랫줄처럼 늘어난 자신의 고추를 그곳에 댔다. 부르르. 전기 같은 게 생겨났다. 처음으로 한 몽정이었다.

다음날 그는 하굣길에 시장으로 갔다. 책가방에는 사회과부도가 들어 있었다. 장날이면 어른들이 윷놀이를 하는, 리어카가 줄지어 있는 담벼락 옆 공터에 사람들이 모여 있었다. 미친 여자는 평소와는 다른 모습으로 그곳에 있었다. 머리카락이 조금 보였고, 두툼하게 올라온 가마니가 있었고, 그리고 삼십 도 각도를 한 채 하늘로 향해 있는 발이 있었다. 아무도 설명해주지 않았지만 여자가 죽었다는 것을 그는, 빨랫줄처럼 늘어난 고추를 여자 거기에 댔던 것처럼, 본능적으로 알았다.

간밤 꿈과, 비참한 장면과, 이제는 늦어버렸다는 자책이 뒤엉켜, 볼 것 없다, 얼른 가거라, 어른들이 밀쳐내도 움직여지지가 않았다. 이제 여자의 몸에서 유일하게 볼 수 있는 곳은 두 발뿐이었다. 가는 발목에 갈라지고 부르튼 뒤꿈치, 저렇게 딱 붙어 있을 거면서 왜 다섯 개씩이나 필요할까 싶은 발가락, 검푸르게 죽어 있는 발톱.

그리고 그는 또 보았다.

까맣게 때가 박힌 발바닥에 선명하게 나 있는 굵고 가는 흰 줄. 남북을 가로지르는 큰 도로와 적당한 간격을 두고 퍼져나가고 있는 작은 도로, 이어졌다 끊어졌다를 되풀이하고 있는 샛길과 언덕을 휘돌아가는 강줄기, 길이 없는 산야지대. 그것은 지도책에서 보던 것과 같았다.

여자는 지도를 발바닥에 가지고 있었다. 그래서 걷고 있는 동안은 집을 찾아갈 수 없었던 것이다. 집을 찾기 위해 오래 걸으면 걸을수록 지도가 더 세세하게 변할 것이다. 그래서 여자는 마침내 자신의 발바닥에서 지도를 찾아내 집으로 가버렸기에 껍질만 저렇게 누워 있는 거구나, 그는 생각했고 죽어버렸으니 지도가 아무 소용없게 되어버렸다는 것도 떠올랐는데, 둘 중 어떤 게 맞는지 알 수 없었다. 그게 발금이라는 것은 나중에 알았다.

“아버지가 설악산에서 오던 날 제가 아버지 발바닥 본 거 기억나세요?”

“그래, 생각난다. 집에 오는 길이 생각 안 나면 여기를 보세요. 여기에 자기가 걸어다녔던 곳이 지도로 만들어져 있어요. 니가 그랬지.”

“어머니 총기가 지금도 좋아서 다행이에요.”

“총기는 뭐. 하루가 다른데.”

“말은 안 했지만 그날 아버지 등산화 속도 들여다보았어요.”

“등산화는 왜?”

“오래 신었으니 거기에도 박혀 있을 거라 생각했거든요.”

“너도 참, 그래 거기에 니 아버지 발금이 박혀 있던?”

“아뇨. 컴컴하고 냄새만 잔뜩 났어요.”

“……”

“……”

“애비야, 술 너무 많이 마시지 마라.”

“안 마실게요. 그냥 좀 슬퍼서요.”

소주코너 주인부부는 어떤 여자가 자신의 가게로 들어오려다가 입을 틀어막고 뛰어가는 것을 보았다. 원 재수가 없으려니…… 둘은 동시에 중얼거렸다.

이튿날부터 풍랑주의보가 발효되었다. 여객선은 통제되고 파도는 해수욕장을 넘어 관리공단 화단 입구까지 치솟아올라왔다. 한숨도 못 잤어. 얼른 나오기나 하라니까. 배가 안 뜬대. 잘됐다, 거기서 살아라. 속상해죽겠는데 자꾸 이럴래? 여자는 남자친구와 통화를 하고는 하얗게 변한 바다를 바라보며 한숨을 내쉬었다. 옆마을 이장은 비로소 술이 깨어 이따위로 메모를 적어놓으면 어떻게 하냐고 아내를 몰아세우다가 낮술 먹고 곯아떨어진 주제에 무슨 소리냐, 되치기를 당했으며 호식이는 방에 그냥 있었다. 성호는 종일 머리가 아팠다. 방송은 되풀이되고 경찰의 탐문수사는 이어졌다.

사람들은 둘만 만나면 발 이야기를 했다. 발이? 발만? 한쪽만? 몸은 없고 발만 있더란 말이야? 아니 왜? 몸은 어디 가고?

이 년 전에는 머리가 없는 시신이 하나 밀려왔었다. 검시를 위해 해경 공의가 들어오기까지 했는데도 신원확인이 되지 않아 수사가 오래갔다. 오래갔기에 여러 사람이 보았고, 보지 않았다 하더라도 자주 듣고 생각하다보면 마치 본 것과도 같은 효과가 있어서, 사람들은 자신의 머리통은 잘 붙어 있나 자꾸 만져보게 되었다. 그 사건은 지금도 수배 상태에서 정지되어 있다. 끔찍한 경우였으나 머리만 있는 것보다 낫기는 했다.

이번이 그때와 비슷했다.

사람들은 절단되어 있는 발이 떠오를 때마다 발목을 만져보았다. 잘 붙어 있는데도 시큰거렸고 시간이 갈수록 통증이 커져갔다. 이틀째부터 보건소 찾는 사람이 생겨났고 사흘째는 더 많아졌다. 주기적으로 찾아오던, 무릎 아픈 할머니와 디스크를 앓고 있는 뱃사람도 이번에는 발목의 통증을 호소해왔다.

닥터 김은 눌러보고 툭툭 때려보는 것 말고는 딱히 해줄 게 없었다. 그냥 갔으면 좋겠는데 다들 치통 앓을 때처럼 얼굴을 구기고 있었다. 그가 볼 때 이 집단통증의 원인은 두 가지였다. 느닷없는 발의 출현과 풍랑.

풍랑 때문에 일거리가 없어진 사람들이 잡담을 하다가 증세가 커져 버린 것이다. 아픈 것 같기도 하고 아닌 것 같기도 한데 다른 사람이 아프다고 하니 자신의 통증 또한 분명하고 뚜렷해져버리는 것. 환자가 찾아오면 머큐로크롬이라도 발라주어야 하는 곳의 닥터라는 게 그의 고민이었다. 마땅한 약도 없거니와 자신이 그랬던 것처럼 심리적인 요인이 더 크기에 진통제를 처방할 수도 없었다. 이곳에도 물리치료실이 있으면 좋겠다고 잠깐 생각했고, 주민들이 북적이는 모습을 상상해내고는 아니, 없는 게 더 낫겠어, 결론지었다.

그는 환자를 한의 쪽으로 떠넘겼다. 옆방의 젊은 한의사는 하루종일 사람들의 발목에 침을 놓았다. 침상과 적외선치료기는 여섯 개뿐인데다 침은 주사와 달리 십오 분간 있어야 하기에 보건소에서는 많은 사람들이 발목을 문지르며 대기해야 했다.

소주코너 부부는 한 달 전까지 식당을 했었다. 큰 단체여행객들은 새로 생긴 대형 식당에게 빼앗겼고 그나마 받은 주문도 취소를 당하곤 했다. 사십 명 점심 주문을 받아 생선찌개로 밥상을 차려놓은 날이 있었다. 여객선이 도착을 했는데 돌풍이 불어 곧바로 돌아간다는 방송이 나왔다. 타고 왔던 손님은 그대로 돌아가겠다고 통보를 했다.

부부는 생선값만이라도 주고 가라고 선착장에서 악을 썼고 천재지변인데다가 숟가락에 손 한 번 안 댔는데 어떻게 돈을 주냐고 손님들은 외면했다. 부부는 열 개의 찌개냄비와 숱한 반찬그릇들을 바라보다가 이번 기회에 업종을 바꾸기로 결단을 내렸다.

섬에 없는 것을 팔아먹자.

그게 서로 머리 맞대고 고민한 결과였다. 악을 대로 악은 단체관광객은 항구에서 값싼 생선회를 사가지고 왔다. 이곳에서 그들이 필요로 하는 것은 밥과 국과 반찬이었다. 섬 주민들은 당연히 생선은 안 사 먹는다.

첫번째 나온 게 날개였다. 수많은 생선과 패류, 해조류를 뒤져봐도 날개 있는 것은 없었다. 딱 하나, 날치가 있긴 했다. 그렇다고 날치날개구이 같은 것을 메뉴로 만들 수는 없는 일. 그러니까 닭이나 오리 따위를 팔아보자는 거였다.

하지만 문제가 있었다. 최근에 치킨집이 세 군데나 생긴 것이다. 그들이 먼저, 섬에 없는 것을 팔자, 판단했던 것이다. 치킨집 세 개면 섬마을에서는 포화 상태이다. 그나마 한 집은 오촌 조카이고 또 한 집은 가까운 사돈이었다. 좁은 곳에 같은 업종이 너무 많으면 공멸이라는 것을 그들은 알고 있었다.

한발 늦어버린 것을 후회하며 부부는 해산물에는 없는 것을 다시 점검했다. 그때 찾아낸 것이 '발'이었다. 농어 도미 해삼 미역 소라, 그 어느 것을 살펴봐도 발을 가지고 있는 것은 없었다. 발은 육지의 것에 있었다. 치킨집에서는 땅을 쳤던 두 사람은 동시에 무릎을 쳤다. 그래서 새로 개장하여 연 것이 '소주코너 발집'이었다. 닭발과 족발이 주메뉴였다. 점심때는 일반 곰탕과 돼지족탕과 우족탕을 팔았다.

반응은 괜찮았다. 그러나 가게로 들어오려던 어떤 여자가 갑자기 토하러 간 뒤로는 아무도 찾아오지 않았다. 지나가는 사람도 저만치 돌아갔다. 그게 발 때문이라는 것을 부부는 곧 알게 되었다. 수북이 쌓아둔 닭발과 족발을 보고 있자면 자신들도 기분이 찜찜해졌고 발목이 시큰거렸다. 하루가 더 지나자 그것은 음식이나 안주라기보다는 공포영화의 소재처럼 보이기 시작했다.

사흘째 밤. 사내는 자신들의 불운을 한탄하며 소주를 마시다가 욱하는 심정이 들어 모두 쓰레기장에 내다버렸다. 제기랄, 소머리곰탕을 팔았으면 사람 대가리가 떠내려온다는 거야, 뭐야. 그렇게 구시렁대다가 잠이 들었는데, 다음날부터 만나는 사람마다 그를 비난하기 시작했다. 동네 고양이와 개가 그것을 물고 다녔고 골목마다 발뼈가 굴러다녔던 것이다. 사람들은 몸서리를 치며 피해다녔다. 미화원도 뼈를 하나 주울 때마다 자신의 발목을 주무르며 신음소리를 냈다. 그러는 동안 여전히 파도가 높았고 여객선은 오지 않았고 무료함에 지친 여자는 파출소에 들러 커피를 마셨다. 발은 파출소 냉장고에 그대로 있었다.

왔던 것은 가기 마련이다. 발이 섬을 떠나게 된 것은 마을 이장단회의 덕분이었다. 아직도 돼지족뼈를 물고 다니는 개가 있고 여전히 보건소는 분주했으며 이제 자신의 발을 씻는 것마저도 괴로웠던 그들은 우리 마을이 왜 이렇게 되어버렸지, 한탄을 하며 모였기에 회의는 오래가지 않았다. 그들은 곧바로 파출소를 찾아가서 발을 어떻게라도 처리합시다, 말했다. 그렇다면 주민들의 민원해결 요청에 의해 이 정도에서 내사종결을 짓겠다고 소장은 대답했다.

그 말이 신호가 되었는지 날이 풀렸고 여객선이 들어왔다. 여자는 왔을 때의 차림으로 선착장에 서 있었다. 살이 빠져 제법 봐줄 만하다고 소장은 생각하며 포장박스를 들고 나갔다.

"그거, 그거죠?"

그는 고개를 끄덕였고 여자는 제발 그만, 하는 표정으로 또 물었다.

"그러면 제가 탈 배에 실어보내는 건가요?"

"아니, 우리 해경선 오고 있잖아. 거기에 인계할 거야."

"……"

"헤어지는 마당이니 인사나 해. 그래도 아가씨 때문에 사람들 품으로 돌아온 거니까."

"생각도 하기 싫어요."

"너무 그러지 말고 항구 가면 로또 하나 사봐."

"왜요?"

"이렇게 시신을 맨 처음 발견해서 신고한 사람에게는 행운이 와."

"어머, 정말이에요?"

"그럼. 죽은 사람 입장에서는 얼마나 고맙겠어?"

여자는 말없이 포장박스를 바라보았다.

"일정 기간 수배해보다가 연고자가 안 나타나면 매장을 하거든. 이 사람 입장에서는 발이라도 묻히는 게 얼마나 다행이야. 발이 편하면 다 편한 법이니까. 은혜를 갚는 거지."

"그렇다면 남자친구 생기게 해주면 좋겠어요."

"있다고 하지 않았어?"

"갈아치우려고요. 그리고 저 부자 된다는 거, 책임지셔야 해요."

여자는 로또를 사겠다고 말하지 않은 게 다행이라고 생각하며 배에 올랐다. 소장이 한마디 더 했다.

"습득물은 일정 기간 보관하다가 주인이 안 나타나면 일차로 습득자에게 돌아간다는 거 알지? 기다려, 보내줄 테니까."

여자는 해수욕장에서 그랬던 것처럼 새된 비명을 지르고 선실로 뛰어들어갔다. 소장은 출렁이는 여자의 엉덩이를 보면서 웃었다. 멀어지는 여객선과 다가오는 해경선이 만들어놓은 흰 물보라가 엇각으로 겹쳤다가 천천히 잦아들었다.

애생은 이렇게

어제는 남편이 또 사랑에 빠졌고 오늘은 최노인이 해양경찰과 싸우러 가야 한다. 이 말은 밤에는 별이 뜨고 아침에는 해가 떴다는 말과 큰 차이가 없다. 동네 이장이 옆마을 이장과 쓰레기 수거 차량 시간 배분 문제로 일곱번째 말다툼을 했다는 것과도 같다. 어제 남편은 종일 한숨을 내쉬었다. 그가 사랑에 빠지지 않으면 뉴스가 될 것이다. 애생이 물었다.

"이번엔 누구야?"

"……"

"말해봐."

"싫어."

"동네 사람은 절대 안 된다고 했던 거 잊지 마."

하지만 말은 말일 뿐이다. 마음의 영역은 말과는 상관없는 곳에 똬리를 트는 법이다. 인류의 특징이기 때문에 그것만 따로 찍어 탓할 게 못 된다. 남편은 애생의 젖가슴을 쥐어짜며 밤 내내 몸을 뒤척였다. 손은 여기 있되 마음이 멀리 가 있다는 소리였다. 손 붙드는 것보다 마음을 붙드는 게 삼만사천 배 정도 어렵다. 애생은 가늠을 해봤다. 우리 마을에 남은 여자가 누가 있던가? 뒷집 옆집 앞집 그 너머 집, 그 뒤의 옆의 다음 집까지 저인망으로 훑어봐도 없다.

모두 거쳤다. 가장 짧았던 게 삼 년 전 민석이 엄마다. 한 달 만에 마무리되었는데, 민석이 엄마가 둘째를 임신했기 때문이었다. '사랑밖엔 난 몰라' 정신으로 사는 사람이 남편이지만 자신만의 룰은 있다. 임신부는 제외다.

가을이 엄마는 오래갔다. 시작에서 마무리까지 일 년 정도 되었다. 남편은 그 기간 동안 가을이 엄마를 떠올리고, 그리워하고, 길에서 우연히 만나 눈으로 보고 있으면서도 보고 싶어했다. 애생은 알 수 있었다. 마누라 배 위에 올라와 있으면서도 가을이 엄마를 생각하고 있다는 것을. 눈 지그시 감고 있는 저 대갈통 속에서는 애생 자신이 가을이 엄마가 되어 있다는 것을. 그렇게 따지면 그동안 그녀의 배 위로 따라 올라온 여자가 스무 명도 넘었다.

가을이 엄마는 동네 남자가 데리고 온 육지 여자이다. 올 때는 호리호리했다. 선글라스도 쓰고 있었다. 머리도 긴 생머리였다, 고 남편은 말하지만 스트레이트파마였다. 알려줘도 생머리라고 우겼다. 가을이 엄마는 기하급수적으로 뚱뚱해졌다. 임신부의 몸매처럼 변하자 남편은 비로소 연심을 누그러뜨렸다.

연주씨도 두 계절 정도 갔다. 연주씨는 작년에 들어온 보건지소 간호사이다. 남편은 아픈 곳을 찾기 위해 몸 구석구석을 이 잡듯이 뒤졌다. 한두 군데씩은 나왔다. 이를테면 간혹 찾아오는 허리 통증, 가슴 벌떡거림, 목뒤의 종기 따위였다. 자주 가니 금방 나았다. 지난 십 년 동안 그때가 가장 건강했다. 그러나 연주씨는 한국전력 과장 차지가 되었다. 그래도 좋아했다. 남편의 경우, 여자에게 배우자가 있는가, 없는가는 별로 중요하지 않다. 법률을 뛰어넘는 독립체로 보았다. 올해 초 연주씨도 임신을 했다.

간략하게만 봐도 남편의 경력은 이렇다. 더 말해보려 한다면 리사무소에 있는 주민현황표를 이용하는 게 유리하다. 그곳에 적힌 여자 주민들 중에 스무 살 이하와 늙은이를 제외하면 된다. 할 수만 있다면 남편은 마을 여자 전부에게 장가를 들려고 할 것이다. 다행인 것은 숫기가 없다는 것이다. 그저 좋아하고 끙끙 앓기만 한다. 그가 딱 한 번 용기를 냈을 때가 애생에게 청혼했을 때였다.

그녀는 지난 며칠간의 행보를 역추적하기 시작했다. 하나 걸려든다. 이틀 전 남편은 밤늦게 들어왔다. 그때 애생은 일찍 잠들었다. 화투도 싫어하고 당구나 바둑 같은 잡기도 멀리하는 남자라서 늦었다면 딱, 술이다. 그리고 이렇게 사랑이 재발되어버린 것. 그렇다면 답은 하나. 면 소재지 단란주점에 새로운 아가씨가 들어왔고 그 여자 때문에 눈깔이 뒤집혀버렸다는 소리다.

해가 완전히 떴다. 이불을 벗기니 남편 아랫도리가 탱탱 서 있다. 눈을 반쯤 뜨고 애생을 끌어당긴다. 사랑에 빠진 초기 증세다. 남들은 삼지구엽초나 산수유, 또는 비아그라 같은 것의 도움을 받겠지만 이 집은 남편의 짝사랑이 그 역할을 한다. 그래서 약값은 안 든다. 대신 이 병은 고칠 약이 따로 없다. 손이 셔츠 속으로 들어온다. 작다고 날마다 타박을 하면서도 만질 게 그것밖에 없으니 도리가 없다.

연애라면 애생은 반대편에 서 있는 존재이다. 연애다운 연애를 한 번도 해보지 않았던 것이다. 짝사랑도 그렇다. 글쎄, 짝사랑도 연애일까마는, 어쨌든 사랑이 들어가 있어서 연애라 치더라도, 그녀에게는 경력 전무 부분이다. 누군가를 흠모해본 적 없고 받아본 적도 없다.

거울을 들여다보면 그럴 만했다. 좁은 이마, 쌍꺼풀 없이 낮은 눈, 오뚝하게 솟기는 했지만 주변과 조화가 이뤄지지 않은 코, 튀어나오지 않았다고는 말 못 할 입, 키는 작지 않지만 빈약한 가슴…… 과거는 용서해도 예쁘지 않은 것은 용서할 수 없다는 요즘 세상에서 이렇게 타고난 것은, 어쩌면 죄이고 벌일 것이다, 라고 그녀는 종종 생각하곤 한다.

그러니까 과거로만 치면 애생은 공장에서 금방 찍어낸 A4용지 같다. 막 내린 첫눈이라고 해도 무방하다. 죄이면서 벌이라고 해도 워낙 깨끗하니 용서받고 말고 할 게 없다. 어릴 때도, 사춘기 때도, 아무도 그녀를 쳐다보지 않았다. 심지어는 절에서 살 때 만났던 숱한 비구들 눈에 설핏, 번뇌 한 줄기 스치는 꼴도 못 봤다. 번뇌는커녕 무념무상 얼굴이 되곤 했다. 그러니 남자는 지금 남편이 처음이다.

그런데 이름은 애생(愛生)이다. 어쩌면 그 이름 때문에 이런 남자랑 살게 되었을 수도 있다. 인간의 인연이라는 것 자체가 이따위 정도일지도 모른다.

아름다움이란 스스로는 모르는 것이지요. 뽐내는 꽃을 본 적이 있나요. 그저 바람에 흔들릴 뿐이랍니다.

절을 찾았던 어떤 여자에게 주지스님이 했던 말이다. 말은 오래 했는데, 그 대목이 귀에 들어왔고 그중에서, 그저 바람에 흔들릴 뿐이랍니다, 가 깊이 박혔다. 왜 그런지는 몰랐다. 그 여자는 제법 번듯하게 생겨먹었는데 부자면서도 몹시도 외로운 사람이라고 했다. 돈다발을 내려놓은 여자는 흔들리기 위해 집으로 돌아갔다. 애생은 그 돈의 일부를 받아 부식 사는 데 썼다.

"뭐하냐. 얼른 일어나 밥 먹으러 가자."

최노인이 외친다. 방 밖에서는 방 안의 사정을 모르는 법이다.

"진짜로 가실 거예요?"

"진짜 간다니까, 얼른 나와라."

애생이 묻고 최노인이 대답한다. 최노인은 시아버지다.

안 갈 사람이 아니다. 형태가 달라서 그렇지 부자(父子)는 집념을 공통유전자로 하고 있다. 이것은 또 이렇게 된 일이다.

시아버지는 최근 들어 저녁마다 도미를 낚으러 다녔다. 치어 공급이 원활하지 않았기 때문에 가두리양식장에서 살아 있는 도미를 사기 시작한 것이다. 아무리 작아도 한 마리에 천오백원이니 백 마리면 십오만원. 현금 만질 수 있는 기회였다. 문제는 최근에 해경파출소 소장이 바뀐 것. 누구든, 새로 부임한 소장은 원칙을 강조하기 마련이다. 원칙 강조는 어민들에 대한 통제로 이어진다. 통제는 쉽다. 법이라는 게 모두 통제니까.

어선은 입출항 신고를 해야 한다. 날마다 신고를 해야 하는 것은 귀찮은 짓이다. 그동안 안 하고 다니다가 지적을 당했다. 최노인은 어제 늦은 오후에 파출소에 전화를 했다. 소형선박은 전화만으로도 신고가 가능하다. 주민번호와 배 이름을 댔다. 받아적던 순경이 물었다.

레이더와 무전기, 지피에스가 장착이 되어 있는 배인가요?

좆만한 배에 뭐 그런 것까지 있겠어.

그럼 선박검사증서상에 야간항해 금지가 들어 있겠네요.

그거야 그렇지.

그러면 저녁 일곱시까지 돌아오셔야 합니다.

저녁 일곱시부터나 참돔이 물기 시작하는데 어떻게 와?

선박안전법에 의해 야간항해장비가 없는 배는 일몰시간까지 귀항하게 되어 있습니다.

돔은 밤에 잘 문단 말이야.

법이 그렇습니다. 법을 집행하는 게 우리들 임무이고요.

내 임무는 고기를 낚아서 식구들 먹여살리는 거야.

어쨌든 그때까지 돌아오세요.

그러면 참돔 낚지 말고 굶어 죽으라는 소리네? 좋아, 일곱시까지 들어올 테니까 대신 당신들이 우리들 밥을 먹여줘. 당장 내일아침부터 파출소로 밥 먹으러 갈 테니까 그리 알라구.

바로 그 일이다. 해경파출소로 밥 먹으러 가자는 것이다. 말도 안 된다는 것은 안다. 보통의 경우 그렇게 하지요, 대답만 하고 밤늦게까지 낚시를 하고 온다. 하지만 세상에는 말도 안 되고 말로도 안 되는 사람들이 얼마나 많은가. 당장 이 집 식구 셋 중에 둘이나 그런 족속 아닌가.

셔츠에서 손을 뺀 남편이 부스스 일어난다. 일어나다 말고 아침드라마에 눈을 준다. 그 드라마에서도 우아하게 차려입은 부인이 남편의 뒤를 캐는 장면이 나오고 있다. 채널을 돌리면 외도로 낳은 자식을 두고 친자 확인을 하네, 못 하네, 하고 있을 것이다.

"단란주점에 새 아가씨 들어왔어?"

대답은 없고 대신 빨리 나오라는 최노인 고함소리가 한번 더 들려온다. 남편은 옷을 주워입는다. 오 분 뒤, 트럭이 마을길을 빠져나간다. 최노인은 결연한 표정으로 앞을 노려보고 있고, 운전석에 앉아 있는 남편은 연신 얼굴을 비비며 눈곱을 떼고 있다. 애생은 가방을 열어 면 소재지 간 김에 처리해야 할 일거리를 점검한다.

아서라, 말아라.

주지스님은 대번에 고개를 저었다. 지금부터 십 년 전이고, 그녀가 공양주 보살로 들어온 지 육 년 만이었다.

육 년 동안 고민했어요.

육 년 고민이면 충분하다.

안 되는 이유가 뭔데요.

넌 중 팔자가 아니야.

중 팔자가 따로 있나요?

따로 있지.

……

산에 있지도 않을 애가 오래 버텼으니 그것만으로도 대견하다.

단번에 안 된다고 하니 스님의 도력이 좀 있어 보이기는 했다. 밤에 치킨 먹을 때와는 달랐다.

그동안 공양주 노릇 한 것은 뭐가 되나요?

뭐라도 되겠지. 암튼 이제 그만둬라.

그러면 다른 절이라도 소개해주세요.

안 된다니까. 니 팔자는 따로 있어.

애생은 자신의 팔자가 중이라고 생각했다. 고만고만하게 여고를 졸업하고 고만고만한 회사에 들어가 커피를 타고 복사기 버튼을 누르고 은행 심부름을 다니다가 우연히 여행길에 오른 적이 있었다. 우리나라 여행코스에는 늘 절이 있다. 산행중에 이 절을 만났는데 순간 내가 있을 곳은 여기구나, 판단이 들었다. 마치 오래전의 고향 같고 전생에 살았던 집 같았다. 그녀가 중이 되겠다고 마음먹은 것은 그렇게 저절로 생긴 감정이었다. 팔자 같았다. 주지를 찾아가 말했다. 중이 될래요. 스님은 한동안 물끄러미 바라보다가 대답했다. 그렇다면 공양주 노릇부터 해라. 그래서 시작했다.

육 년 동안 밥 짓고 반찬 버무리고 설거지를 했다. 고추를 심고 따고 상추도 심고 따고 오이도 심고 땄다. 그런데 육 년이나 밥을 받아먹은 주지가 그만 나가라고 한 것이다. 절에 살 팔자도 아니라고 했다. 짐을 싼 애생은 대웅전에 들러 마지막 백팔 배를 했다. 부처님은 육 년 전이나 뒤나 늘 그 얼굴 그 미소였다. 눈물이 났다. 육 년이 눈 깜빡이는 순간에 지나간 것 같기도 했고 한평생 같기도 했다.

절을 나온 그녀는 친구 집에 머물렀다.

친구란 느닷없는 상황을 만들어내는 세상의 문(門) 같은 존재이다. 친구 때문에 애인이 생기고 친구 때문에 싸움에 휘말리고 친구 때문에 취직이 되고 친구 때문에 술을 얻어마시고 친구 때문에 사기를 당하고 친구 때문에 강남도 가보게 된다. 친구가 없다면 세상은 아주 조용하고 권태로운 곳이 되었을 것이다. '개한테는 불성이 없다'가 중에게 있어 스승이 내던져준 화두라면 일반 사람들에게는 가족과 더불어 친구가 그 역할을 할 것이다.

그래서 애생은 석 달 뒤 생면부지의 섬으로 가게 된다. 그러니까 친구의 언니가 어찌어찌하다가 섬 사내를 만나 결혼을 했으며 최근에 섬에 호프집을 냈는데 일손이 부족하다고 연락이 온 것이다. 그녀는 친구의 권유로 배를 탔다. 육 년간 남의 밥 해주었으면서도 삼 개월 남의 밥 얻어먹는 것은 못 할 짓이었다. 당장의 활로도 어두웠으며 절에서도 있었는데 섬엔들 못 있으랴, 싶기도 했다. 바닷가에서 살아보고 싶은 마음도 있었고 절과 섬은 닮았을 거라고도 생각했다.

그러나 그 생각은 틀렸다. 멀고, 외롭고, 산천풍경이 하루종일 볼 수 있는 것의 대부분을 차지한다는 면에서는 그랬지만 나머지는 전혀 달랐다. 우선 두 시간 넘게 파도에 시달렸으며 술집은 생각보다 북적거렸고 친구 언니는 짐작보다 더 삭아 있었다.

거처를 정한 다음 출근을 하자 사내들이 잔뜩 몰려들었다. 그냥 총각, 노총각, 더 늙은 총각, 몹시 늙은 총각에 유부남 이혼남 들이었다. 장사가 잘되는 집이라서 그런 줄 알았다. 섬에 새로운 여자가 나타나면 관심의 초점이 된다는 것을 모르고 있었다. 덕분에 그녀는 주방보다는 홀에 자주 불려나갔고 언니도 그것을 더 흡족해했다. 칼질 솜씨를 보여줄 틈도 없었다. 그곳 주방에 토란, 근대, 상추, 고수, 우엉 대신 도미 장어 홍합 멍게 닭발 삼겹살이 쌓여 있는 것도 하나의 이유였다.

친구의 언니가 없었다면 이름도 바꿨을 것이다. 현미 민정 이런 정도로. 하지만 언니는 그녀의 본명을 알고 있었다. 김애생. 아버지가 준 유일한 선물. 아니면 아버지가 준 가장 강한 저주. 왜 그딴 것을 이름으로 지어주었는지는 따질 수 없었다. 따질 만한 나이가 되자 아버지는 죽어버렸다.

사랑의 결과물이라고 보기에는 억지가 있었다. 아버지와 어머니는 사이가 좋지 않았다. 어떻게 저런 사이에 알몸으로 뒤엉켜서 아이를 만들었는지 이해가 안 되었다. 길에서 주워온 것으로 보자니 좁은 이마는 어머니를, 눈 코 입은 아버지를 빼닮았다. 그렇다면 하나, 사람들을 사랑하며 살라는 뜻일 것이다. 그것은 받아들일 수 없었다. 하고 싶으면 자기가 하면 될 것 아닌가. 그녀는 중학교 고등학교 육 년 동안 노트에 자신의 이름을 쓰지 않았다. 썼다가도 지워버렸다. 그녀가 절로 들어간 본능에는 그곳이 또하나의 이름을 지어주는 곳이라는 것도 들어 있었다.

이름이 무어든 간에 찾아온 사내들은 자주 왔고 와서는 안 가려고 했다. 그렇게 인기를 끌어본 것도 아직까지는 그때가 유일하다. 젊었든, 늙었든, 그들이 제시하는 카드는 한 가지였다. 배를 태워주겠으며 생선회를 먹여주겠다는 것. 배는 타고 들어오면서 당한 멀미 때문에 정이 안 갔고 육 년 동안 풀만 먹고 살았던 버릇이 있어서 생선은 안 당겼다. 둘 다 싫다고 도리질을 치자 사내들은 고개를 갸웃거렸다. 그러면 무엇을 좋아해요? 애생은 대답했다. 저는 책이 좋아요.

사내들은 서로 얼굴을 돌아보았다. 하필 책? 왜? 이런 표정이었다. 물론 그들은 책이란 종이로 만들었으며 네모난 물건이라는 것은 알았다. 축구공을 속이 빈, 동그란 물체라고 알고 있는 것과 같았다. 하지만 공을 안다 해도 잘 차는 건 아니듯, 책도 마찬가지였다.

그들도 평소에 보다, 읽다, 라는 단어는 썼다. 물때를 보다, 천기(天氣)를 읽다, 물 흐름을 읽다, 같은 거 말이다. 숱하게 읽고, 보는 것 중에 단 하나 예외가 있었는데 그게 바로 책이었다. 책이 아주 없는 것은 아니었다. 그들 집에는 수협 기관지, 어디에서 생겼는지 불분명한 잡지 따위와 오래전 누나나 삼촌이 영업사원에게 넘어가 할부로 샀던 세계문학전집, 조선왕조실록 따위가 하나씩은 있었다. 그저 가지고만 있는 것이다. 공을 아는 것과 잘 차는 것이 다르듯 소장하고 있는 것과 읽는 것은 별개였다. 집에 갈치 낚싯바늘이 산처럼 쌓여 있다 해도 그게 갈치로 변하지 않는 것과 같았다.

그들은 예전에 읽어본 것을 애써 기억해냈다. 『인간시장』 같은 대중소설을 말하는 사람도 있었고 『선데이 서울』이나 무협지를 거론하는 이도 있었다. 노총각 한 명은, 자신은 어릴 때부터 책을 좋아해서 많이 읽고 싶었으나 섬마을에는 책이 많지 않았다는 것, 지금은 바쁘다보니 그럴 틈이 없다는 것, 그러니까 그동안 책을 못 읽었던 이유가 척박한 환경과 바쁜 어장 때문이라고 열두 번 떨어지고 열세번째 회사 면접장에 들어선 사람처럼 장황하게 말했다. 그가 화장실로 가자 저만치에서 듣고 있던 그의 동창이 나섰다. 동창은 대략 이렇게 말했다.

저 새끼, 사학년 때까지도 글자를 몰랐어. 그 증거가 있어. 지금도 기억이 난다. 수업시간에 장난치다가 걸렸는데, 가만, 그때 선생님 성함이 뭐였더라, 김춘복? 뭐? 아, 맞아, 김춘득 선생님. 아무튼 그때 선생님이 저 새끼보고 국어책 읽으라고 시켰어. 선생님도 재 글자 모르는 것 알고 있었는데, 뭔 일인가로 성질이 잔뜩 나 있었거든. 쩔쩔매면서 못 읽고 있으니까, 이 새끼 빨리 안 읽어? 선생님이 몽둥이를 들고 쫓아갔지.

생각날 거야. 그거 있잖아, 염소 두 마리가 개울 위 통나무에서 서로 만나는 거 말이야. 그나마 다행인 것은 그 그림이 있었다는 거야. 선생님이 쫓아오니까 저 새끼, 순간적으로 그림을 읽었어. 어떻게? 이렇게.

그는 일어서서 흉내까지 냈다.

메, 멤소 두 마리가 나무통 우에서 만났습니다. 나무통은 거, 겁나게 좁았습니다. 그래서 서로 안 비켜줬습니다. 니가 먼저 비키라고 대, 대가리를 들이밀며 쌈박질을 했습니다. 그러다가 자빠라져서 같이 물에 퐁당 빠지고 말았습니다요.

당사자가 돌아왔을 때는 다들 웃음을 참기 위해 서둘러 술을 마시고 안주를 씹어야 했다. 그런 사내들 틈에 키가 작고 얼굴이 오종종한 청년이 있었다. 그도 단골 중 하나였다. 술이 약해서 매상에 도움이 되지는 않았다. 소주 한 병에 취해 횡설도 하고 수설도 하다가 비틀거리며 돌아가면서도 꼭꼭 왔다. 한 계절이 지났을 때 그가 말했다.

할말이 있어요.

뭔데요.

애생씨하고 결혼하고 싶어요.

나보다 세 살이나 적다면서요?

상관없어요. 우리 마을에는 열두 살이나 많은 여자랑 사는 놈도 있어요.

……

나랑 결혼 안 해주면 죽어버릴 거요.

그는 가방에서 책 꺼내듯 알약과 면도칼을 꺼내 보여주었다.

나도 조건이 있어요.

뭔데요?

그럼 책을 읽어와요.

그녀가 건네준 것은 생텍쥐페리의 『어린 왕자』였다. 청년은 다음날 밤늦게 찾아와서 그녀가 일 마칠 때까지 기다렸다. 두 사람은 해수욕장으로 나 있는 길을 걸었다. 그가 말했다.

어제 준 책, 다 읽었어요.

어땠어요?

그게 진짜로 있었던 이야긴가요?

실제로야 있었겠어요?

그럼 거짓말이라는 소리인가요?

애생은 대답이 여의치 않았다.

거짓말이다, 아니다가 뭐 중요하겠어요. 느낌이 중요하죠.

아무튼 뭔가 이상해요. 사람이 각자 별을 하나씩 차지하고 있는 것도 그렇고 바오밥인가 하는 나무도 그렇고 여우를 길들인다는 것도 그렇고요. 우리는 개를 길들이는데.

바오밥나무는 아프리카에 진짜로 있대요.

여기는 동백나무가 많아요. 낼 나랑 동백나무숲 보러 안 갈래요?

……

흰 동백꽃이 피는 나무도 있어요.

따로 느낀 것은 없어요?

있어요. 쬐깐한 자식이 저녁노을을 되게 좋아하데요? 해 지는 모습을 마흔몇 번인가 계속 보기도 했다던데. 근데요, 그거 보고 있으면 마음이 너무 울적해져요. 여기서는 노을이 하루에 한 번밖에 없는 게 얼마나 다행인지 몰라요. 저녁노을이 지면 갈 곳이 저런 술집밖에 없거든요.

애생은 이 사내가 외롭구나, 생각했다. 사내들이 그렇게 많이 모여든 게 외로움 때문이었다는 것도 어렴풋이 깨달았다. 청년은 말을 이었다.

우리 섬에 뱀 많아요. 코끼리를 삼킬 만한 구렁이는 없지만 독사는 많아요. 어디에 많이 있는지도 잘 알아요. 어제 그 책을 읽고 생각을 바꿨어요. 당신이 내 청혼을 받아들이지 않으면 독사에게 물릴 생각이에요.

……

내가 독사에 물려 죽으면 당신 때문이라고 생각하면 돼요.

키가 작고 얼굴이 오종종한 청년은 얼마 뒤 남편이 되었다. 살아보니 삼 년 연하가 삼십 년 연하 같았다. 남편이라기보다는 다 큰 아들이 하나 생긴 것 같았다. 참 길들여지지 않았다. 십 년 지나고 보니 자기가 남편에게 길들여져 있었다. 결혼을 했어도 외로움은 없어지지 않았다. 끊임없이 누군가를 좋아하는 이유에 대해 애생이 물었을 때 그는 이렇게 대답했다.

저절로 그렇게 되는 것이어서 나도 어떻게 할 수가 없어. 아마도 여자들이 모두 거기에 오아시스를 숨기고 있기 때문이겠지 뭐.

그래놓고 낄낄 웃었다. 책 내용을 기억하는 것만도 용했다. 남편이 그러는 이유를, 주변에서는, 당장 최노인부터, 아이가 없기 때문이라고 보았다. 자꾸 딴 여자 생각을 해서 그런지는 몰라도 둘 사이에 아이가 생기지 않았다. 남편은 아이를 원했다. 아이가 지나가면 차를 멈추고 한참을 바라볼 정도였다. 그러고 보면 되풀이되는 그의 연정은 아이를 낳아줄 수 있는 존재에 대한 집착일 수도 있었다. 연정을 품었던 여자가 임신을 하면 마음을 돌리는 것도 아이에 대한 배려이거나 반대로 불같은 질투일지도 몰랐다.

트럭이 채 서기도 전에 내린 최노인은 파출소로 뛰어들어가 문을 벌컥 연다. 무슨 일로, 하는 표정으로 경위 한 명이 자리에서 일어선다. 최노인이 버럭 악을 쓴다.

"우리 밥 줘."

"밥? 무슨 밥을요?"

"우리 식구들 아침밥."

"영감님 아침밥을 왜 우리가 줘요? 여긴 식당이 아니고 파출소예요."

"파출소인 거 알아. 그래서 왔어. 오늘부터 여기서 우리 밥 차려주기로 했어."

"도대체 무슨 말씀인지."

"아침밥뿐만이 아니여. 점심, 저녁 다 차려줘."

섬은 좁고 마을은 더 좁다. 골이 난 아낙이 악을 쓰면 마을 사람들 다 듣고 사는 곳이다. 그러니 최노인의 목소리는 시작과 동시에 마을에 퍼졌고 파출소 위치 또한 번잡한 곳이었기에 사람들이 금방 모여

들었다. 소장과 순경이 어디선가 쫓아들어왔다. 순경은 약간의 시간을 보내고 나서야 이 노인이 누구인가를 기억해내고는 소장과 경위에게 귓속말을 한다. 입을 붙이는 입장이나 귀를 붙이는 입장이나 난감하기는 매일반이다. 애생과 남편은 일단 기다렸다. 효과의 극대점이 언제인가를 알고 있기 때문이다.

"무슨 말씀인지는 알겠는데, 그렇다고 여기서 이렇게 떼를 쓰시면 안 되죠."

"떼쓰는 거 아녀. 굶어 죽게 생겼으니까 그렇지."

"법이 그런 것을 어떻게 합니까?"

"사람을 살려야 법이지 굶겨 죽이는 것이 무슨 법이여? 부처님 법을 따르면 굶어 죽기 십상이고 나라법 따르면 맞아 죽기 딱 좋다는 말은 들어봤지만, 우리나라 법이 어민들 굶겨 죽인다는 말은 난생처음이여."

"허 참, 요즘 세상에 누가 굶어 죽는다고."

"돔을 낚어야 돈으로 바꿔먹을 거 아녀, 그리고 돔은 밤에 잘 문단 걸 해경에서는 몰라? 그런 것은 교육 안 받아? 아, 기름값도 비싸 죽겠는데, 이왕 나가면 돈벌이를 해야잖어."

"그래도 일몰 전의 귀항은 다 어민들의 안전을 위해서 취하는 것입니다."

"택도 없는 소리 하고 있네. 법이 생기기 전부터 우리는 그렇게 살아왔어. 법이라는 것이 나보다 바다를 더 잘 알아? 우리는 별자리만 보고도 밤바다 다 찾아다녔어. 지피에스 같은 것도 없이 말이야. 그나마 내가 가겠다는 곳은 고작 마을 뒤쪽이야."

"그래도 법이."

"그래, 다 좋아. 법을 따를 테니까 대신 우리 생명을 지켜줘. 당장 밥 달란 말이야."

지나가던 사람들이 자꾸 더 모여들고 모여든 사람들은 어디 가지 않았다. 좁은 파출소가 미어터질 지경이 되었다. 최노인은 아예 소파에 털썩 앉는다.

"좋다. 평생을 세금 바쳤으니 이제는 나랏밥도 얻어먹는구나. 어이, 다들 밥 안 먹었지? 그렇게들 서 있지 말고 앉어. 여기서 우리 어민들 밥 차려준다니까."

그들은 앉는 것 대신 크악 퉤, 가래를 뽑아올려 뱉는 것으로 응원을 하고 있다. 순경이 곤혹스러운 얼굴로 소장을 바라보고 소장은 같은 얼굴로 애생 부부를 바라본다. 제발 데려가라는 말이다.

"왜, 소장이 새로 왔다 하면 우리 어민들 군기부터 잡으려고 하느냐 말이야. 우리가 그렇게 좆으로 보여? 그렇게 만만해?"

최노인은 숫제 손바닥으로 탁자를 두드린다. 옆에 있던 의경이 쓰러진 물컵을 얼른 집어든다.

"만만하니까, 기관방 물 뺄 때 기름 떴다고 스티커 떼지."

"말이 나왔으니 말이지, 우리 사촌들 와서 태워준 것도 단속하더라고. 너무 심한 거 아니여?"

모인 사람들 입에서 이러니저러니 그동안의 불만도 새어나온다. 기관실에 스며들어온 바닷물을 빼내다보면 기름띠가 아주 없기는 어렵고, 어선이 일반인 태웠다고 영업행위로 오해받는 경우도 종종 있어온 것이다. 애생은 소장의 얼굴에서 난감함의 지수를 측정해보았다.

이 정도면 팔십 퍼센트 이상은 되어 보인다. 이제는 말려야 할 때인 것이다. 과하면 안 된다. 그것은 시아버지 스스로도 알고 있다.

이제 그만 갑시다, 소리를 다섯 번 정도 듣고서야 최노인은 아들 부부에게 양팔을 잡힌 채 나온다. 용기는 누군가 말릴 때, 그리고 끝까지 말린다는 보장이 있을 때 가장 커진다.

"바다는 중국 배들이 휘젓고 다니는데 우리나라 해경은 만만한 우리 어민들 모가지만 잡아챌라고 덤빈단 말이야. 국가에서 국민한테 하는 게 고작 이 짓이야?"

목소리는 더욱 커져 문을 나설 때는 목숨 걸고 나라를 지키는 수준으로 변했다. 비분강개의 결기가 시절만 일렀다면 독립투사 될 수도 있었다. 경찰들은 고개를 절레절레 흔들며 문을 닫는다.

최노인은 개선장군처럼 단골식당으로 들어갔다. 뒤따라오거나 소문 듣고 찾아온 또래들이 순식간에 모여든다. 그들이 볼 때 그것은 누군가가 해야 할 일이었고, 그리고 누군가가 할 거라는 것도 알고 있었다. 이제 그들은 작은 승리의 술잔을 나눌 것이다. 감투를 칭송하면 뭐 그 정도 가지고 이렇게 직접 찾아오셨어, 아, 조금만 따뤄, 넘쳐. 당신 아니면 누가 소장 코를 눌러놔. 이 친구, 예전부터 한 성질 했잖어, 암튼 시원했어. 아, 생각해봐, 말이 안 되잖아. 얼른 한잔해봐, 오늘은 내가 한잔 살게…… 판이 이렇게 벌어지는 게 그동안의 행보이다. 식사와 해장을 마치면 최노인은 경로당으로 이동해서 친구들과 화투를 칠 것이다.

애생도 면 소재지 나온 시간을 보람 있게 써야 한다. 다행인 게 오늘은 바쁘지 않다는 것이다. 밥 붙여먹는 이들이 어제 오후 배를 타고 모두 항구로 나갔다. 그들 부부의 주 수입은 공사현장 인부들 밥과 잠자리를 챙겨주는 것이다. 언뜻 보면 애생 혼자의 일인 것으로 보이지만 남편의 몫도 제법 된다.

남자들 엉뚱한 생각 못 하게 하는 것은 하나밖에 없다. 그저 일이다. 자꾸 일거리를 만들어라.

그녀가 숱하게 들었던 주변의 조언이었다. 그렇게 했다. 부식을 구하고 방을 수리하고 부친의 배를 돌보고 자재 구입하여 부부 앞으로 살 집도 만들고 있다. 남편은 아이인 만큼 시키는 것은 열심히 했다. 문제는 하루 스물네 시간 일만 할 수 없다는 것이다. 아무리 일을 해도 누군가를 사랑할 시간은 생겼다.

우선 할 게 많다. 우체국 들러 전기세, 수도세 따위를 내야 하고 통장정리도 해야 한다. 수협에서 최근에 나온 손낚시 허가대상 적금도 들어야 한다. 손낚시 허가는 섬 주민들을 위해 나온 이상한 국가정책이다. 그게 없으면 특정지역에서는 낚시를 할 수 없다. 그리고 그 허가증을 가지고 있으면 국가가 보조하는 고금리 적금을 들 수가 있다. 한 달에 십만원씩 넣는 것이다. 오 년을 넣으면 팔백만원이 된다. 오 년 뒤에는 어떤 일이 벌어질지 알 수 없다. 알 수 없기에 적금을 들어야 한다. 짜장면도 사 먹어야 하고 파마도 해야 하고 친구도 만나봐야 한다.

적금통장 만들고 자동이체 마무리를 하고 나서 그녀는 남편과 짜장면을 먹었다. 먹고 나서 부부는 헤어진다. 남편은 친구들 찾아가고 그녀는 미장원으로 발길을 돌린다. 미장원은 정보와 수다가 마음대로 뒤섞이는 곳. 더군다나 파마는 시간이 오래 걸린다.

세 시간 정도 앉아 있으면 그동안 섬 돌아간 이야기를 전부 들을 수 있다. 시아버지가 파출소에서 한바탕했다는 것도 벌써 돌고 돌아 그곳에 소문으로 도착해 있다. 기름값이 한 되당 이백원이 올랐고 가두리양식장으로 돈을 벌었던 모모 사장이 주식투자 실패로 쪽박을 차게 됐다는 뉴스도 있다.

예전에 그녀를 찾아왔던 사내들 이야기도 나왔다. 대부분이 얼굴만 늙은 채 제반상황 그대로이지만 유람선 선장이 된 이는 요즘 돈벌이가 괜찮단다. 갈치 배를 하고 있는 사람은 반대로 영 시원치 않다며 여자들이 혀를 찼다. 선원 두 명이 싸우고 나가버려 출항 자체를 못하고 있단다. 그땐 보이지 않았던 사내들의 미래가 지금인 것이다. 그녀가 그들 중 하나에게로 시집을 갔다면 최소한 선장님 사모 소리는 듣고 있을 것이다. 그런데 애생의 호칭은 아줌마다.

왜 남편이랑 결혼을 했을까. 죽어버리겠다면서 꺼낸 약과 면도칼이 무서웠을까. 그렇지 않다. 애생은 쥐와 뱀을 무서워하기는 하지만 수면제나 면도칼을 무서워하지는 않는다. 저 자신도 중이 되려고 하기 전에 그것들을 몇 번 만지작거려본 적이 있다.

육 년 동안, 애생은 부처님에게 도움을 청하러 온 이들을 자주 봐왔다. 주요 고객은 사십구제와 천도제 같은 거였지만 개인별로 찾아와 절을 올리며 무언가를 호소하고 부탁하는 경우도 적잖았다. 부자면서도 몹시 외로웠던 여자에게 했던 것처럼 주지스님은 그들을 앉혀놓고 이래라저래라, 말을 했다.

해탈을 하여 고통 속의 세상 사람들을 구제하는 존재가 부처라고 그녀는 읽고 들었다. 자신은 그런 것 할 생각도 마음도 없었다. 저 정도면 부처도 몹시 피곤할 것이다. 나는 가만히 있는데 사람들이 끊임없이 찾아와 무언가를 부탁하면 얼마나 힘든가 말이다. 그저 조용한 것이 좋을 뿐이다. 그래서 이런 말을 들은 모양이다. 니 팔자는 따로 있어.

풍경 소리만 들리던 절과 수다로 북적이는 섬마을 미장원. 그 판이한 세상 두 개가 애생 눈에 뒤섞인다. 눈이 두 개인 게 그것 때문인 것 같다. 주지스님 말대로라면 이게 본팔자인 것이다. 세상 따위는 내버려두고 거기 그 섬마을 철 안 든 남자나 잘 챙기라는 소리 같다. 내 인생이 내 것인 줄 알았는데 남의 것이었던 거다. 그녀는 그곳에서 수평선 단란주점에 새로 온 여자 이야기도 듣게 된다. 제법 섹시하고 화려하단다.

친구란 느닷없는 상황을 만들어내는 세상의 문이면서도 세상을 잊어버리고 맘대로 틀어박혀 있을 수 있는 '방'이기도 하다. 이곳에는 예전에 사귀었던 친구들이 있다. 애생처럼 육지에서 들어온 이들이다. 다들 레스토랑 하려다가, 카페를 하려다가, 좋은 곳으로 시집가려다가 실패하고 들어왔다. 중이 되려다가 실패한 사람은 애생 혼자뿐이다. 대신 실패라는 공통점이 있다.

그들은 한 번씩 모여 섬 사내들의 대책 없음을 탄식하고 돈도 없으면서 펜션을 몇 채씩 지었다가 허물었으며 겨울의 쓸쓸함에 대해 공감하곤 했다. 친구란 그런 존재다. 그중에 레스토랑을 하려다가 실패를 하고 들어온 친구는 갈빗집을 했는데, 최근에 그것도 실패하고 선착장에서 말린 생선 좌판을 하고 있다.

그곳에 도착한다. 친구는 파마 웨이브가 너무 심하게 말렸다고 한마디 한다.

"내 머리털은 억세서 금방 풀어지는 거 알잖아."

예전에도 했던 말을 되풀이하며 그녀는 자리에 앉는다. 맞은편 섬 너머로 노을이 지고 있다. 보기 좋다. 여기서는 노을이 하루에 한 번밖에 없는 게 얼마나 다행인지 몰라요. 저녁노을이 지면 갈 곳이 저런 술집밖에 없거든요. 남편이 했던 말이다. 어린 왕자는 해가 지는 것을 마흔세 번이나 연속 봤다지. 맞아 저 노을 때문에 결혼했을지도 모른다. 쓸쓸함. 어린 왕자는 쓸쓸한 것을 좋아했던 거야. 남편은 그게 싫었던 것이고.

해가 지는 풍경이 없다면 사람은 좀 덜 다치고 덜 한숨 쉴지도 모른다. 하지만 애생은 그런 것들이 좋다. 바다 위로 지는 노을, 아침의 맑은 기운, 따뜻한 봄 날씨, 동박새 우는 소리, 벼랑에 핀 나리꽃…… 따져보면 사랑하는 대부분의 것은 소유할 수 없는 것이다. 남편의 사랑이 늘 그런 것처럼 사랑은 소유와 아무 상관없다.

밤이 되자 서늘하다. 춥기는 하지만 친구란, 문이자 방이면서 이불과도 같다. 같이 있으면 포근하다. 카페를 하려다가 실패했던 친구도 합세를 한다. 저만치 밝은 불을 켜놓고 있는 해경파출소에서는 순경이 무언가를 적고 있다. 미장원에 있을 때 최노인은 친구 배를 타고 마을로 돌아가겠다고 알려왔다. 지금쯤이면 마을 뒤편에서 마음 편하게 돔을 낚고 있을 것이다.

부산했던 하루다. 내일이면 현장 사람들이 다시 들어온다. 바쁠 것이다. 그렇게 생각하니 휴일 같기도 하다. 관광객들이 빠져나가 손님도 없다. 그렇다면, 하는 심정으로 애생은 친구들과 어깨동무를 하고 수평선 단란주점으로 찾아간다. 그곳에서 맥주를 마시며 최근 노래, 조금 전 노래, 입도(入島) 당시 유행했던 노래에 아주 옛날 노래까지 독창과 합창을 했다.

마침내 그녀는 새로 들어왔다는 아가씨를 불렀다. 아가씨가 들어왔다. 들었던 대로 입술이 적당히 도톰하고 피부는 매끄럽고 쌍꺼풀 진 두 눈도 화려하게 생겼다. 가슴마저 크고 탄력 있어 보인다. 같은 여자가 봐도 눈이 가는데 일 년 삼백육십오 일 준비 상태인 남편이 보았으니 오죽할까. 이름도 진아란다. 본명이 아니고 쌍꺼풀도 수술했다는 것은 직감적으로 알겠지만 웬만하면 이 먼 섬까지 들어오지 않을 인물이다.

그렇다면 뭔가 치명적인 약점이 있을 수도 있겠다, 까지 생각한 애생은 고개를 흔들었다. 나도 들어와 사는데 뭐. 아가씨는 세 여자만 있는 것을 보고 어색해한다.

"걱정 마. 내가 남자 불러줄 테니까."

남편에게 전화를 한다. 친구와 산에 갔다 왔단다. 종종 있는 일이다. 바다를 배경으로 살고 있는 사람들은 수시로 산을 오른다. 요즘은 겨우살이 같은 것이 유행이 되어서 그것을 따러 다닌다. 텔레비전에서 뭐가 몸에 좋다면 호떡집 불나듯 되어버리는 풍토가 이런 섬도 예외는 아니다. 그걸 따와서 술을 담근다. 어떤 거라도 결국 술 담근다. 그저 술이다. 술과 사랑. 그것 없으면 섬에서는 못 산다. 그것은 어쩌면 섬에서 사람이 살아남는 법인지도 모른다.

"우리 차 잘 있지?"

"우체국 앞에 그대로 있어."

"나 수평선이야. 삼번 방으로 와."

오래지 않아 남편은 친구와 도착한다. 도착해서 아가씨를 보면서 움찔한다.

"걱정 말고 앉아. 내가 먼저 아가씨 간을 좀 봤어."

그는 어색하게 웃으면서 자리에 앉는다. 좋으면 저렇게 숨기지 못한다. 그녀는 맥주 한 상자 값에 아가씨 팁을 얹어주고 친구들과 빠져나온다. 따라나온 남편에게 속삭인다.

"열두시까지만 놀고 와. 친구 집에서 기다릴게."

내 사랑 개시

오래전 나는 지리산 속으로 들어가는 완행버스를 타고 있었다. 여차하면 미끄러지는 탓에 버스는 심하게 흔들렸고 거듭 시동을 꺼뜨리기도 했다. 사람들의 상체도 멋대로 춤을 췄다. 길이 좁고 험한 탓이기도 했지만 곳곳에 쌓여 있는 눈 때문에 더 그랬다. 비탈을 스쳐왔던 봉우리들이 저만치서 아득했고 다가오는 것들은 더 넓고 우뚝했다. 산과 산의 연속이었다. 그래서 골짜기도 깊었다. 골짜기마다 나무도 빼곡했는데, 한 그루도 빠짐없이 눈더미를 화관처럼 이고 있었고 길은 진창이었다.

이윽고 쇠 갈리는 소리를 내지르며 멈춘 곳은 집도 절도 표지도 없는 흙다리 근처였다. 나는 내리자마자 구역질을 했다. 그렇지만 퀴퀴하고 답답했던 버스로 되돌아가고 싶을 만큼 겨울 공기는 차고 날카로웠다.

의부(義父)는 흙다리를 건너 급히 걸어갔다. 따라가느라 나는 종종

걸음을 쳐야 했다. 아름드리나무가 그늘을 만드는데다 사람 흔적이 없어서 오솔길은 눈이 그대로였다. 빠득빠득 소리가 더해질수록 발은 감각이 없어지고 입김도 많아졌다. 입김마저 눈보숭이가 될 것 같아 고개는 자꾸 목도리 속으로 움츠러들었다. 길은 꽁꽁 언 개울을 왼쪽으로 두기도 하고 간혹 오른쪽으로 두기도 하면서 이어졌다.

날카롭기 짝이 없던 비탈이 맞은편 산봉우리의 거대한 품속으로 빨려들어가버리는 곳에 평지가 나타났고 그곳에 집 같은 것이 있었다. 완만한 각도의 지붕을 이고 있는 집은 판자가 촘촘히 덧대여 있어서 반듯한 구석이라곤 씻고 봐도 없었다. 나는 손바닥에 입김을 불어 귀에 대기도 하고 왼발을 오른발 위에 얹기도 하고 동동 구르기도 했다.

"내 도반의 집이니 먹고 자는 데는 큰일 없을 것이다. 너보다 굵은 아이들도 있으니까. 이번 수련을 마치면 금방 데리러 오마."

의부는 두 눈을 깊숙이 집어넣은 채 그제야 입을 열었다. 그리고 누군가를 불렀다.

"빵아, 빵아."

삐그덕, 문 여는 소리 뒤에 붙어오는 이는 굵지 않은 사내였다. 빡빡 깎은 머리에 불량기 스민 날카로운 눈매를 가지고 있었다. 고등학교 학생 정도로 보였는데, 뒤통수에 기계독 자리가 동그랗게 나 있고 구멍 난 하늘색 운동복을 입고 있었다,

빵이는 슬리퍼를 질질 끌고 나와 멀뚱히 이쪽을 바라보다가 마지못해 고개를 숙였다. 그가 인사하기를 기다리던 의부는 오, 그래, 대답을 하고는,

"얘가 이야기했던 아이다."

말했다.

"무슨 이야긴데요?"

"내가 아이 하나 잠시 맡겨둔다고 네 아버지한테 이야기했는데 못 들었냐?"

"못 들었십니더."

"이 친구가 정신이 없었던 게로군."

"정신이 있든 없든 우리 집에 와 야를 맡깁니꺼. 델꼬 가소."

"오래 걸리지 않을 것이다. 이미 네 아버지와 이야기를 마쳤으니 너하고 왈가왈부하고 싶지 않다. 니 동생은 어디 갔니?"

"토끼 올무 보러 산에요."

빵이는 건성으로 대답하며 나를 노려보았다. 나는 움찔했다.

"니들이 고생이구나."

"다 잡아무뻈는지 요즘은 한 마리도 안 잽히요."

"아까 그 버스 나오는 것 놓치면 오늘 못 나가니 서둘러 가봐야겠다. 남의 집이다. 얌전하게 있어야 한다."

눈 덮인 먼 산을 한번 바라보고 난 의부는 그 정도에서 마무리짓고 몸을 돌렸다. 몸을 돌린 사람이 멀어지는 것은 한순간이었다. 의부가 왔던 길을 되짚어 사라지자 그곳은 온전히 낯선 곳이 되었다. 빵이는 찍, 침을 뱉으며 다가왔다. 낯선 곳은 늘 괴로웠고 괴롭다는 기분은 낯익었다.

"누고?"

"……"

"이름이 뭐고 몇 살이냐 말이다."

나는 내 이름을 말하고 중학교 입학을 앞두고 있다고 덧붙였다.

"인사 몬 하나?"

고개를 숙이면서, 때리면 맞자, 나는 다짐했다. 어디든, 낯선 곳의 며칠간은 늘 혹독하지 않았던가. 맞는 것은 비에 젖는 것과 같았다. 처음이 괴롭지 한번 젖어버리면 그다음부터는 일도 아니었다. 그리고 내가 바닥을 뒹군 것은 순간이었다. 그가 발목을 후려찬 것이다. 언 발이 조각나는 것 같았다.

"고작 그것 맞고 쓰러지나? 얼른 못 일어나나."

나는 절룩거리며 일어섰다.

"와 인상 쓰노. 이리 살고 있으니 시피 보이나."

이번에는 정강이뼈를 후려찼다. 다시 쓰러졌다. 정강이가 떨어져나갈 것 같았다. 어느새 목도리도 풀어져버렸다.

"인상 쓴 거 아닌데요."

"입 다물어라. 니는 교육 좀 받아야 한다."

그는 두 손으로 배를 가리라고 했다.

"가슴에 힘을 꽉 줘라. 그리 안 하면 갈비뼈 나간다."

그러고는 주먹으로 가슴을 지르기 시작했다. 천애원에서 여러 번 당해보았던 것이라 못 견딜 것은 아니었지만 빽이의 주먹은 제 또래의 것보다 매운 데가 있었다. 한 방에 비틀거렸고 서너 방에 다시 쓰러졌다. 한쪽은 때리느라 얼굴이 벌겋게 달아올랐고 다른 한쪽은 맞느라 그렇게 됐다. 쓰러지고 일어서기를 몇 번, 그는 이번에는 저만치로 물러났다가 자신을 향해 달려오라고 지시했다. 앞뒤 생각 없이 그것들은 이어졌는데, 때리는 거나 맞는 거나 일종의 중독성이 있었다.

그는 기다리고 있다가 달려오는 나를 향해 발길질을 했다.

"어쭈, 니 제대로 몬 달리나. 얌지게 팍 달리란 말이다. 몬 하믄 니 진짜 죽는데이."

죽지 않기 위해 죽을 짓은 되풀이됐다. 발길질은 멍들어 부풀어오른 가슴과 머리는 물론 무방비 상태의 아랫배도 사정없이 파고들었다. 마치 덤버드는 상대에게 발길질을 연습하는 듯했다. 마침내 내가 아랫배를 껴안고 쓰러져서 일어나지 못하자 거칠게 숨을 고르며 말했다.

"맷집이 거밖에 안 돼 쓰겠나. 오늘은 이만하재이."

그는 갈라진 이빨 틈새로 찍, 침을 갈겼다. 이젠 끝났구나, 싶어 비로소 숨을 내쉬는데 눈물도 함께 삐져나왔다. 싫었으나, 누기 싫어도 똥이 나오는 것처럼, 울음이 나오려고 했다. 그가 과용량의 물을 내 몸에다가 펌프질해놓은 것 같았다.

그 집 뒤 언덕에는 대나무밭이 있었다. 울기에 좋았다. 혼신의 힘을 다해 울음을 참다가 뺑이가 고개를 좌우로 흔들며 개울 쪽으로 사라지자마자 넘어질 듯 달려 대나무밭으로 간 것이다. 눈물도 똥처럼 자신만의 공간이 있어야 하는 성질의 것이었다.

나는 대나무를 부여안고 삐질삐질 눈물을 흘리기 시작했다. 아직 어렸고 낯선 곳이었고 혼자였고 아팠다. 의부를 가장 원망했던 게 아마 그때였을 것이다. 고아원에 그냥 두지 왜 하필 이런 곳에 나를 데려다두고 간단 말인가. 그러면서 보호자라 칭하는 것은 뭔가. 그는 호흡이나 명상 같은 것을 하기 위해 토굴로 찾아들어간다고 했다. 그래, 나는 맞아 죽을 테니 혼자서 신선 되어서 구름 타고 잘살아라, 이런 원망도 생겼다. 울음이 나와 괴로웠고 참느라 더 괴로웠다.

언제까지 맞고 살아야 하는 걸까. 천애원에서 맞을 만큼 맞았는데도, 그렇게 초등학교를 마쳤는데도, 매질은 끝나지 않았던 것이다. 왼손으로는 대나무를 붙들고 오른손으로는 잡히는 대로 풀을 뽑은 채 드러누워 끄윽끄윽 울었다. 말라버린 대나무 잎사귀와 먼 산이 한꺼번에 흔들렸다.

그리고 어디선가 인기척이 들렸다. 무슨 짐승이 나타난 것처럼 부스럭거렸는데 일정한 리듬의 걸음걸이와 노랫소리가 점점 가까워졌다.

앞산에는 소나기 시작하는데
널어놓은 이불은 거둬야지요
남의 콩밭에 들어간 소도 끌어와야지요
콩죽은 끓어 넘치지요
쇠죽 쑤는 고래 불은 나뭇더미에 옮겨붙을 참이지요
안방 영감은 모처럼 물건이 섰다고 성화지요

나는 계속 울기도 뭐하고 오셨냐고 인사하기도 뭐한 상태라 누운 채 눈만 열었다. 흐린 시야에 사람 하나가 나타났다. 햇살을 등지고 서 있어서 눈이 시었고 손으로 비비자 흙가루가 볼에 떨어졌다. 빤히 내려다보고 있는 사람은 흑단 같은 머리에 가무잡잡한 피부를 가진 여자아이였는데, 옴팍하게 들어간 두 눈에서는 맑은 기운이 튀어나오고 입매와 콧날이 모두 날렵했다.

축 처진 망태를 멘 채 노끈으로 대충 묶은 머리카락 아래로는 어른들이 입는 외투와 꽃무늬 몸뻬 차림이었다. 그 뒤로 차가운 겨울의 햇살이 있었다. 깨질 것 같은 파란 하늘도 있었다.

"뭐꼬?"

나는 마땅한 대답이 없었다.

"와 맨바닥에 울고 있노?"

"……"

"우리 집에 온 기가?"

나는 고개를 끄덕이며 표시나지 않게 손가락으로 눈물을 지워냈다.

"아아, 니가 가가? 저번에 갈산 아재가 아 하나 맽기놀 기라 카드만…… 근데 빵이한테 은어터졌나? 많이 상했네. 그래 밥이나 묵고 맞았나?"

"……"

"인나라. 내리가자."

그녀는 앞장서 걸었다.

"있으라는 토끼 새끼는 없고 사람만 하나 울고 있고만. 그래 아재는 갔나? 우리 아부지 가 있는 토굴에 간다 카든데."

뒷머리 윤기가 유난히 빛났다.

여자애 이름은 개시였다. 키는 크지 않았지만 나보다 두 살 위였다. 그러니까 그때 열다섯 살로 그 깊은 산골 외딴집의 살림을 책임지고 있었다. 그것은 저녁밥상 들고 들어온 것만 봐도 알 수 있었다. 칠이 다 벗겨진 개다리소반에는 고구마 박힌 보리밥과 살얼음 낀 싱건지, 무짠지가 올라와 있었다. 밥상을 내려다보던 빵이는 개시를 바라보았다.

"고추장하구 지름 가온나."
"지름 떨어진 지가 언젠데 가오라 카노."
"시렁에 들지름 남가논 거 있다 아이가. 가온나."
"제사 때 쓸 기다."
"죽은 귀신 믹일라고 산 사람을 안 주나?"
"제사가 먼저다."
"니는 죽은 어매 입만 입이고 산 오래비 입은 입 아이가? 반찬이 이래가 밥 묵겠나."
"야는 말 한마디 않고 잘 묵는디 오빠 니는 뭐고? 그냥 무라."
"죽고 잡나? 그리고 야는 왜 밥 주나?"
빵이의 찢어진 눈이 더 찢어졌다. 나는 숟가락을 입에서 떼어냈다.
"사람은 밥 무야 된다."
"퍼뜩 가와라. 귀신보다 내 입이 더 급하다."
"제사 때 써도 결국 오빠 니 입에 안 들어가나."
빵이는 그예 부엌으로 쫓아나가 자그마한 병을 하나 들고 왔다. 그 사이 주변은 이미 어둑해져서 사람 얼굴이나 그릇이나 형체 정도만 알아볼 수 있게 되었다.
"쫌만 부라."
"아가리 못 닥치나."
"니 정말 이럴 끼가."
"내가 이카믄 니가 뭐랄 긴데."
기름병은 작은 구론산 병인데다 반 정도 담겨 있는 것이지만 그 정도면 나물무침 스무 번도 더 할 수 있을 양이었다. 그러니까 빵이가 고추장 퍼담은 제 밥그릇에 병을 통째로 들이부은 것은 어두워서만은 아니었다. 보란 듯이 썩썩 버무리던 빵이는 성질대로 한 숟가락 가득 퍼서 입으로 가져갔다.

"무봐라. 그게 무지나."

방 안은 고소한 냄새가 가득했다. 한입 문 빵이는 얼굴을 일그러뜨리더니 퉷, 뱉고는 돌연 밥상을 발로 걷어찼다. 그릇이 튀어올랐고 개시가 그것을 잡았다. 그는 동생을 잡아먹을 듯 노려보다가 내가 바닥에 떨어진 숟가락을 주우려 하자 내 쪽으로 눈을 돌렸다. 발이 올라오는 것보다 개시의 고함이 더 크고 빨랐다.

"니 미쳤나? 사람 좀 고만 때리라."

빵이가 나가면서 걷어차놓은 문으로 바람이 몰아쳐들어왔다. 어둠도 밀려들어와 밥상 위로 스며들었다. 밤하늘에는 후이후이 호랑지빠귀가 울며 지나가고 있었다. 대나무잎 스치는 소리도 났다. 개시는 문 닫고 촛불을 켜고 입을 열었다.

"여 좀 잡아봐라."

나는 시키는 대로 비어 있는 구론산 병을 잡았다. 그녀는 제 오빠 밥그릇을 기울여 조심스럽게 기름을 따르기 시작했다. 흔들리는 촛불 때문에 가늘게 몸을 늘인 들기름은 춤을 추는 듯했다. 아마 병 쥔 손이 흔들렸을 것이다. 기름이 내 손가락 끝을 조금 적셨다. 방울지어 떨어지는 순간 개시의 입이 다가와 손가락을 물었다. 부드러우면서도 탄력 있는 혀의 질감이 손가락을 타고 뒷골까지 급하게 솟구쳐올라왔다. 나는 감전된 듯 몸을 떨었다. 그녀는 씨익 웃으며 손가락을 풀어주었다.

"아깝다."

어떻게 잠이 들었는지도 모를 밤이었다. 항구에서 지리산 근처 도시로, 거기서 또다른 마을로, 거기서 또 갈아타고 이 깊은 산속까지 오느라 시달렸고 추위와 혹독한 구타와 눈물의 시간을 보냈기에 극도로 지쳐 있었던 것이다.

집은 깊은 겨울밤 속으로 미끄러져들어가고 나는 죽음 같은 잠 속으로 빠져들었다. 밤이나 잠이나 한가지로 깊고 넓고 진했다. 그러는 사이 구들은 식어가고 창문에 덧댄 판자 조각은 밤새 우느라 눈썹만큼 더 벌어지고 그리고 오줌이 마려웠다. 나는 눈을 뜨고서 이곳이 어디인가를 한동안 생각했고 뒤이어 찾아온 온몸의 통증으로 인해 어딘지를 깨닫게 되었다.

여전히 바람은 불고 들창은 흔들렸고 어둠은 짙어서 도무지 문 찾아 일어설 엄두가 나지 않았다. 방바닥도 차가웠지만 어쨌든 등은 따스했다. 누군가가 포근하게 나를 껴안고 있었던 것이다.

나는 이런 곳에 두고 간 것을 후회하여 의부가 돌아왔다고도 생각하고 손가락을 빨며 웃던 개시도 떠올렸다. 그러자 이곳이 그렇게 나쁜 곳만은 아니라 여겨졌고 그사이 오줌보는 더 부풀어올랐다.

시간이 지나 여린 달빛이 눈에 익으면서 맞은편에 누워 있는 사람 얼굴이 형상을 찾아가고 있었다. 반듯한 이마와 가녀린 얼굴선, 날렵한 콧날, 개시였다. 그렇다면 나를 안고 있는 것은 의부인가 싶어 손을 만져보니 빼이의 것이었다. 발악하듯 뒤틀어보아도 빠져나가는 것은 쉽지 않았다. 껴안고 있는 빼이의 완력이 강하기도 했지만 우선 뒤척일 만한 자리가 부족했다. 몇 뼘 아랫목에 셋이서 그렇게 뒤엉켜 있었던 것이다. 뒤척이는 것에 개시가 눈을 떴다. 어둠 속에서도 눈은 빛났다.

"춥제?"

그녀가 잠긴 목소리로 속삭였다.

"요즘은 장작을 때도 새벽까지 몬 간다."

나는 추위보다도 오줌이, 오줌보다도 문을 찾아 일어나기가, 그것보다도 내 뒤의 사람이 더 괴롭다고 띄엄띄엄 말했다.

"손 저리 치아라."

개시는 제 오빠를 밀어놓고 내 손을 잡은 채 일어섰다.

밖은 희미한 달빛이 내려앉고 있었다. 눈 쌓인 곳은 하얗게 빛나고 소나무와 대나무는 스스로가 검은 그림자가 되어 좌우로 흔들렸다. 골짜기는 금방이라도 무언가 튀어나올 것처럼 더욱 깊어져 있었고, 맞은편 비탈의 바윗덩어리도 은색 보자기를 뒤집어써서 또다른 어떤 것 같았다. 산등성이에 위태롭게 떠 있는, 말라버린 반달이 그 모든 것들을 만들어내고 있었다. 반달도 빛나는 채 꽁꽁 얼어붙어 있어서 건들기만 해도 쨍, 하고 조각나버릴 것만 같았다. 그리고 또하나의 불빛이 있었다.

개시가 부엌에서 들어오라고 손짓을 했다. 나는 부르르 떨며 괴춤을 올렸다. 아궁이 속에서는 탁탁, 누렇게 변한 책자 종이가 노란 불을 피워올리고 있었다. 불은 새마을운동으로 살기 좋은 우리 마을, 글자를 차례대로 잡아먹고 나서 나뭇가지로 옮겨붙었다. 개시는 자신의 옆에 솔가리를 새둥지처럼 만들어놓고 고갯짓으로 가리켰다. 나는 그곳에 앉았다.

개시 얼굴이 황동색으로 변했다. 마치 저녁노을빛 가루를 물에 개어 그려놓은 것 같았다. 우리는 혼령처럼 두 손을 앞으로 내밀었다. 손바닥도 그렇게 변했다. 변하면서 따뜻해지기 시작했다.

"인제 따시지? 나는 방에 누버 있는 것보다는 이케 아궁이 앞에 앉아 있는 게 더 좋다."

"……"

"우리 엄마 죽기 전에는 맨날 니 그 자리에 쭈굴시고 앉았었다."

개시는 좀 쓸쓸하게 입을 열었다. 아궁이를 바라보는 속눈썹 끝도 흔들렸다. 부지깽이로 나뭇가지를 돋아주며 그녀는 노래를 시작했다.

따복네야 따복네야
이삭머리 종종 땋고 니 어데로 울고 가노
내 어무이 묻힌 곳에 젖 먹으러 나는 가요
물이 지퍼서 못 간데이 물 지프면 헤엄치지
산이 노파서 못 간데이 산 노프면 기어가지
가지 말그라 가지 말그라 가지 주끄마 가지 말그라
참배 주끄마 가지 말그라 떡 사주끄마 가지 말그라
떡도 싫고 엿도 싫소 내 어무이 젖만 주소

머잖아 솥에서 김이 나는데 노랫소리가 마치 그곳에서 나오는 것 같았다. 수증기와 노래가 노랗게 섞이며 찬찬히 퍼져나갔다. 개시는 내 어깨에 머리를 기댔다. 나는 몸을 반듯하게 했다.

살통 아래 삶은 팥이 싹이 나야 오마 카드라
북덕불에 묻은 차돌이 물크러져야 온다 카드라
병풍 속에 그린 닭이 홰를 치면 오마 카드라
솔방울이 울어야만 너 어무이 온다 카드라

불은 포근하고 어깨는 흐뭇하고 노래는 구슬펐다. 사람의 심금을 울린다는 것이 이런 것을 두고 한 말일 것이다.

"우리 엄마가 가르쳐준 노래다. 우리 엄마도 지 엄마가 없었다."

자연 내 눈시울은 축축해졌다. 이번에는 개시가 나를 자신의 어깨에 기대게 해주었다.

"내 노래가 그리 슬프나?"

"응."

"아재한테서 들었다. 니도 엄마가 없다 카드라."

나는 코를 훌쩍였다.

"엄마 생각나믄 이렇게 부른다. 그러믄 더 슬퍼지고 그러다가 눈물도 난다."

"……"

"더 슬퍼지는데 왜 자꾸 브르냐믄, 그렇게 울고 나면 괘안해진다. 니도 엄마 생각나믄 불러라."

기어이 내 눈에서는 눈물이 흘렀다. 풍경이 번지면서 기묘한 물무늬가 눈앞에 펼쳐졌다. 아궁이고 노래고 개시고 모두 무지개로 변해가고 있는 듯했다. 자다 말고 일어나서 이러고 있는 게 이상할 만도 하지만, 닥친 사람에게는 무어든, 저절로 그렇게 되는 게 있었다.

"니 참 불쌍타."

그녀는 손가락으로 내 눈물을 닦았다. 손끝으로 눈물방울이 옮아갔고 그게 개시 입으로 들어갔다.

"니 눈물도 짜고나."

눈물도 아깝냐고 내가 물어서 개시가 웃었다.

"아까바서 그러겠나? 니가 우니깐 내 맘이 안 좋아서 그렇지."

눈물을 맛본다는 것은 몹시 비밀스러운 관계가 만들어지는 행위였다. 그 비밀스러운 것에 모든 것이 부풀어오르고 그리고 한없이 녹아내렸다. 눈자위에서 골을 타고 내려와 입술 가장자리에 방울지어 있는 눈물에 다시 손가락이 다가왔다. 이번엔 내가 고개를 살짝 돌려 가운뎃손가락 끝을 입술로 물었다. 혀끝으로 문지르며 빨았다. 성탄절 이브에 받아먹은 누가사탕인들, 추석날 얻어먹는 박하사탕인들, 그것들이 박스로 모인들, 이 맛보다 훌륭할 수는 없었다. 손가락을 물린 개시는 입을 살짝 벌리고 내려다보았다.

그 상태에서 그녀는 선녀나 천사처럼, 열두 폭 치마 나풀거리듯, 고개 숙여 혀끝으로 내 입술에 방울지어 있는 눈물을 핥았다. 눈자위도 핥았다. 너무도 부드럽고 감미로워서 힘을 잔뜩 주었어도 발끝이 바르르 떨렸다.

껴안고 잔 사이인데도 빵이는 나를 가만두지 않았다.

아침 숟가락 놓자마자 무덤이 있는 풀밭으로 데리고 가더니 권투의 기본자세라는 것을 가르쳤다. 그곳은 햇볕이 잘 들어 풀이 말라 있었다.

"니 안 있나, 이제부터 요즘 내가 연습하는 각양퇴와 상완각을 사용할 것이니께니 니는 초상비 경공을 하든 뇌려타곤을 하든 재주껏 막으래이. 알아들었나."

나는 당연히 그게 무슨 말인지 몰랐다. 나중에야 그런 단어가 만화방 무협지에 감초처럼 등장하는 무공 이름이며, 그런 무술이 실제 있건 없건 상관없이 이야기의 양념으로 쓰이는 것이라는 것을 알게 되지만, 그때는 사람 하나 우습게 잡는 대단한 것만 같았다. 나는 겁에 질려 가만히 있었다.

"준비됐나?"

그러니까 그 말은 때리고 싶은 방법으로 때릴 테니까 알아서 하라는 거였다. 그는 시작했다. 막아내거나 피하기에는 그의 주먹질과 발길질이 힘찼고 걸음도 빨랐다. 그동안 제법 연습이 되기는 했던 모양으로 발은 제 키보다 더 올라갔고 돌려차기는 날카로운 원을 그렸다. 그 실력으로 두드려잡자고 덤벼드는 것을 어떻게 해볼 수 없어 나는 발길질에 목이 꺾이고 주먹질에 허리가 끊어졌다.

도망을 칠까도 생각 안 해본 것은 아니다. 그러나 도망을 친다 해도 산길이 어두워 큰길까지 간다는 보장도 없고 설사 가본들 돈 한 푼 없이 어떻게 차를 탈 것인가. 내가 선택할 수 있는 것은 산으로 뛰쳐나가 얼어 죽든지 이곳에서 고스란히 맞든지 둘 중 하나였다. 나는 뒤의 것을 선택했다. 이곳에는 개시가 있었다.

지치면 쉬어가면서 구타는 이어졌다. 역시 때리는 것보다는 맞는 게 반사신경을 키우는 데 도움이 되는 모양이었다. 두어 시간 터지고 나자 그것도 익숙해져 서너 번 발길질 중 한두 번은 피할 수 있었다.

빵이의 발길질이 순서에 맞춰 들어오기 때문이기도 했지만, 어쨌든 피하는 요령과 좀 덜 아프게 맞는 방법을 조금씩 터득하게 된 것이다.

오후엔 철사장인가 뭔가를 연습한다고 개울가에서 주먹질로 모래를 쳤다. 그 연습 또한 제법 오랫동안 해왔던 모양이었다. 두툼하게 쌓아놓은 모래무더기에는 주먹 자국이 어지러웠다. 그는, 이렇게 생모래를 친 다음 벌겋게 달군 모래를 치고 그게 완성되면 쇳가루에 단련을 해야 하며, 마침내 달군 쇳가루 속을 자유자재로 들락거리게 되면 철사장이란 무공은 완성된다고 말했다. 나는 들었다.

그러면서, 철사장이 완성된 손은 백 가지 무기와 독이 침범하지 못하며 그 손으로 사람을 한 번 때리면 맞은 곳이 즉각 썩기 시작해 삼칠 일을 못 넘긴다고 뒷동을 달며 제 손을 자랑스럽게 들어 보였다. 그렇다면 그것은 나에게 꼭 필요한 무공이었다. 하지만 내가 필요한 것을 가지고 있는 것은 늘 다른 사람이었다.

그는 손바닥으로 내 가슴팍을 때려보곤 색깔이 어떻게 변하나 살펴보기도 했다. 그렇게 하루를 보내고 나니 저녁 밥상머리에서 실신하기 직전이었다. 날마다 곯아떨어졌고 빵이에게 안겼으며 새벽이면 개시와 함께 아궁이 앞에 앉아 있곤 했다.

아침부터 눈이 내린 날이 있었다. 눈이 내려 그러기도 했지만 빵이의 샌드백에서 벗어날 수 있었던 것은 그들 어머니의 제사 덕분이었다.

"오늘 엄마 제사다. 주먹질하지 마라."

개시는 몇 번씩을 일렀다. 그 말이 빵이에게 먹힌 듯했다. 빵이가 방에 누워 있었기에 나는 언덕이나 개울 따위를 돌아다녔다. 머리와 신발이 젖어 얼기 시작하고서는 장작더미가 쌓여 있는 뒤란 처마 아래 쪼그려앉아 있었다. 눈이 폭포의 흰 물보라처럼 내리고 있어서 나무고 바위고 산이고 하릴없이 뒤덮여가고 있었다.

부엌 판자벽에는 길쭉하게 찢어진 틈이 있었다. 구멍으로 개시가 보였다. 그녀는 말려놓은 질경이나 참취 같은 묵나물을 더운 김에 되살려내고 있었다. 더운 김과 무쇠솥 여닫는 소리, 그리고 바쁜 소녀의 모습이 그곳에 있었다. 개시는 간혹 나를 발견하고 싱긋 웃곤 했다. 나는 공연히 좋았다. 맞지 않아서 좋았고 눈이 와서 좋았고 그녀가 웃고 있어서 좋았다.

물 좀 길어온나. 쟈 시켜라. 날마다 두들겨패놓고 무신 일을 시키노, 미안하지도 않나? 시끄럽다, 쟈 시키란 말이다, 남의 집에서 밥 얻어묵고 잠 얻어자고 일도 안 하나? 오빠는 하나? 그럼 밤 좀 까라. 니가 까라. 어메 제사에 손구락 하나 까딱 안 하나? 잔소리 좀 그만 안 하나? 확 쳐발라불라.

그런 소리가 거듭 생겨나기도 했다. 나는 개울 얼음을 깨고 물을 길어다주었다. 그사이 세상은 한가지로 변해 있었다. 하늘도, 바위도, 개울도, 지붕도, 심지어는 내가 오줌 눈 자국마저 모두 하얗게 변해 있었다. 이렇게 세상이 변하는 동안 아무 소리도 안 들리다니. 비는 사람들을 떠들게 하는데 눈은 그 반대라고 나는 생각했다.

제사상 앞에 앉은 남매도 한쪽이 파랗다면 한쪽은 하얀 상태였다. 개시는 바쁘고 빵이는 잔소리를 얻어들어서 그랬는지, 나를 가만둘 수밖에 없어서 그랬는지, 또다른 이유인지 볼이 퉁퉁 부어 있었다.

어디에 그런 것들이 들어 있었는지 흰 쌀밥에 뭇국, 나물 세 접시와 조기 한 마리, 생밤이 상에 올라왔다. 눈심지가 올라붙은 빵이가 서둘러 절하고 나서 얼마 있지 않아 밥상을 당겼다. 개시가 재빨리 붙잡았다. 남매의 시비가 다시 시작되었다.

"뭐하노."

"제사 끝났다."

"인자 차렸다 아이가. 기다리라. 엄마 아직 숟가락도 안 들었겄다."

"니가 봤나? 어메가 온 거 니가 봤나?"

"봐야 아나? 쪼매만 기다렀다가 오빠 다 무라."

개시는 달래려 하지만 빵이는 내처 하던 대로 하고 있었다.

"귀신은 동작 빠르다. 벌써 다 뭇다."

"다 묵고 말고 간에 이런 법이 어딨나."

"내한테 있다."

기어이 빵이는 숟가락을 들었다. 개시가 깨지는 소리를 지른 것도 그때였다.

"가만 못 있나. 오빠 니 아들 맞나? 무슨 아들이 지 엄마 제삿밥도 못 기다리고 걸터듬나? 돼지가? 쌍놈이가?"

여동생을 잡아먹을 듯이 노려보던 빵이는 벌떡 일어서서 느닷없이 나를 후려차기 시작했다.

"니가 요즘 와 이리 나한테 기어든가 했다. 다 이 새끼 오고부터다. 이 씨발놈의 새끼 안 인나나? 오늘 안 맞고 넘어갈 줄 알았제?"

"참말로 와 이라노. 엄마 제삿날 이럴 기가."

하나는 잡아 죽이려 하고 하나는 말리고 하나는 어떻게든 피하려고 하다보니 좁은 방이 난리가 났다. 미끄러지고 넘어지고 다시 일어서는 와중에 내 입이 터져 피가 났다. 피가 나고서야 빵이는 씩씩대며 주먹질을 멈췄고 뒤이어 방문을 걷어차며 나갔다.

"그래, 니들끼리 잘해봐라."

개시의 눈물은 쉬 잦아들지 않았다. 그녀는 눈물을 훌쩍이며 그릇들을 매만졌다. 어머니의 혼령이 그릇 속으로 들어왔다는 투였다. 나는 피를 닦고 그녀 옆에 앉았다. 내가 그동안 보아온 것에 의하면 제사는 밤에 지내는 거였다.

"우리 엄마 유언이다."

개시는 축축한 목소리를 냈다.

"엄마는 여기 밤이 싫다 캤다. 보래, 밤 길지? 우리 엄마 병으로 누워 갈동 말동 했다. 나는 맨날 엄마 손 잡고 울었다. 엄마가 죽기 전에 말하드라. 엄마 죽으면 니가 밥 차려줄 기가? 밥뿐이가, 고기반찬도 차려줄 기다. 그래, 고맙다, 내 새끼…… 근데 채려줄라믄 낮에 점심으로 채려도라, 밤에는 여기 절대 안 올란다…… 우리 개시 두고 내가 우째 가노. 그래, 가지 마라. 불쌍한 우리 딸. 그래, 죽지 마라 안 카나."

그녀는 제 말, 엄마의 말, 옛날 말, 지금 말을 뒤섞은 채 띄엄띄엄 내뱉으며 메를 떼어내 숭늉에 말았다.

"엄마, 많이 무라. 많이 묵고……"

그녀는 북받친 듯 목소리를 떨었다.

"많이 묵고 아배 사람 좀 맹글아주라. 빵이 오빠도 사람 좀 맹글아주라. 아배는 아직도 신선 된다고 갈산 아재랑 무슨 굴속으로 들어갔다. 엄마 이렇게 죽게 만들어놓고 신선 되면 뭐할 끼고? 빵이도 맨날 저런다. 엄마는 귀신 됐으니께 다 알지? 다 보지? 제발 이리 좀 몬 하게 해도라."

그예 손바닥은 얼굴을 감쌌다.

"엄마, 어디 갔노. 보고 싶다. 진짜로 보고 싶다, 엄마야."

개시는 내 어깨에 얼굴을 묻고 울었다. 그렇게 오래 있었다. 하매 찾아온 손님이 먹고 마시고 한참이나 쉬고도 남을 시간이었다. 울음은 잦아들고 눈은 쉬지 않고 함북 내리고 있었다.

그녀가 나에게 그랬듯이 나도 그녀의 눈을 손으로 닦았다. 눈물은 눈꼬리에 방울져 있었다. 그녀가 그랬듯이 나도 그것을 핥았다.

"누나 눈물도 짜."

개시가 웃었다. 웃는데도 눈은 젖어 흔들렸다. 아마 그 눈에 비친 나의 것도 그러했을 것이다. 우리는 끔벅이기도 하고 웃기도 하고 찡그리기도 하다가 종내는 어느 것도 하지 않는 상태가 되었다. 처음으로 만난 깊은 응시였다. 응시는 더욱 깊어져 스펀지 만난 물처럼 자꾸 빨려들어가기만 했다. 너무 빨려들다보니 얼굴은 점점 가까워졌고 초점이 흐려질 정도가 되어서 서로의 입술이 만났다.

나에게 첫 키스는 그거였다. 흔한 뽀뽀도 그때가 처음이었으니 사실 키스라고 할 만한 것도 못 되었지만 말이다. 키스하는 방법을 몰랐기에 우리는 입술을 갖다대고만 있었다. 아마도 아주 먼먼 옛날 맨 처음 입을 맞췄던 유인원들도 이랬을 것이다. 입술은 부드러웠고 달콤했고 짭조름했다. 내 입술을 거쳐 턱으로 흘러내리는 개시의 따뜻한

숨결도 감미로웠다. 사람들이 왜 서로의 입을 마주 붙이는지 알지는 못했지만, 손을 잡는 것이나, 코를 맞대는 거나, 볼을 부비는 것보다 그게 훨씬 더 깊고 강렬한 것이기는 했다. 그것은 어쩌면, 먹는 행위의 축약판일지도 몰랐다. 어미의 젖이 그랬을 것이고 갈증 끝에 만난 이슬이 그랬을 것이고 주림 끝의 삶은 콩이 그랬을 것이다. 입을 맞추는 것은 상대를 나의 것으로 만드는 행위였다. 먹는 것의 연장이며 먹는 것의 심화였다.

우리는 살아 있기에 터득해갔다. 입술을 열고 혀가 만나게 된 것이다. 오고갔으며 가고 왔다. 미끄러지다가 멈췄고 멈췄다가 다른 각도로 미끄러졌다. 이윽고 떨어졌을 때 비밀의 문을 열고 지하 십칠층 보물창고엘 다녀온 기분이 들었다. 우리는 숨이 거칠어져 있었고 볼이 발그레하게 변해 있었다.

"그거 하고 싶어."

그것은 진심이었다. 이미 나는 뭔가를 하게끔 내몰려 있었다. 아직 자위도 몰랐던 때라 내 머릿속에는 뭔가 깊숙한 곳으로 가는 것, 뭔가 강렬하게 흡인되는 것, 뭔가 끼우는 것, 뭔가 합쳐지는 것, 이렇게 정돈되지 않은 욕구가 꿈틀거렸다. 그래서 내가 할말은 그것밖에 없었다. 개시는 내 왼쪽 눈과 오른쪽 눈을 번갈아 들여다보았다. 눈물은 말라 있었다.

"니 나 좋나?"

"좋아."

"얼마쿠로?"

나는 세상에서 가장 큰 것들을 떠올렸다. 하늘이 있었고 바다가 있었고 땅이 있었다.

"나도 니가 좋다. 그럼 우리 결혼하자."

"결혼?"

"그걸 할라믄 결혼하고 나서 해야 한데이. 니 나랑 결혼할래?"

태어나서 가장 힘차게 고개 끄덕인 것도 그때였다. 이 경우 결혼 승낙을 받아야 할 부모가 없다는 게 다행이었다. 의부가 있기는 하지만, 그는 나를 버리고 혼자 신선 되겠다고 간 사람이었다. 세상천지에 내 선택과 행보와 관련된 이는 나뿐이었다. 나는 스스로에게 결혼을 급히 신청하고 곧바로 허락했다.

그렇게 신랑 신부는 준비되었건만 식장도, 주례 선생도, 하객도, 사회자도 없었다. 심지어 내 어린 신부는 흰 드레스도, 꽃다발도 없었다.

"절에 가자."

"절?"

"저 위에 절이 있어. 거기 가서 하자."

우리는 손을 잡고 걸었다. 인생에서 절대적인 사건인 결혼이 이렇게 일찍 오리라고는 생각지도 못했지만, 그렇다고 그게 잘못되었다는 증거는 어디에도 없었다.

절은 대나무 언덕을 넘어 십 분 정도 올라간 곳에 있었다. 눈에 덮여 길이고 뭐고 구분 없으나 개시는 늘 다니던 곳이라 혼동이 없었다. 우리 때문에 길이 만들어지고 있었다. 결혼을 하기 위해서 어딘가로 가는 것은 신선이 되는 것보다 오백 배는 더 비밀스럽고 감칠맛이 있었다. 추위도 방해하지 못했다.

산길이 끝나고 돌계단도 지나자 숨어 있는 듯 절이 나타났다. 눈은 그곳도 예외를 두지 않아, 법당 위에도 마당이나 돌탑에도 심지어는 미끄러운 백일홍 가지에도 여전히 내리고 있었다. 아마 노스님이 절 마당귀에 서 있었다면 그의 머리 위에도 그랬을 것이다. 노스님은 법당에 있었다. 개시가 인사를 하자 그는 인자한 얼굴로 눈 오는데 올라왔느냐고 입을 열고 공양은 했냐고 뒤를 받쳤다. 개시는 네, 대답을 했다.

"그래, 니 애비는 도 닦으러 어디 간다 하던데 갔드냐?"

"계룡산인가 어딘가 가드니만 아직 안 오고 있어요."

"어허…… 니 에미 제사가 거의 다 됐지?"

"오늘이 제사였어요. 이따가 경 한번 읽어주세요."

그래, 알았다, 눈길에 조심해서 다녀라, 노스님의 말은 몇 마디 더 이어졌다. 부드럽고 찬찬했다.

"스님이 나를 이뻐한다."

개시는 법당 지나 산길로 올라서며 말했다. 소반과 향로를 앞에 두고 흰 수염의 노인이 호랑이를 끼고 앉아 있는 곳은 산신각이라 했다.

"여기 어떻노? 난 법당도 좋지만 여기가 더 좋다. 엄마가 살았을 때 자주 왔다. 요즘도 나 혼자 와서 여기에 앉아 있다가 가곤 한다."

머리에서 눈이 떨어져내렸고 눈 녹은 물이 얼굴을 타고 흘렀다. 개시는 내 얼굴을, 나는 개시 얼굴을 닦았다. 산신과 신선이 어떻게 다를까.

"아마 같을 끼다."

그렇다면 의부가 그렇게도 되고 싶어하는 것이었다. 의부도 수련에 성공하면 이렇게 호랑이 하나 차고 어느 절 귀퉁이를 차지할 것인가. 같다니 아마 그럴 것이다. 의부의 도반이라는, 나의 장인어른도 그럴 것이다. 그렇다면 이 산신도 예전에는 식구들에게 지청구깨나 들었을 것이었다.

개시가 향을 사르고 절을 했고 나도 따라 했다. 노인은 작은 눈을 더욱 처지게 하면서 웃었다. 주례 선생 같았다. 퍽, 소나무 가지에서 눈더미가 떨어졌다. 저 아래에선 풍경 소리도 간혹 들렸다. 눈은 이 모든 것을 뒤덮은 다음 한 천 년 지속시킬 양으로 쉬지 않고 내렸다.

"인제 결혼하자."

"어떻게 하는 거야?"

개시는 잠시 생각하다가 말을 이었다.

"옷을 벗어야 될 끼다."

나도 결혼이라는 것이 옷을 벗는 것과 관련되어 있다는 것 정도는 짐작하고 있었다. 개시는 목도리를 풀어내고 스웨터를 벗고 내복을 벗고 그러다가 알몸이 되었다. 젖은 머리카락과 발그레한 뺨이 앞에 있었다. 수평선의 바위섬처럼 위태롭게 솟아난 가슴이 있었고 깨알 같은 꼭지가 있었다. 영양 부족의 메마른 아랫배가 있었고 막 돋아나는 거웃이 있었다.

천애원에서 여자아이의 알몸은 그동안 여럿 보았지만 그들은 늘 복도 너머 목욕탕 같은 곳에 있었다. 하지만 개시는 손 뻗으면 닿는 곳에 있었다. 결혼이란 그런 거였다.

"니도 벗어라."

그녀 눈에도 멍투성이의 어린 사내 가슴이 들어찼을 것이다. 우리는 덜덜 떨면서 한동안 그렇게 상대의 몸을 바라보았다. 내 자그마한 근은 흥분과 추위가 뒤엉켜 발기가 될 듯 말 듯하고 있었다.

그리고 서로 껴안고 누웠다. 내 밋밋한 가슴과 그녀의 작은 젖가슴이, 입술이, 아랫배가, 허벅지와 발목까지 만났다. 전신에 빈틈이 없었다. 그러는 동안 향은 올라가고 눈은 내리고 또 내렸다. 상대를 탐하는 마음이 쉬지 않고 피어오르고 세상은 한없이 가라앉았다. 살이 닿는 것만으로도 짜릿하고 행복했다. 이런 기분 때문에 사람들은 결혼을 하는구나, 나는 생각했다. 그 상태로 시간이 갔다. 그저 한 천만 년 동안 계속 갔으면 싶었다.

"우리 이제 결혼한 기가?"

개시가 감고 있던 눈을 들어 되레 물었고 나는 그렇다고 답했다. 둘 다 말이 떨려나왔다.

"그렇다면 니가 내 신랑 된 기네? 나는 각시고."

"응."

"그럼, 부탁 하나 들어도고."

"뭐든지 말해."

"신선은 된다 카지 마라. 그냥 사람 해라."

"알았어. 하라 그래도 안 해."

"그럼 됐다. 고것만 약속해주면 된다."

우리는 다시 껴안고 쌕쌕 숨을 몰아쉬며 이빨이 딱딱 부딪칠 때까지 그러고 있었다. 그게 우리의 결혼이었다.

의부가 온 것은 일주일 뒤였다. 마침내 처남의 주먹질이 끝났지만 결혼생활마저 끝나고 말았다. 내가 떠나던 날 개시는 대나무숲 언덕에서 나를 바라보고 있었다. 산 위로 달려가는 모습이 마지막이었다.

판녀

역시 문은 잠겨 있지 않았다. 판녀는 자신의 방문을 잠그지 않았다. 직업 때문에 몸에 배서 그러려니 싶지만 그보다는 닫힌 문을 괴로워하는 버릇이 더 컸다. 그동안 몇 번 같이 잠을 자는 동안에도 한 번도 잠근 적이 없었다. 반면 나는 문을 잠그고 싶어했다. 버릇이 서로 부딪쳤다. 내가 잠그면 슬그머니 일어나 잠금장치를 풀어놓곤 했다.

불안하지 않아?

문 잠그는 소리가 너무 싫어. 내가 영영 못 나갈 것 같아.

나가는 것이야 잠근 사람 마음인데 뭐.

아니. 난 못 그래. 아무도 안 와. 그리고 오면 어때, 사람인데.

바깥에서 어떤 소리가 들리면 나는 불편해서 잠이 깼으나 그녀는 전혀 그렇지 않았다. 마취주사라도 맞은 것처럼 잤다. 그럴 때면 눈에 보이지 않는 더듬이 같은 것을 문 바깥으로 길게 뻗어놓은 것 같았다. 하긴, 그녀의 거처는 문 안쪽이 아니라 밖이라고 하는 게 더 알맞았다. 방에 박혀 사는 이가 잠시 외출하듯, 길에서 살다가 잠깐 동안 방으로 들어오곤 했으니까. 창녀(娼女)였으니까.

판녀는 거실에 누운 채 손만 들어 마중을 했다. 손등 힘줄이 두드러져 있었고 거실의 공기는 오래 묵은 듯 무거웠다. 조금 전 전화를 걸어왔을 때 병색이 완연한 목소리더니 얼굴 또한 한눈에 보아도 나빠 보였다. 머리맡에는 환자의 표시로 약봉지와 물컵이 있었다.

나는 조용히 걸어들어가 그녀를 내려다보았다. 잔주름을 모으며 눈이 천천히 열렸다. 흰자위가 색을 잃어 검은자위와 큰 차이가 없었다. 나는 주머니에서 엽서를 꺼내 흔들었다. 일주일 전 그녀가 파리에서 보냈던 것이다. 렘브란트의 〈오줌 누는 남자〉 그림 뒤에는 이렇게 쓰여 있었다.

야아, 씨팔, 환장하겠다.

여기가 진정 파리냐. 죽어라고 몸 팔아도 못 왔던 그 파리냐. 미친년처럼 싸돌아다니기는 했는데 첨엔 뭐가 뭔지 모르겠더라. 안개 속을 걷는 것 같기도 하고 에펠탑이고 세느 강이고 엉뚱한 사람의 이야기 속으로, 길을 잘못 들어왔다는 느낌뿐이었어.

그러다 말이야, 오르세 들어가서 난 그만 울어버렸다. 방마다 잉잉대며 돌아다니다가 옥상에, 그 전망대 같은 곳 있잖아, 애들 담배 피우는 곳, 여기서 펑펑 울었어. 사람들이 쳐다봤어. 나 지금 여기에서 엽서 쓰고 있어.

이봐, 나 돌아가면 아주 찐하게 한코 줄게.

ps. 당신한테 쓴 엽서를 소리내서 읽었어. 아주 크게. 프랑스 것들이 박수 쳤어. 울랄라. 이 그림 죽이지? 렘브란트는 참 좋은 사람이었을 거야.

엽서를 까닥거리자 판녀는 저 아래에서 피식 웃었다. 자신이 보낸 편지를 본다는 것은 어쨌든 어색한 법이다.

"커튼 좀 치워줘."

맞은편 벽에는 커다란 통유리가 있고 두꺼운 질감의 커튼도 그곳에 있었다. 커튼에서는 먼지가 날렸다. 파리에서 돌아온 뒤로 전혀 청소를 하지 않았다는 말이고, 그것은 내내 앓고 있었다는 소리이기도 했다. 오랫동안 대기하고 있었다는 듯, 오후 햇살은 한꺼번에 몰려들었다. 무겁고 낮은 기운에 눌려 있던 방 안의 사물들이 낯설어하며 제 몸을 드러냈다.

그녀는 햇살을 향해 눈을 돌렸다. 눈과 눈두덩의 경계가 없어지고 속눈썹도 불타오르듯 형태가 불분명했다. 머리카락 또한 그러했다. 햇살이 살아 있는 것에게 생명을 불어넣는다는 것은, 이 경우에는 예외에 해당된다. 털은 햇살을 받으면 곧바로 늙어버리는 속성을 지녔다.

햇살은 그러면서 이마 한쪽의 찢어진 흉터나, 삼십 년 전에 짜냈던 여드름 자국, 텅 빈 모공 자리까지 확연히 드러나게 했다. 사람의 피부도 산맥이나 평야처럼 돌출과 침강을 되풀이하고 있었던 것이다. 햇살의 언어는, 그랬었군, 이다. 때문에 여인의 오십 년 궤적이 고스란히 드러나게 되었고 그게 너무 확연해서 불현듯 오백 살 나이가 되어버린 듯했다.

"햇살이, 꼭 뱀 같아."

그녀가 말했다. 햇살에 눌려 말은 멀리 날아가지 못했다.

"수천 마리의 뱀이 나를 덮고 있는 것 같아."

눈부셔하면서도 판녀의 눈은 닫히지 않았다. 마치 햇살을 빨아들이려고 작정한 것 같았다. 하긴, 창녀와 햇살은 어색한 관계이다. 해가 지면 방을 나서고 어둠이 물러나면 잠 속으로 빠져드는 게 그 직업의 일반 아닌가. 그러니까 은퇴하고 나서야 비로소 햇살을 발견하고는 아, 맞아, 세상엔 이런 것이 있었지, 하는 것으로 보였다. 탈의(脫衣)의 긴 터널을 벗어나자 문득 부끄러운 생각이 들었고, 그래서 햇살로 제 몸을 두른 듯 여겨졌다. 먼 옛날, 직립을 시도했던, 우리의 가장 오래된 할아버지에게도 맨 처음 외투가 이것 아니었겠는가.

햇살 속의 그녀는 빛나는 반사판 자체처럼 변해버려 비현실적인 느낌이었다. 손가락으로 누르면 부스스 흩어질 것만 같았다.

"선반에 보드카 있어. 가지고 좀 와."

그녀는 빛무리 저 아래에서 편도선 부은 목소리를 냈다.

"드골 공항에 좋은 술 많더라. 잠깐 몸이라도 팔까 싶었어."

"현역 컴백을 멋지게 할 뻔했구만그래."

"남은 돈 탈탈 털어 사왔어. 비싼 것 못 사와서 미안해."

그녀는 살짝 웃었다. 흰색 덩어리가 웃는 것처럼 보였다.

"대한민국 갈보만 하다가 죽으면 억울하잖아. 프랑스 갈보는 와인 마시며 샹송 부를 텐데."

"난 이걸로 충분해."

"암튼 당신이 좋아하는 향 없는 것으로 사왔어. 마셔."

뚜껑에서 다이내믹한 소리가 났다. 얼굴 핥고 있던 햇살이 술병 속으로도 파고들었다.

"얼음은 있을 텐데."

나는 고개를 저었다. 독한 기운이 목구멍을 타고 들어갔고 간밤의 숙취와 뒤섞이면서 약간의 몸서리가 났다. 내가 몸을 비틀자 그것이 신호인 양 그녀는 서서히 이불을 걷어냈다. 엷은 카키색 셔츠가 나오고 낡은 청바지가 나왔다. 뒤이어 혁대가 풀리고 바지와 팬티는 한꺼번에 내려갔다. 끝부분이 말려올라간 셔츠 아래로 골반뼈가 골재 채취 용도 폐기된 돌산처럼 가파르게 솟아올랐고 급한 각도를 이루며 사그라지고 있었다.

그리고 윤기 사라진 허벅지와 또하나의 털무더기가 나타났다. 다리는 천천히 벌어졌다.

"이제 여기에 입맞춰."

판녀가 말했다.

"내가 준비한 안주도 이게 다야."

그곳의 털무더기도 햇살을 만나자마자 늙어버리고 있었다. 짧은 순간 빛을 내고는 곧바로 시들어버린 것이다. 어둠 속에서만 산다는 흡혈귀처럼 조만간 햇살에 녹아내려버릴 듯도 했다. 동백나무에 이빨 박아넣은 겨우살이처럼. 그래. 이 풀은 광합성을 하지 못하는 종(種)이었다.

그리고 그 중간에 그녀가 준비한 게 있었다. 오래된 고무줄처럼 늘어진 주름은 햇살 아래서 유난히 더 벌어지고 처지고 축나 있어서, 아름다움이나 신비함 따위는 충분하게 잃고 있었다. 털이 그곳에 기생하는 이유가 그거였다. 동굴은 컴컴할 때 제 기능이 살아나는 것이다.

나는 그렇게 했다.

털끝이 양 볼을 간지럽혔다. 요니는 말라 있었고 공알 또한 피곤에 지쳐 잠들어 있었다. 너무 오래 써서 닳아진 호미나 더께 앉은 발뒤꿈치와 흡사했고, 반대로 소음순은 과도하게 돌출된 채 처져 있었다. 돌출된다는 것은 무언가에 의해 끄집어내졌다는 소리이고 바깥으로 튀어나온 것은 어쨌든 풍화의 시달림을 받을 수밖에 없는 거였다. 여기를 이렇게 마르게, 처지게 하기 위해 얼마나 많은 사내들이 다녀갔을까.

흔히 어둠의 딸로 비유되곤 하는 창녀는 어쩌면 인류의, 세상의 성기인지도 모른다. 인류나 세상을 하나의 생물체로 보았을 때 그녀들이 위치하는 곳은 아마 이곳일 것이다. 그러기에 늘 어둠과 단절과 은폐 속에서 살아왔다. 가리는 것. 숨겨놓은 것. 그러면서도 존재 분명한 것. 나는 입을 떼었다. 안주를 오래 물고 있으면 볼품없어지는 법이다.

"파리 보내줘서 정말 고마워."

햇살 속에서 가랑이 벌린 채 낮고 성긴 목소리는 이어졌다. 그녀는 파리를 가보는 게 소원이었다. 소원의 특징은 오랫동안 이루어지지 않는다는 것이다.

"오르세에서 나와서도 한참이나 울었어. 고흐도, 밀레도, 모네도, 르동도 정말 다들 그렇게 했더라구. 거기까지 갔더라구."

나는 잠깐 고개를 돌렸다. 그동안 그려두었던 그림은 모두 벽을 향해 뒤집혀 있었고 거실 귀퉁이에 세워놓은 이젤에는 켄트지마저 없었다.

"뭐랄까…… 뭐랄까."

"……"

"거기 그림들이 다들 죽음의 순간 같은 거야. 이래놓고 죽었구나. 기도하다가, 빤히 쳐다보다가, 까마귀가 저렇게 날다가, 집이 그렇게 얌전히 있다가, 연꽃이 피어 있다가, 사과와 꽃병이 조용히 놓여 있다가…… 그들이 살아온 세상에 대한 태도 같은 거. 바라보던 자세 같은 거. 최후의 장면 같은 거."

역시나 그녀는 독하게 앓고 있는 중이었다.

"자극받아서 그림 열심히 그리라고 보냈더니 완전히 반대가 되어서 왔네."

"자신이 없어. 자꾸 내가 가라앉고 꺼져가는 것만 같아. 도대체 나는 어느 정도에 서 있는 걸까."

"꺼진 것들이 다시 솟아오르지."

"그렇게 될까? 어쨌든 당신은 사람을 기분 안 나쁘게 하는 재주가 있어."

나는 한 잔 더 마시고, 그만큼의 몸서리를 친 다음에 이번에는 입을 맞췄다. 입에서 어떤 냄새가 났다. 죽음의 냄새라 해도 고개 끄덕거려질 만한 것이었다. 그러나 그것도 하나의 유혹이라서 달콤했고 뒤통수를 잡아당기는 손목도 강렬했다.

그러자니 몸서리도 잦아들고 하루종일 우왕좌왕했던 번잡함이나 지하철 속의 피곤함도 가라앉았다. 내가 나인 듯싶고 세상은 세상인 듯, 햇살은 햇살인 듯싶어졌다. 다만 그녀만 그녀 같지 않았다. 물과 어둠의 존재가 빛의 그 무엇으로 변해버린 것이다.

오늘 마지막으로 몸을 팔았어. 언젠가 말했지? 예전에 그림 배웠던 늙은 교수. 안 선다고 또 찾아왔더라. 마사지하고 싹싹 핥아서 결국 세웠고 싸게 해줬어. 그동안 그려놓은 것 있으면 무료로 크리틱(critic) 해주겠다고도 하더라만 싫다고 했어. 이제 끝이야. 놀러 와, 맛있는 거 해줄게.

두 달 전, 태풍이 도심 한복판을 지나가던 날에 그렇게 전화가 왔었다. 막 퇴근하려다 말고 빗줄기를 바라보던 나는 방향을 바꾸었다. 지하철역을 나오니 비바람은 더욱 거세져 있었고 방문을 열 때는 번쩍, 번개도 쳤다.

자, 은퇴 기념으로 건배해줘.

은퇴 선언을 했기 때문인지 그녀는 사십 년 교단을 떠나는 노학자처럼 적당히 쇠락한 얼굴이었다.

물감이고 뭐고 값이 만만찮을 텐데.

연필하고 크레파스로 그리지 뭐.

빠바바방. 천둥이 축포처럼 집을 흔들고 나자 한 무더기의 빗줄기가 창문을 후려쳤다.

휘유, 그 어렵게 똥방(사창굴) 빠져나와놓고도 여태 그짓이었어. 아무래도 난 피가 더러운가봐.

사창가에서 데생 학원으로, 사회교육원 회화 실기반으로, 거기에서 크리틱 모임으로 옮겨다녔던 그녀의 동선이 잠시 내 뇌리에 떠올랐다. 그곳에서 그림을 그렸고 자신을 유혹하는 남자들과 잠을 잤고 나는 창녀다, 말하고 돈을 받아왔었다. 돈을 받은 이유를 물은 적이 있었다. 그녀는 이렇게 답했다. 안 받으면 좋아서 하는 게 되니까. 그 돈으로 쌀과 물감과 켄트지를 샀다. 그러자 주기적으로 찾아오는 이들이 생긴 것이다.

번개가 치고 곧바로 빠바방, 천둥이 울렸다.

차라리 모두랑 연애를 할걸 그랬지?

한동안 침묵이 흘렀고 그러다 얼굴이 바짝 다가왔다.

우리 밖으로 나가. 비 맞고 싶어.

우리는 그렇게 했다. 문밖에는 태풍이 도착해 있었다. 한 치 앞을 분간할 수 없을 정도로 비가 퍼부어대고 있어서 눈 뜨기도 어려웠다. 양복과 원피스는 금방 젖어버렸다. 가로수 목이 꺾이고 빈병이 우당탕탕 굴러다녔다. 지나가는 자동차 헤드라이트 앞으로 수많은 물방울이 주렴처럼 매달려 있었다. 우리는 골목으로 접어들었다.

갈보 노릇 할 때 제일 싫었던 게 뭔지 알아? 이렇게 비 오는 날이야.

빗소리 때문에 목청이 높았고 입술에서 빗물이 튀었다.

우산 들고 손님 기다리느라 서 있으면 미쳐버릴 것처럼 우울해져. 당장 동맥이라도 끊어버리고 싶고 달리는 차로 뛰어들고도 싶고. 한번은 그대로 튀어버린 적도 있어.

세탁소 간판이 떨어져 세로로 매달린 채 덜컹거렸다. 그 옆 가로등 삿갓도 마구 발버둥을 치고 있었다. 삿갓 아래 삼각형 불빛도 흔들리고 빗물도 그랬다.

그때 잡혀서 죽을 정도로 맞았어. 아예 맞아 죽어버리려고 사정없이 개겼거든.

판녀는 고개를 나에게 돌렸다. 순간 번쩍, 번개가 쳐 사이키 조명받은 듯 그로테스크한 얼굴이었다. 그리고 뭔가를 더 말했는데 천둥

소리 때문에 들리지 않았다. 뭐라고? 내 말도 전달되지 않았다. 대신 그녀의 등에 있는 몇 개의 담뱃불 자국이 떠올랐다. 움푹 꺼진 채 반투명한 막을 쓰고 있는 그것들은 죽어버린 별자리 같았다. 그곳을 만졌을 때 이렇게 말했다. 딴 데는 안 지져. 상품 가치 떨어지니까.

뒷골목에는 사람 자취가 없었다. 거센 바람이 갈 곳 없어 함부로 휘돌았고 우리는 그럴 때마다 고개를 숙였다. 젖은 머리카락이 바람을 따라가려고 했다. 축대에서는 크고 작은 폭포수가 떨어져내렸다. 우리는 작은 분수가 연달아 터지고 있는 승합차 앞유리에 기대섰다. 세상이 온통 물과 바람과 어둠이었다.

번개씹 이야기 알아? 아까 그 교수가 그러는데 옛날에 한 머슴이 있었대.

있었는데?

어느 날 느닷없이 소나기가 쏟아졌다지 뭐야. 그래서 마님이 부랴부랴 장독을 덮으러 나왔어. 장독 뚜껑을 막 닫는데 지금처럼 머리 위에서 버언쩍, 우르릉 쾅, 천둥 번개가 쳤단 말이야. 깜짝 놀라 그대로 기절하면서 뚜껑 위로 엎어졌는데 머슴이 그 장면을 봤대.

이쪽에서도 번개가 쳤다. 얼굴과 빗물의 구분이 없었다. 말은 천둥소리 잦아든 다음에 이어졌다.

바로 쫓아와서 치마 올리고 단니, 단니라고 알아? 옛날 여자들 속고쟁인데, 터져 있거든, 그러니 좀 좋아? 그냥 뒤에서 후다닥 하고는 내뺐대, 마님이 정신을 차려보니까 밑에 풀칠이 되어 있는 거야. 그래서 하늘을 올려다보며 이렇게 말했대. 번개도 그짓을 하나요? 그래서 번개씹이라는 말이 나왔다나.

우리는 웃었다. 빗물이 입안으로 들어왔다.

우리도 여기서 해. 하고 싶어.

내 바지가 내려갔다. 제멋대로 휘도는 비바람과 저만큼에서 흔들리고 있는 가로등과 그 불빛을 배경으로 내 몸의 한 부위는 점차 커져갔다. 판녀는 축대 쪽으로 나를 밀어 앉혔다. 폭포수 같은 물이 뒷덜미를 타고 엉덩이 쪽으로 흘러내렸다.

그녀는 팬티를 벗어 오른손에 쥐고는 천천히 앉았다. 허벅지와 가슴골과 가느다란 목덜미가 지나갔고 이윽고 얼굴이 나타났다. 빗물이 무거워 다시 일어서지 못하고 그대로 나와 결합되고 말았다. 우리는 물처럼 합쳐졌다. 가벼운 율동을 하는 그녀의 눈빛이 빗물 너머에 있었다.

맨 처음으로 돌아가고 싶어.

말도 빗물 너머에서 왔다. 우리는 은백색의 어떤 덩어리가 되어 있었다.

돌아가기에는 너무 멀리 왔어. 그래서 되돌아가고 싶어.

빗물은 이마에서 콧날 좌우로, 목덜미로, 가슴골로 타고 내려와 아랫도리로 쏟아졌다.

그런데, 다시 시작해도 이렇게 살아질까, 그럴까?

아닐 거라고 나는 대꾸했다. 지구가 오십억 년 전으로 돌아가 다시 시작을 한다면 지금의 세상이 만들어질 확률은 삼백만분의 일이었다.

그렇지, 같을 수는 없겠지, 그래야겠지?

그녀는 내 목을 빈틈없이 그러안고 점점 격해졌다. 떨림의 파장도 커졌다. 어쩌면 맨 처음으로 되돌아가거나 차라리 먼 미래로 달려가고 있는 중인지도 몰랐다. 그러자면 부채지급의 필요성이 있었다. 맨 처음 만난 날을 제외하고는 그동안 한 번도 화대를 지급하지 않았던 것이다. 이 사람을 파리로 보내주자, 충동적으로 그렇게 생각했던 게 그 때문이었다.

내가 그녀를 처음 만난 건 이십 년 전이다.

당시 나는 제대와 동시에 지방대학을 그만두고 세상을 돌아다니고 있었다. 이 현장에서 저 현장으로, 이 십장 밑에서 저 십장 밑으로 옮겨다녔다. 질통과 철근과 삿보드가 내 어깨에 머물렀고 그러는 사이 해가 뜨고 기울고 졌다.

그러다 어느 늦가을 밤, 나는 서울 낯선 도로에 서 있었다. 바다에 닿은 강물이 이윽고 흐름을 멈추듯, 수많은 사람과 건물과 차량 사이에서 움직이지 못하고 있었다. 내 수첩에는 현장에서 만난 목수와 미장이의 연락처가 몇 개 적혀 있었는데 공중전화 부스에서 받은 메시지는 부재와 불통이었다.

이봐, 거기.

문 닫힌 모터 판매 수리점 앞에서 눈매 단단해 보이는 여자가 나를 향해 걸어왔다.

담배 하나만 줘.

나는 솔담배 한 개비를 꺼내주었다. 여자는 나를 바라보며 폐차 직전의 버스 배기가스처럼 연기를 내뱉었다. 가로수 낙엽은 밤에도 떨어져내렸고 사람들이 그것을 밟으며 종종걸음으로 지나갔다. 그들은 갈 곳이 있었다.

내가 돈이 있으면 좋겠어. 돈이 있으면 당신을 사고 싶어. 근데 돈이 없어. 그러니 당신이 나를 좀 사줘.

내 주머니에는 전날 경기도 어디 연립주택 현장에서 받았던 간조가 들어 있었다. 저만치에 낡은 시내버스 한 대가 섰다. 막찬가요? 누군가 물어보는 소리가 그쪽에서 들렸다. 여자는 꽁초를 버리고는 다시 입을 열었다.

뭔 말인지 몰라? 똥갈보 첨 봐? 나랑 씹하자고.

물론 나는 항구의 역전 골목과 그곳 쪽방 여인들에 대한 추억을 가지고 있었다. 추억은 주로 아리고 후회스러운 쪽으로 무게가 더 나갔다. 그러나 나는 갈 곳이 없었고 그녀에게 흡인되고 있었다. 여자가 제시한, 내가 갈 곳은 어둠이 겹겹 내려앉은 골목 끝에 있었다. 붉은 불빛과 낡은 이불 한 채, 양은주전자와 물컵 하나, 휴지통이 있는 방. 마름모꼴 철제 안전망이 걸려 있는 좁은 창문과 터무니없이 큰 꽃이 그려진 커튼이 있는.

왜 이래, 계산 분명히 하자고 했잖어. 얘가 또 이 지랄이네, 엄마를 못 믿냐? 내가 누구를 믿어? 내가 김양한테 직접 계산한다고 했잖어, 정말 추접스럽게 이럴 거야? 그거 김양이 나한테 돌려놨던 거라니까 말귀 못 알아듣네. 나는 김양하고 계산할 거야, 엄마는 상관없어. 얘가 정말 사람 복장 터지게 하고 있네. 이러지 마, 나 목숨 걸고 빚 쪼개가고 있다는 거 알고 이러는 거 아냐? 빨아먹을 만큼 빨아먹었잖아. 너 말 다 했냐? 누가 가서 김양 좀 데리고 와봐라. 좋아, 대면해봐.

그런 새된 소리를 주고받느라 여자는 쉬 돌아오지 못했다.

씨팔, 왜 이리 떠들어, 조용히 못 해? 김양, 너 이리 좀 와봐. 왜 그래? 손님 데리고 왔잖아. 그래, 먼저 손님부터 받어라. 안 돼, 김양 너 똑바로 말해. 조용히 좀 못 해? 씨팔. 으이그 독한 년.

저쪽에서는 한동안 이런 말들이 뒤엉키고 있었다. 그리고 그녀는 돌아왔다. 얼굴이 붉게 상기되어 있었다. 그동안 나는 맞은편 벽에 있는 그림을 바라보았다. 글쎄, 방에는 붉은 불빛과 낡은 이불과 양은 주전자와 물컵 하나와 휴지통과 마름모꼴 철제 안전망이 걸려 있는 좁은 창문과 터무니없이 큰 꽃이 그려진 커튼 외에 색다른 게 하나 있었던 것이다. 어디서 오린 듯한 그림이 하나 있었고, 그림 속에는 중국풍의 한 여인이 약간은 쓸쓸하게, 약간은 소소하게, 약간은 화가 난 듯 이쪽을 바라보고 있었다.

거머리 같은 년…… 그러나저러나 앉어. 나 똥갈보 맞고 당신은 긴 밤값 냈으니까 걱정하지 말고.

한동안 고시랑거리던 포주도 사라져 그 정도에서 소란은 끝나 있었다. 비틀어 켠 트랜지스터라디오에서는 포크풍의 노래가 끝나고 있었다. 나는 옷을 벗었다. 같이 벗다 말고 여자는 내 맨몸을 물끄러미 바라보았다.

무슨 일해? 군살이 하나도 없네? 운동 근육 같지는 않고.

나도 참으로 오랜만에 내 몸을 내려다보았다. 하루 몇 푼의 생활비를 내 몸에 기대고 사는 입장이 고스란히 드러나 있었다. 노동의 흔적이었다. 아무 일이나 닥치는 대로 한다고, 혼자만 알몸이 되어버린 어정쩡한 상태로 나는 대답했다.

잠깐 부탁이 있어.

무슨.

당신을 그리고 싶어.

나를 그린다구?

응. 드로잉만 할 거니까, 오래 걸리진 않아.

도대체 손님을 그리는 창녀가 가당키나 한 것인가마는, 나는 나도 모르게 고개를 끄덕이고 말았다. 잔말 말고 시키는 대로 해. 벽 속의 중국풍 여인이 말을 해왔던 것이다. 이 여자의 모델이 되어줘. 그녀는 소형 스케치북을 꺼냈고 곧바로 연필을 움직였다.

아까 사실, 당신을 한참 쳐다보고 있었어. 내가 보고 있다는 거 몰랐지? 꼭 사막이나 바다를 마주하고 선 사람 같더라. 그런 경우 있잖아? 길이 너무 멀어 출발을 못 하는.

한동안 슥슥슥 연필 소리가 났다. 시키는 대로, 서기도 하고 앉기도 하고 벽에 기대기도 했다. 아마도 효과가 몹시 빠른 어떤 주술에 걸렸을 수도 있었다.

당신처럼 가방 든 채 정류장도 아닌 곳에서 먼 곳을 바라보는 사람이 누가 있겠어? 그리고 싶단 생각이 확, 들더라구. 그래서 말을 걸었어. 팔을 자연스럽게 늘어뜨려봐…… 내 느낌이 맞았어. 당신이 날 따라오고 결국 그리게 될 거라는 확신이 들었거든.

이런 곳에서 그림을 그리는 사람도 당신 말곤 누가 있겠어?

나는 대꾸했다.

똥갈보가 그림 그린다니까 웃기지?

여자의 얼굴에는 상기된 붉은 기운이 어느덧 사라지고 대신 집중의 그 무엇이 올라와 있었다. 웃긴다기보다는 좀 난감했다.

항구에서 나를 상대했던 창녀들은 지금쯤 다른 사내와 누워 있거나 골목에 서 있을 것이다. 그녀들이 날마다 사내들과 잠자리를 함께해도 반지 하나 없듯이 사내 입장에서도 같이 잔 여자의 성이 뭔지, 이름이 뭔지, 무슨 별자리에 태어났는지, 하다못해 단팥빵을 좋아하는지 싫어하는지도 모르기 마련이다. 창녀와 손님이란 그런 것이다.

돈이 있으면 나를 좀 사줘. 똥갈보 첨 봐? 나랑 씹하자고. 이렇게 말하는 창녀를 처음 봤지만, 그래서 뭔가 파격적인 매력을 느끼긴 했지만, 말대로 나는 씹을 할 생각이었다. 마을버스만 타도 객고가 쌓인다는데 나는 여러 달 길에서 살아왔고 몸에 밴 피로와 외로움을 풀어낼 방법은 많지가 않았다. 그런데 하나는 발가벗은 채 어떤 포즈를 취하고 있고 남은 하나는 심각한 눈빛으로 상대편 몸을 종이에 옮기고 있는 것이다. 나는 왜 이래야 하고 이 여자는 왜 저래야 하는지 알지 못했다. 참으로 유별난 화류(花柳)였다.

그즈음에서 문 두드리는 소리가 났다. 엄마라고 호칭되는, 조금 전의 포주였다.

이양아, 전화.

여자는 일어섰다.

금방 올 테니까 조금만 기다려.

나는 쉬는 시간을 맞아 담배를 피웠다. 이상해하지 마. 중국풍의 여인이 또 말했다. 누구나 창녀가 될 수 있는 것처럼 그림도 아무나 그릴 수 있는 거야.

하긴 그럴 것이다. 창녀는 그림을 그려서는 안 된다는 법률이나 관습은 들어보지 못했다. 인류 역사에서 가장 오래된 직업이다보니 그중에는 연금술사도, 철학자도 나왔다고 하지 않던가. 그러니 화가 정도야. 연필로 그리는 것 정도야. 나는 중국풍의 여인에게 대꾸했다. 누가 뭐래요?

그녀는 십 분쯤 뒤에 돌아왔다. 기다리게 해서 미안하다고 말하며 서둘러 스케치북을 집어들었다. 그 짧은 순간 다른 방으로 건너가 옷을 벗고, 흔히 숏타임이라 부르는 것을 하고, 뒷물을 마치고 온 정도는 그동안의 경험으로 나도 알고 있었다. 그러니까 잠깐 동안 화가로 살다가 다시 창녀가 되었고 이제 막 화가로 돌아온 것이다. 이 여자는 화가인가, 창녀인가. 몸 파는 화가인가, 그림 그리는 창녀인가.

그만두기 아쉬워. 얼굴 데생도 하고 싶어. 괜찮지?

나는 잠깐 중국풍의 여인을 힐끗거렸다. 그것도 들어줘. 중국풍의 여자가 또 말했다. 뭔들 안 되겠는가. 여자는 내 얼굴을 그리기 시작했다. 비로소 우리 둘은 서로의 얼굴을 바라보게 되었다. 나는 눈을 깜박였고 그녀는 위아래로 움직였다. 그러다가 눈이 정면으로 마주치면 이삼 초간 그대로 있었다.

금방 끝낼게.

이렇게 한 사람을 빤히 응시해본 게 얼마 만일까. 웨이브 진 머리카락이나 옅은 눈썹이나 부드러운 숨소리가 또렷해졌다. 콧날과 붉은 입술도 확연해졌다. 내가 초상화를 그리는 것 같아졌다. 근접과 응시가 일으킨 친근이었다. 마치 미대 다니는 누이를 마주한 듯도 하고, 멀리 떠나는 애인의 마지막 모습을 각인하고 있는 가난한 여인을 만난 듯도 했다. 나는 공연히 호젓해지고 공연히 비장해졌다. 그러니, 창녀와 화가의 구분이 어디 필요할 것인가. 그 둘의 간극에 누가 잣대를 댈 것이며 차이를 누가 증명할 수 있을 것인가.

또 한번의 노크가 있었고 여자는 나갔다. 중국풍의 여인은 더이상 말이 없었다. 맨 처음 봤을 때처럼 약간은 쓸쓸하게, 약간은 소소하고 약간은 화가 난 듯 이쪽을 바라보고만 있었다. 이런 주술은 효과가 빠른 대신 일찍 끝나버리는 게 단점이라는 투였다. 하나 나는 이미 별스런 예술의 밤 속으로 들어와버린 뒤였다.

이 썅년이 말 안 들을래? 맞아 죽을래? 야 이 개새끼야, 내가 아부지 말도 안 듣고 이짓 하고 있는데, 너 같은 놈 말을 듣겠냐?

골목 저만치에서도 시비가 일었고 트랜지스터라디오에서는 영화음악이 나왔다. 비명소리가 일고 무언가가 넘어지는 소리도 들리는 동안 음악은 계속되었다. 여자는 한참 만에 돌아와 다시 스케치북을 들었다.

술취한 종자가 하나 와서 좀 오래 걸렸어. 아주 밑이 빠질려고 그러네.

그녀는 이웃집에서 콩이라도 깔고 앉았다 온 사람처럼 아랫도리를 두어 번 틀었다. 난 벽에 붙어 있는 그림에 대해 물었다.

판위량이라는 여자의 자화상이야. 유명한 중국의 화가인데 이 여자가 나처럼 창녀 출신이래. 우연히 신문에서 보고 오려뒀어.

우리의 응시는 이어졌다. 누이의 숙제가, 연인의 이별이 아직 완성되지 않았기 때문이었다.

힘들지? 피곤해 보여…… 여기는 당신처럼 아무 일이나 다 하는 사람들이 많이 찾아와. 그 사람들한테는 늘 쇳가루나 돌냄새 같은 게 풍겨. 하지만 당신은 다른 냄새가 나서 좋아. 이제 다 되어가. 조금이면 돼.

그리고 또하나의 영화음악이 끝났을 때 여자는 마침표처럼 눈을 치켜떴다.

다 됐어.

스케치북에는 중국풍의 여인처럼 조금은 쓸쓸하고, 소소하고, 화가 난 듯한 사내 얼굴이 들어 있었다. 전체적으로는 어두웠으나 연필 선의 날렵함이나 구도는 살아 있었다.

내가 이렇군.

내 눈에 보이는 당신이야. 못 그렸지?

잘 그렸는데.

나중에 제대로 배울 거야. 그러면 더 나아질 거야.

여자는 비로소 옷을 벗었다. 나에게 다가온 알몸은 백 번의 재가(再嫁)를 마침내 달성한 여인처럼 당당했다. 우리는 오누이처럼 포근하게 바라보고 나서 이별할 연인처럼 애타게 껴안았다. 성욕보다는 친밀 때문에 몸이 떨렸다. 깊게 키스하고 깊게 포옹했다. 깊게 원하고 깊게 탐했다. 깊게 삽입하고 깊게 전율했다. 앞에 있었던 아흔아홉 번의 재가는 아무 흔적도 없었다.

거친 시간이 지나고 여자는 내 어깨에 머리를 기대고 부드럽게 얼굴을 만졌다. 손가락 너머에서 판위량이 우리를 바라보고 있었다.

저 화가는 프랑스에서는 크게 인정을 받았는데 정작 중국에서는 무시당했대. 창녀 출신이라고. 그래서 파리에서 죽었어. 고향에 못 가고.

그랬군.

창녀는 고향에서 못 죽어.

……

대신 파리에서 죽을 수는 있어.

우리는 다시 키스하고 포옹했다. 내가 얼핏 잠이 들면 여자는 잠시 외출을 하고는 낯선 사내의 냄새를 묻혀가지고 왔다. 그러면 또다시 키스하고 포옹했다.

시간이 갈수록 햇살은 거실 안에 차곡차곡 쌓여갔다. 판녀는 자세를 바꾸지 않았고 나는 병을 절반쯤 비워내고 있었다. 병은 따뜻해지고 몸도 더 데워져 있었다. 자세의 고집은 그 무언가를 햇살 아래로 강제출국시키고 있는 듯 보였다. 은폐되었던 것을 해방시키려는 듯도 보였다. 햇살이 그 의지의 총화처럼 보였다.

그러자니 양복 입은 채 독주를 마시고 있는 남자와 아랫도리를 벌린 채 누워 있는 여자, 그것을 덮밥처럼 뒤덮고 있는 햇살이 마치 그녀가 그려놓은 그림 같았다. 내가 그림 속에 들어앉아 있는 것 같았다. 태풍이 쏟아부었던 물기는, 모두 어디로 사라진 걸까.

"내가 맨 처음 씹을 한 게 열여섯 살이었어."

나는 담배를 하나 물었다. 연기가 몸을 만들며 솟아오르자 햇살은 새로운 옷을 입어 더욱 밀도가 높아지고 스스로 움직여 뒤섞이기 시작했다. 뱀 같기도, 뒤엉킨 시간의 모습 같기도 했다.

"그때도 이런 햇살이 있었어."

나는 듣고만 있었다. 이런 말은 앓고 있는 이의 특권이기는 했다.

"혼자서 하지감자를 캐던 날이야. 어머니는 장에 장사를 다녔고 아버지는 뱀한테 물려 죽었어. 사람 목숨 참 허무하지. 나무하러 갔다가 독사에게 물렸는데, 간신히 집에까지 와서 그냥 숨을 거뒀으니 말이야."

거듭 피어오른 담배연기는 허공에서 기하학적인 어떤 문양으로 변해갔다. 말(語)이 형상으로 바뀐다면 아마 이런 모습일 거였다. 그녀 입이 반쯤 벌어졌다. 담배를 물려주자 깊게 빨아들이고는 후욱, 뱉었다. 만들어놓은 형상이 흐트러졌다.

"감자를 캐고 있는데, 누가 뒤에서 눈을 가리고는 숲속으로 끌고 가는 거야. 반항을 했고 맞았어. 예비군들 훈련 때 가는 매복진가 참혼가 하는 것 있잖아? 거기서 당했어. 세 놈한테. 모두 고등학생들이었는데, 다 아는 얼굴들이었지. 내 사촌오빠도 있었어."

나는 듣고만 있었다. 이런 말은 독한 상처가 있는 이의 특권이기도 했다.

"하나가 가면 또하나가 오고. 고통스럽지. 죽을 맛이었어. 그런데 정말 못 견디겠는 것은 이 햇살인 거야. 아, 그 여름 햇살. 뜨거운 한낮의 태양이 저 높은 곳에서 나를 내려다보는 거야. 내 눈만 찔러대는 거야."

나는 듣고만 있었다. 이런 말은 햇살 아래 다리를 벌리고 있는 이의 특권이기도 했다.

"아랫도리보다 눈이 더 아파. 그것 때문에 도리질을 쳤어, 그애들보다 해가 더 미운 거야. 총이 있었으면 그애들보다 해를 먼저 쐈을 거야. 세번째 놈이 올라탔을 때 내가 소리쳤어. 제발 햇빛 좀 가려줘."

"……"

"그날 하지감자를 솥에다 앉혀두고 그대로 집을 떠났어. 그래야 할 것 같았어. 그렇게 하지 않으면 안 될 것 같았어."

나는 거듭 듣고만 있었다. 이 말은 말을 해오던 자의 특권이기도 했다.

"내가 왜 그림을 그리고 싶어졌는가는 솔직히 나도 몰라. 어릴 때부터 뭘 그리는 것은 좋아했지만, 이렇게까지 될 줄은 생각도 못 했어. 당신을 처음 만났던 거기에 있을 때 문득 정신 차려보니 내가 그림을 그리고 싶어져 있는 거야. 아마 판위량 자화상을 본 다음일 거야. 그것을 보고 참 울렁거렸으니까. 비틀거렸으니까."

"……"

"그 그림이 내 안에 숨겨져 있던 것을 자극했는지, 아니면 그림을 탈출구로 삼았는지도 잘 몰라. 그저, 안 그리면 미쳐버릴 것만 같았어…… 날아가는 새를 그리고, 골목의 강아지를 그리고, 내 몸을 그리고, 그러다가 당신 얼굴을 그렸지."

말은 잠시 끊어졌다. 몸이 너무 말라버려서 그러는 것 같았다. 할 수만 있다면, 그 태풍의 밤으로 데리고 갔으면 싶었다. 한번 더 그렇게 푹 젖어보면 처음부터 다시 시작할 수 있을지 모를 일이었다. 그러나 주변은 너무 밝기만 했다. 덥기조차 했다. 물기라곤 내 손의 보드카뿐이었다.

"오르세 첫번째 방에서 쿠르베의 〈세상의 기원〉을 봤어."

말은 메마르게 이어졌다.

"쿠르베의 아랫도리는 세상을 만들어낸 것이지만 내 보지는 무엇을 했을까."

"세상의 유지라고 할까."

"그런가? 하기야, 그 많은 사내들이 다녀갔으니…… 이젠 커튼 닫아줘."

나는 일어나 커튼을 닫았다. 햇살이 물러나고 방 안의 사물들이 다행스러워하면서 몸을 감추었다.

"그러니 난 이 자세로 죽게 될 거야."

판녀는 눈을 감았다. 숨이 잦아들었다. 그녀를 찾아온 게 잠인지 죽음인지 나는 알 수 없었다.

무적이 운다, 가라

핑 돈다. 머리는 아찔한데 몸은 가문 날 단비 만난 대지처럼 반응이 뜨겁다. 한번 배운 것은 이렇게도 뿌리가 깊다. 머리는 멀리하라 이르는데 손이 앞서 나간다. 그러고 보면 몸처럼 말 안 듣는 존재도 없을 것이다. 금기를 어길 때 오는 재미를 잘 알고 있다는 소리이다.

얼마 만의 술인가. 근 십몇 년 되었다. 그 말은 십몇 년 만에 원칙을 깬다는 소리이기도 하다. 금주의 시간들이 순간 아득하다. 술잔 쪽으로 가려는 손을 혼신의 힘으로 묶어두니 주둥아리가 앞으로 늘어나려고 한다. 사람들 입이 튀어나온 게 어쩌면 이런 이유일 수도 있겠다.

그 정도이니 한 잔 더 넣어준다. 불이 난 것처럼 뱃속이 뜨겁고 꿈꾸는 듯 혼몽해진다. 맞아, 술이란 게 이런 맛이었지. 그러니 친구도 이 세상에서의 마지막 선택을 이것으로 정했을 것이다. 친구의 허벅지 옆에는 비어 있는 소주 두 병이 있었다. 그러니까 빈 소주병을 유산(遺産)으로 남겨둔 것이다. 그리고 담배 반갑.

선구점 하는 친구가 한 잔 더 따라주며 묻는다.

"괜찮어?"

"모르겄어."

"몸 안 좋잖어."

"죽어버린 놈도 있는데 뭘."

자리가 자리인지라 다들 맨 소주만 서로 부어준다. 여자 두엇이 와서 부엌에서 꼬물거리기는 한다. 집사 맡고 있는 친구 부인의 교회 동료들이다. 권사와 목사는 나중에 나타날 것이다. 그녀들이 지금 꼼지락거리는 것은 김장으로 치면 배추에 간하는 순서에 해당된다. 상이 제대로 차려지려면 두어 시간 지나야 할 것이다.

차림이 아주 간소할 거라는 사실을 모인 이들은 잘 알고 있다. 교회 식으로 할 것이니까. 여러 번 겪었다. 아무도 그들을 이길 수 없다는 것도 알고 있다. 그쪽은 워낙 뒷배경이 세다. 그래서 교회 사람들은 반찬 하나 더 만드는 것보다 찬송가 한 번 더 부르는 것을 좋아한다. 말씀으로 배가 부르다는 이들이니 뭐 할말 없다. 그들이 나타나기 전까지는, 안 먹어도 배 부르는 것은 임신밖에 없었다.

"작년에 돌아가신 엄니 있잖어."

이말 저말 서로가 꼬리를 물다가 이런 말까지 나온다. 안주가 없으니 더 그렇다.

"요즘 정도 되었을걸. 며칠 동안 안개가 지독했잖어."

"그래, 제삿날이 얼추 돌아올걸?"

친구의 어머니는 오랫동안 큰형 집에 누웠다가 요양병원으로 옮겼고 거기에서 똥오줌 받아내면서 이 년을 더 누웠다가 작년 이맘때 눈을 감았다. 친구는 못 갔다. 못 갈 수밖에 없었다. 내리 나흘 동안 섬은 안개에 갇혀 있었다. 남쪽에서 바람이 불어오면 올수록 안개는 층층이 깊어지고 넓어졌다. 여객선이 오지 않았고, 같은 기간 동안 등대에서는 쉬지 않고 무적(霧笛)이 울었다. 무적이 대신 울어서 친구는 안 울었다.

방법이 아주 없는 것은 아니었다. 비용이 많이 들어서 그렇지 사선(私船)을 구해 타면 되긴 했다. 중요한 일이 생기고 여객선이 오지 않으면 다들 그 방법을 쓴다. 하지만 그는 친구가 가지 않을 것이라고 생각했다. 한때 바다를 주름잡던 선장 아니었던가. 친구는 그 자존심이 남아 있었다. 그의 짐작이 맞았는지 어땠는지는 모른다. 물어봐도 대답 안 했으니까. 결론은 맞았다. 친구는 바다를 보면서 소주만 마셨다.

"엄마가 와서 데리고 갔을까?"

"그럴지도 모르지. 막내라도 아들인디, 엄마 입장에서는 서운하겄지."

몇몇이 끄덕인다. 사람의 추측은 늘 이 정도이다. 그리고 추측이라는 것은 대부분 답을 확인하기 어려운 것들이다.

"그럴지도는 워디에 있는 섬이여? 택도 없는 소리지."

그가 한마디 한다. 친구가 아무런 능력도, 판단도 없는 존재로 들려서 그렇다.

"아니여. 사람이 죽어 귀신이라는 것이 되어버리면 노여움부터 배운다잖어."

그들은 오늘 죽어버린 친구가 배울 노여움은 헤아리지 못하고 그렇게 말들을 했다.

"맞어, 글자 모르는 귀신 없고, 술 못 마시는 귀신 없고, 성질 없는 귀신 없는 법이니까."

"맞기는 제기랄, 개가 몽둥이로 맞었으면 맞었지 뭐가 맞어."

"워낙 느닷없이 이렇게 가버리니까, 그런 생각도 든다 이 말이지."

"아무리 서운하고 노여워한다 해도 그렇지, 귀신 일 년차가 무슨 능력이 있겄어."

그는 말을 덧붙인다.

"사람으로 치면 인제야 첫돌 된 셈인디."

친구는 오늘 아침에 발견되었다. 이장이 무슨 일로 그 집에 들렀다. 집사가 말했다.

저 방에 가보시오. 거기 없으면 어디에 있겠소.

이장은 친구가 늘 자는 방으로 가보았다. 집사 말은 사실이었다. 어디 안 가고 문고리에 줄 달아 목을 매고 사십오 도로 누워 있었다. 이장은 소리를 지르지 않았다. 마을에서 아주 없는 일이 아닌데다 이장이란 호들갑을 떨어서는 안 되기 때문이었다.

그게 세 시간 전이었다.

그가 그 소식을 들었을 때는 삼거리횟집 차양을 손보고 있는 중이었다. 가게를 살펴보다보니 전 주인이 밧줄을 시원치 않게 묶어놓았던 것이다. 한 번 감고 나서 안팎으로 묶음을 만들며 한 바퀴씩 더 돌려야 하는데 그냥 두 번씩만 감고 말았다. 이러면 보통 때는 괜찮지만 큰 바람이라도 불면 곧바로 느슨해져버린다.

그는 밧줄을 묶다 말고 맥이 풀렸다. 뭐, 죽었다고? 이미 죽어버렸다고? 소식을 전하러 온 상근 예비역에게 그렇게 물어봤을 것이다. 모든 죽음의 소식이 사람을 놀라게 하고 맥도 빠지게 하지만 그는 휘청거릴 지경이었다.

이제 병풍이 나온다. 친구의 조카와 동료들이 그 일을 하고 있다. 입관은 이미 해놓았다. 조카는 영정사진도 들고 나온다. 이런 일련의 장면들은 이 사람은 죽었답니다, 의심하지 마세요, 사실이니까요, 라고 말하는 것과 같다. 그는 사진을 바라본다. 무심한 듯도 하고 조금은 찡그리고 있는 것 같기도 한 표정인데, 여러 해 전에 찍은 것처럼 보인다. 이러고 있으니 한 사람이 두 사람으로 나뉜다. 사진 속의 친구와 관 속의 친구. 같은 사람인데 마치 딴사람 같다.

서운한 생각도 든다. 아무런 언질도 안 주고 이렇게 가버리다니. 씨발놈, 한마디 한다. 한마디로는 부족해서 몇 마디 더 한다. 개새끼, 좆같은 새끼. 그는 어제 꾸었던 꿈을 생각한다. 커피잔을 들고 뒷산으로 가서 염소하고 나눠 마신 꿈이었다. 나눠 마셨다기보다는 그가 커피를 쏟았는데 염소가 핥아먹었다.

커피가 사람을 죽이는 독 같은 것이었을까. 어딘가로 간다는 것이 죽는다는 것일까. 염소가 친구일까. 아니면 새까만 흑염소니까 저승사자를 나타내는 거였을까. 가만, 커피도 까만색인데? 아무리 갖다붙이려고 해도 다 억지스럽다. 죽음을 암시하는 것이 없다. 더 서운해진다. 말이라도 한마디 하고 죽지. 고작 소주 두 병에 담배 반갑이라니.

이해 못 할 것은 없다. 친구는 오랫동안 소주를 가장 가까이하고 살았다. 하루 평균 다섯 병씩 마셨으니 마을 친구들보다, 숟가락보다,

신발보다, 더 친했다. 아마도 면 복지과 직원이 나와서 설문조사를 한다면 이렇게 했을 것이다. 본인 이름은? 김소주. 아내 이름은? 박소주. 신원을 보증해줄 만한 친구는? 이소주. 돌아보면, 친구의 음주는 그의 금주 시기와 상당 부분 겹쳤다.

남편이 그러니 집사는 식당을 하면서도 소주를 팔지 않았다. 섬 식당 중에서 메뉴에 술이 없는 집은 이 집이 유일했다. 홀 분위기도 술과는 거리가 멀게 만들어놓았다. 보통의 식당에는 주류회사에서 나온, 반라의 모델이나 유명 여자 연예인 사진이 붙어 있다. 그러나 이 식당에는 어린 양을 보듬고 있는 예수님과 최후의 만찬 같은 그림이 걸려 있다. 현판 액자도 '너 지금은 미약하나 나중에는 창대해지리라' '이곳을 찾아오신 손님들께 주님의 은총이' 같은 문구만 쓰여 있었다. 이제는 장사도 접고 조만간 새 주인에게 비워줘야 하는데도 그대로 있다.

장사하다보면 술 찾는 손님 있기 마련이다. 교회 관련 손님만 늘 있는 것도 아니고 돈은 또 벌어야 하니까. 손님이 찾으면 집사가 옆 슈퍼에 가서 사왔다. 여분도 없었다. 손님이 한 병 두 병 시킬 때마다 그렇게 했다. 끝내 집에 술을 두지 않겠다는 의지였다.

집사에게 그런 의지를 만들어놓은 것은 물론 친구였다. 그도 의지를 꺾지 않았다. 아침저녁으로 사러 다녔다. 어찌하다보면 부부가 나란히 슈퍼에 들어간 적도 있었다. 같이 들어가되 계산을 따로 하고 돌아가는 곳도 달랐다. 아내는 손님이 기다리는 홀로, 그는 골방으로 갔다.

어쩌면 무슨 말을 했을지도 모른다. 살면서 혼잣말의 양은 의외로 많은 법이니까. 그리고 마지막에는 말이 많아지는 법이기도 하니까.

단지 저 혼자 말하고 저 혼자 들었을 것이다.

그는 충동적으로 한 잔 더 마셔버린다.

어찌 안 마실 수 있겠는가. 딸이 손주를 낳았다 하더라도, 아들이 일등 로또에 당첨이 되었다 하더라도 세상 버린 아버지가 되살아난다 하더라도, 심지어 아내가 시집을 한 번 더 간다 하더라도 술을 안 마실 수 있다. 완전히 끊었으니까. 마실 마음도 안 났다. 살아야 했으니까. 그러나 오늘은 안 마실 수가 없다.

더 돈다. 그는 몸을 일으킨다. 어디 가? 선구점 하는 이가 또 묻는다. 바람 좀 쐬려고. 여러 잔 마신 것 같은데 괜찮겠어? 아, 괜찮어. 괜찮으냐고 물었을 때 안 괜찮다고 대답할 사람이 몇이나 될까. 굳이 물은 것은 또 뭔가. 영화를 봐도 그렇다. 달려가다 사정없이 엎어졌는데 뒤따라온 사람이 묻는다. 아 유 오케이? 눈깔이 없나. 안 괜찮은 거 빤히 알면서 묻는 거, 하긴 그것도 사람의 버릇이다.

가게를 빠져나온 그는 마을길을 걷는다. 작년처럼 안개가 몰려오고 있다. 장마 직전, 이 시기는 남동계절풍이 불어오는 때이다. 이 바람은 습기를 몰고 온다. 바람이 습기 자체이다. 어느 집 담벼락에 널어놓은 미역이 파랗게 되살아나고 있다. 모든 게 다 축축하다.

머리카락이 젖어간다. 한기도 든다. 그래도 술을 좀 깨야 한다. 내일, 모레까지 잠잘 시간이 없다. 오늘밤부터 새워야 한다. 집에 들어가는 것은 차마 못 할 짓이고 화투판 옆에서 자는 것도 환자 표시내는 것 같아 싫다. 사람 노릇은 하고 싶다.

자신의 가게가 보인다. 일등횟집. 골목 안쪽에 있다. 간판은 여수

엑스포 관련 도로정비사업의 일환으로 번듯하다. 그러나 그 아래 유리창과 새시는 낡았다. 오래된 횟집을 인수한 다음에도 세월이 더 갔으니 혼례용 화관을 머리에 쓰고 있는 노파 같다. 국가에서 하는 일은 이렇게 간판을 새로 만들어주는 것뿐이다. 횟집 이름이 일등인 것은 딴 이유 없다. 그의 이름이 일등인 것이다.

그의 아버지는 원양어선 선원이었다. 주로 포틀랜드 쪽으로 가서 오징어잡이를 했다. 한번 가면 최소 일 년. 섬 사람들이 흔히 그랬듯 친구들과 팀을 묶어 갔다. 그런 이유로 섬은 제삿날 같은 집이 많다. 죽으면 한꺼번에 죽으니까. 죽지 않고 돌아오면 같은 시기에 아이를 만들었다. 그래서 제삿날처럼 생일 비슷한 아이들도 많다.

그가 그랬다. 아버지와 동료들이 돌아온 뒤 마누라들은 일제히 임신을 했다. 누가 가장 먼저 날까, 그들은 내기도 했다. 누구의 수고나 능력인지는 몰라도, 오징어파 아이들 중에 그가 가장 먼저 태어났다. 오늘 죽은 친구는 삼등이었다. 생일이 일주일 뒤다. 내기 술에, 아들 얻은 턱의 재벌 술이 겹친 아버지는 그 자리에서 이름을 지어주었다.

일등으로 나왔으니까 너 이름은 일등이다.

金一等.

그는 이름이 좋을 리 없었다. 이미 일등이어서 그런 것은 아니지만 학교에서 일등을 한 번도 못 해보았다. 그래서 싫었다. 이름 때문에 없던 매도 벌곤 했으니까. 너는 어째 이름값도 못 하냐. 이름은 일등인 놈이 성적이 이게 뭐야. 엎드려뻗쳐. 이런 말 들을 때마다 속이 미어지고 원망이 끓었다.

아버지 입장에서야, 앞으로도 계속 일등으로만 살아라, 기원했던 바였지만 이름대로만 살아진다면 갑을병정, 자축인묘, 뭐하러 복잡하게 따져 지을 것인가. 김행복 이만족 박흡족 최무난, 이렇게 지으면 될 것을. 그게 너무 포괄적이다 싶으면 방법 또 있다. 어부 시키겠다면 김만선, 형사 만들겠다면 박체포, 운동할 것 같으면 정골드, 영화감독 되면 좋겠다 싶으면 오매진.

그러나 이름처럼 무능력한 것이 없었다. 노숙자 중에 대길이, 삼길이, 이런 이름 많다고 들은 것도 그 증거이다. 이름으로 운명이 갈린다면 로버트나 탁 넉 맘, 아리나과달루 같은 이름을 가진 이는 또 어떻게 된다는 말인가.

자식을 낳으면 꼭 직접 짓게 하겠다고 마음먹은 것도 그 때문이었다.

첫딸을 낳았을 때 실제로 그렇게 했다. 그는 우선, 약 서른 개 정도의 여자아이 이름을 만들었다. 민숙 현숙 정희 혜림 선아 수희 주희 선애 영은 희옥 도희 복희 서령 연우 상은 수옥 진경 해인 현주 주현 같은 거였다. 전화번호부를 펼쳐놓고 나름대로 촌스럽지 않은 것으로 골랐다. 태어난 지 한 달 되기 전날, 그러니까 출생신고 마감 전날, 그는 옹알이를 하고 있는 아이에게 말했다.

자, 이제부터 이름을 말해볼 테니까 맘에 들면 오른손을 들어라.

그리고 성 붙여 하나씩 불러보고 아이의 반응을 살폈다. 손가락을 꼬물거리며 뭐라고 알아들을 수 없는 소리를 냈지만 그는 인내력을 갖고 기다렸다. 참 쓸데없는 짓거리하고 있다고 아내는 타박했지만 그는 진지했다. 혜숙이라는 이름을 가진 여자는 일등이라는 이름을 가진 남자의 아픔을 이해 못 하는 법이니까.

오른손이 반 이상 올라가면 그는 동그라미를 쳤고 그 외에는 가위

표를 쳤다. 그렇게 일차 예선 통과한 게 일곱 개. 삼차를 거쳐 최종적으로 정한 게 희옥이었다. 그는 분명히 보았다. 김희옥, 이름을 말할 때마다 두 팔을 머리 위로 번쩍 드는 것을. 혹시도 모를 딸아이 성화를 대비해 마지막 장면은 캠코더로 찍어놓기도 했다. 봐라, 너의 선택이었다. 캠코더는 싱가포르에서 산 것인데, 그게 이렇게 중요한 상황에 쓰이게 될 것은 생각 못 했었다.

아버지는 끝내 상선을 타지 못했다. 평생 어선에서 고기 잡는 사람으로 살았고 그게 한이었다. 일등이 수산고등학교 항해과를 간 것은 오로지 아버지의 잔소리 때문이었다. 그는 떨어진 애들 중에서 일등을 할까봐 가슴을 졸였지만 그럭저럭 합격을 했다. 삼 년 내내 가장 높이 올라간 것은 십이등이었으나 그 정도면 졸업하는 데는 별 탈 없었고 실습 기간 거쳐 삼등항해사가 되고 이등항해사로도 올라갔다.

해양대 출신에 비하면 연봉도 적고 진급도 더뎠다. 그저 성실 하나로 버텼다. 그렇게 하다보니 드디어 '일등'을 붙여볼 최초의 기회가 오기도 했다. 일등항해사. 그러나 그는 끝내 포기해야 했다. 아버지는 그에게 일등이라는 이름 외에도 간염 유전인자도 물려주었던 것이다. 앓다가 더이상 근무가 어려워질 지경에 이르자 그는 배에서 내렸다.

하루에 두 번씩 네 시간 동안의 브리지 당직이 항해사의 가장 큰 임무였다. 삼등항해사 시절에는 오전 오후 여덟시부터, 이등항해사가 되고부터는 열두시부터 근무를 했다. 바다의 매력은 해가 질 때와 뜰 때에 있다. 어둠과 낮이 교차하는, 아름다운 시간의 항해는 그래서 가장 위험하기도 하다. 그것은 마치 낮의 세계에서 밤의 세계로, 또한 밤의 세상에서 낮의 세상으로 배를 모는 것과 같아서 매력 있었다.

하지만 그것을 못 하고 만 것이다. 그 시간대는 경험 많은 일등항해사의 몫이었으므로. 그는 일등항해사가 못 되었으므로. 대신 몸이 위험하게 되어버렸다. 일몰 일출이 몸에서 일어나버린 것 같았다. 그리고 굳이 따져본다면, 친구들 중에 일등으로 간염에 걸리기는 했다.

아내가 일등횟집 주방에서 뭔가 하고 있는 게 보인다. 어제저녁 손님들 뒤치다꺼리이다. 그가 일손을 보탤 수 없게 되었으니 오래 걸릴 것이다. 그는 발걸음을 옮겨 가게에서 담배를 한 갑 산다. 주인의 눈이 휘둥그레진다. 담배도 오래전 끊어버린 사람이니 그럴 수밖에.

"죽어버린 놈도 있는데 뭘."

그는 그렇게 대답해주고 한 대 피운다. 피잉, 한번 더 돈다. 돌아도 상관없다. 말 그대로 죽어버린 놈도 있으니 말이다. 친구가 죽는다는 것은 부모가 죽는 것과는 다르다. 재산 하나가 사라진 것 같다. 빈말 아니다. 빈손에 병든 몸으로 섬에 돌아왔던 그가 이렇게 식당을 번듯하게 차려놓기까지, 가장 큰 공신은 친구였다. 아내는 그 의견에는 반대지만 그는 그렇게 생각했다.

십 년 전, 일등 가족은 고향 섬으로 돌아왔다.

도시에서는 병이 호전되지 않았다. 늘 약을 먹고 늘 피곤하고 늘 골골했다. 술담배 끊고 착실히 박혀 있는데도 그랬다. 그 짓 몇 년 하다 보니 모아둔 돈도 다 녹았다. 나중에는 아내의 품팔이로 먹고살았다.

어느 날 일등은 친구에게 전화를 걸었다. 친구는 선언하듯 말했다. 물 맑고 공기 좋은 고향 땅으로 와라. 오면 낫는다. 걱정 말고 무조건 와라. 기다리마. 일등은 그동안 잊고 있던 고향 섬을 떠올렸다. 그리고 마음먹었다. 돌아가자, 가서 병을 고치자.

아내는 한숨을 쉬다가 따라왔다. 이런 경우 사업 성공으로 인한 금의환향과는 격이 층질 수밖에 없었다. 그가 스스로를 보아도 그랬다. 입성이 그랬고 싣고 온 이삿짐도 그랬다. 하나같이 부끄러운 행색이었다. 그나마 다행인 것은 사업 성공한 사람은 아예 고향 섬으로 돌아오지 않는다는 거였다.

친구는 두 손을 들어 일등을 맞이했다. 가족이 살 집을 구해놓았고 그리고 자리가 잡힐 때까지 그의 식당에서 밥도 해결해주었다. 그때만 해도 친구는 커다란 갈치 배를 갖고 있었다. 배와 식당을 같이 가지고 있다는 것은 마을의 유지라는 소리였다.

일등은 천천히 걸으면서 그 시절을 떠올린다.

그때 친구는 튼튼한 몸에 굵은 팔뚝을 지니고 있었다. 밤새 조업 나갔다가 아침에 돌아와 선원들을 지휘하는 모습은 부럽기도 했다. 병을 앓아 까매진 얼굴과 말라버린 몸, 빈털터리 신세인 자신과 너무나도 달랐다.

일등이 항해사가 되었을 때만 해도 반대였다. 그가 팔천 톤짜리 케미컬선을 몰 때 친구는 남의 배 선원이었다. 친구가 일 년 내내 벌어야 할 돈을 그는 두 달 만에 벌기도 했다. 그런데 세월과 병이 이렇게 만들어버렸던 것이다.

이곳을 너의 죽을 곳으로 삼아라.

친구가 했던 말이다. 물론 이곳은 죽자 하면 살 것이요, 살자 하면 죽을 것이니, 라고 일갈했던 이순신 장군의 흔적이 있는 곳이기는 했다. 강감찬이나 김유신보다 훨씬 가깝다. 역시나 친구는 이렇게 한마디 더 덧붙였다.

나는 매일 어장을 나갈 때 왜적을 맞이하러 나간 이순신 장군을 떠올린다.

……

바다에서 죽을 작정을 해버린다는 소리야. 그러면 아무리 파도가 높아도 마음이 편안해져.

일등은 고개를 끄덕였다. 친구의 말 때문만이 아니라도 죽을 곳에서 생로가 트이고 편한 곳에서 죽음이 똬리 튼다는 것은 자주 들어봤던 소리이다. 물론 기분좋은 소리는 아니었다. 많은 사람이 했다고 해서 기분좋을 것이라고는 그 어떤 근거도 없다. 정작 사람들이 가장 많이 하는 말은 욕 아니던가.

아무튼 그 말을 부모형제가 했다면 어디 시범을 좀 보여주시죠, 했을 것이다. 아버지는 시범 보일 기회도 없이 간경화로 세상 뜨고 말았다. 의사가 말했다 하더라도 불만이었을 것이다. 그런 처방은 위인전 한 권만 읽어본 사람이라면 아무나 할 수 있으니까. 선생이 했다면 좀 다를지도 모른다. 하지만 그런 말 하는 선생은 한 명도 없었다. 그가 만났던 선생들은 주로 이렇게 말했다.

뭐 일등? 그럼 니 동생은 이름이 이등이냐?

내일 소풍을 가는데 선생님들을 위한 지참품목을 차라리 시원하게 말해주겠다. 김갑식, 김밥. 김도연, 맥주 두 병. 김일등, 거북선 두 갑.

오늘은 황천 조우시 운행요령과 비상 조타 활용방법에 대해 설명하겠다. 저 뒤에 대가리 처박고 있는 새끼는 누구야. 고개 들어, 인마.

뭐 그런 것뿐이었다. 그러니까 이런 말은 친구가 아니면 못 할 말이었다. 특히 어렸을 때 친구란 같이 죽고 같이 살자, 맹세를 몇 번씩이고 하는 법이니까. 맹세할 때의 지극한 마음은 홀랑 잊어버렸지만 언제 어디서 했던가는 기억나는 법이니까.

그는 그렇게 했다.

해보고 안 되면 죽자고 다짐했다. 맨 처음은 등산이나 해보고 죽자, 였다. 다르게 말하면 죽을 때까지 등산을 해버리겠다, 이기도 했다. 처음에는 아주 힘들었다. 어렸을 때 미끈거리는 고무신 신고서도 단숨에 뛰어올랐던 뒷산 봉우리를 열 번도 더 넘게 쉬어가면서 올라야 했다. 일어서면 눈앞이 노래지고 앉으면 쓰러지려고 했다. 포기하고도 싶었고, 차라리 죽고 나서 하자, 그런 생각도 들었다. 그러나 죽지는 않았다.

아내는 친구의 식당으로 일을 하러 다녔다. 남편 친구 가게 종업원이 된 것이다. 아내의 불편한 심사는 오래갔다. 아내끼리는 친구가 아니니까. 일등은 못 본 척 산에만 다녔다. 제때 밥 먹고, 제때 약 먹고 그리고 맑은 공기를 찾아 산으로 가는 것. 남들은 가장 편하다는 것을, 그는 고시공부하듯이 이를 악물고 했다.

날마다 봉우리를 타고 등대까지 다녀왔다. 좋다는 약초는 모조리 뜯어와서 먹었다. 갈아먹고 짜먹고 끓여먹었다. 염소처럼 먹었다. 그리고 또하나가 갈치였다. 하루에 무조건 한 마리씩. 그것은 친구가 그에게 준 처방이었다. 친구는 날마다 큰 놈 하나를 그의 몫으로 빼두었다가 구워먹게 했다. 갈치가 간에 특효라는 말은 오래전부터 내려오고 있었다. 갈치 시즌이 아닌 경우에도 냉동시켜두었다가 그렇게 했다.

몸이 조금씩 좋아졌다. 한 달이 되고 반년이 되고 일 년이 되자 눈에 생기가 돌고 다리에도 힘이 짱짱하게 붙었다. 피곤도 덜했다. 대신 아내는 날이 갈수록 눈에 생기를 잃고 다리가 풀렸으며 밤마다 끙끙 앓았다.

아침저녁으로 한숨소리도 유난히 잦아졌다. 그 한숨은 '아이구, 힘들어서 못살겠네'나 '어째 나는 이런 것을 서방으로 만나서 이 고생인가 모르겠다' 이런 소리로 들렸다. 누가 통역해주는 것 같았다. 몸이 그 정도 되기도 했기에 어떻게든 벌어야 한다고 그는 생각했다.

날마다 산행을 하면서 발견한 어떤 특징이 하나 있었다. 그 발견은 참으로 동물적이면서도 획기적인 거였다.

산봉우리 거쳐 등대를 다녀오는 코스는 대략 두 시간 정도. 등대에서 내려와 마을로 오는 길을 걷다보면 어느 지점에서 급속하게 피곤이 찾아온다. 무엇보다도 먼저, 갈증이 온다. 그는 자신이 매번 같은 장소에서 가지고 간 물을 마셨다는 것을 알아차렸다.

거기는 해수욕장 못 미쳐, 자그마한 오르막이 있는 곳이었다. 산과 등대를 거치면서 일단 지친 몸은 다시 한번 오르막을 만났을 때 강렬한 휴식을 원하게 된다. 물리적으로도, 심리적으로도 그렇다.

그는 딱 그 장소에서 음료수와 캔맥주를 팔기 시작했다. 내가 마르면 너도 마를 것이다. 그게 그의 전략이자 마케팅이었다. 투자비도 많이 들지 않았다. 아이스박스에 음료를 넣고 얼음을 채운 다음 기다렸다. 판단은 맞아떨어졌다.

관광객들이 혀를 빼물고 올라오면 그는 아이스박스 뚜껑을 열어놓았다. 그들은 환호성을 하며 하나씩 집어들었고 먼저 이마에 캔을 대고 돌렸다. 그는 아침 일찍 등산을 가면서 그날 필요한 물량을 가져다 두었고 그 외 시간에는 그저 그늘에 앉아 있으면 되었다. 여름이 깊어질수록 그의 사업은—그것을 사업이라고 말하기는 뭐하지만 사업 아닌 것은 또 아니기에—번창했다. 덕분에 그는 현금을 가지고 집으로 돌아갈 수 있었다. 날 좋은 연휴 기간에는 아내에게 이런 말도 들었다.

당신 벌이가 나보다 낫네.

걷다보니 그 장사를 했던 장소에 도착한다. 동백나무와 구실잣밤나무 사이의 간격을 안개가 메우고 있다. 이오오 호르릉. 휘파람새가 울었다. 그는 공연히 새소리가 나는 곳을 바라본다. 보이지는 않는다. 아부지 왔는갑다. 무슨 새였던가. 아버지를 항구의 공원묘지에 묻는데 새가 울었고 어머니가 말했다. 사람이 새가 될 리는 없는 법. 만약 그렇다면 저 많은 갈매기들에 대한 설명은 불가능하다. 단지 우는 소리 때문이다. 우는 소리가 들린다는 것 때문이다.

그럴 리가 없는데도 그도 어머니처럼 생각이 든다. 혹시 자넨가? 그가 새소리 쪽으로 가자 휘파람새 울음소리가 바뀐다. 호르르 삐죽 삐죽. 누군가 다가오니 조심하라고 동료들에게 전달하는 것이다. 그가 새이름을 알게 된 것은 이곳에서 캔맥주장사를 할 때였다. 중년의 손님들이 맥주와 음료수를 마실 때 저 새가 울었다.

어머, 저 새는 무슨 새예요?

커다란 선글라스를 쓰고 있던 여자가 물었다.

휘파람새라는 거예요.

안경 낀 중년 사내가 대답했다. 일등은 새이름을 외워두었다. 그가 어렸을 때도 이 새는 울었다. 이름이 달랐다. 그 이름은 생각나지 않았다.

어머, 이름은 알았는데.

소리가 참 이쁘죠? 그러니 휘파람새라고 이름이 붙었지.

조금 이따가 두번째 울음소리가 들렸다. 여자가 또 물었으나 안경 낀 사내는 이번에는 고개를 저었다. 일등은 여러 달 뒤 그 두 울음소리가 한 녀석한테서 나온 것이라는 걸 알게 되었다. 이오오 호르릉, 울다가 사람들이 다가오면 호르르 삐죽삐죽, 울었던 것이다.

가을이 되자 기온이 떨어지고 장사가 시들해졌다. 그는 걱정하지 않았다. 문리가 트인다는 게 이런 거였다. 일찌감치 생각해둔 곳이 있었다. 등대 있는 곳에 자그마한 선착장이 있었다. 등대 다녀오는 손님들은 두 부류로 나뉜다. 하나는 걸어서 등대를 다녀오는 사람으로 그동안 그의 주고객들이었다. 그리고 또 한 부류는 배를 타고 다녀오는 이들이다. 마을에서 유람선을 타면 등대 선착장까지 간다. 그곳에서 내려 십오 분 정도 올라가면 등대가 있고 거기를 다녀와서 다시 배를 타고 마을로 오는 것이다.

시간이 짧고 힘들지 않아서 그 코스는 노년층의 단체여행객들이 주로 이용한다. 많으면 수십 명씩 유람선을 타고 온다. 중요한 것은 단체여행이라는 것이다. 곗돈이나 누군가의 후원으로 오는 것이라 그들은 등대 관광보다는 먹고 노는 것을 더 원했다. 이를테면 예비군 훈련 같은 분위기가 생겨버리는 것이다. 그러기에 아침 여덟시부터 유람선에서 관광버스춤을 추는 것이다.

시월이 되자 그는 아이스박스를 짊어지고 그곳으로 자리를 옮겼다. 내가 목마른 곳은 남도 마를 것이다, 처럼 내가 한잔하고 싶은 곳은 남도 당연히 그럴 것이다, 가 두번째 전략이고 마케팅이었다.

고무대야 다섯 개와 도마와 칼, 접시와 술잔 따위가 더 마련되었다. 규모상으로도 확장이 된 것이다. 그는 해삼과 돌멍게, 소라, 낙지 따위를 팔았다. 메뉴도 없었다. 보이는 게 전부였고, 한눈에 다 보였으니까. 거기는 종일 앉아 있을 필요도 없었다.

관광객이 유람선을 타고 등대를 찾는 것은 시간이 거의 정해져 있었다. 항구에서 오는 여객선과 시간을 맞추기 때문이었다. 그는 하루 두세 번, 그곳으로 가서 앉아 있다가 가격을 물어오면 답해주고, 해삼을 만지려고 하면 못 하게 말리고, 달라면 손질해서 주었다. 햇빛을 받아 몸이 늘어난 해삼은 누가 건들면 줄어들기 때문이었다. 물론 그런 설명은 하지 않았다.

나이든 이들이라 등대 올라가는 것을 버거워하는 이도 있었고 이미 얼큰해서 술 외에는 매사 귀찮아하는 이들도 있어서 역시 장사는 잘되었다. 거기서는 이런 것을 알게 되었다. 마시는 것과는 달리 먹는 행위에는 어떤 절차가 있었다. 당장 달려들어 사 먹지 않는다. 미끼를 발견한 물고기가 조심스럽게 건드려보듯이 관광객들은 대야 주위를 빙빙 돌면서 자신이 알고 있는, 해산물에 관한 모든 지식을 싸우듯이 쏟아낸다. 얼토당토않은 것도 있지만 그는 모른 척 기다렸다. 언젠가는 물 것이기 때문에.

떠들 게 바닥이 나면 그들은 물기 시작한다. 가장 많이 떠든 사람이 먼저 사 먹는다. 그리고 그 사람은 다른 사람을 끌어들인다. 자기 돈만 쓰면 아깝기 때문이었다.

일등은 저 멀리 선착장을 바라본다. 안개 때문에 실루엣만 보인다. 그 실루엣 속에 자신이 아직도 해삼 내장을 따고 있을 것만 같다. 초장 그릇을 씻고 소주잔을 챙기고 있는 것도 같다. 눈물이 난다. 생각해보면 별 희한한 장사를 다 하고 살았다. 팔다보면 시누이 속곳까지 판다더니 말이다.

이런 짓도 했었다. 손님들 기다리느라 심심할 때를 위해 싸구려 릴 낚싯대를 하나 샀다. 갯지렁이를 팠고, 그리고 선착장에서 낚시를 했다. 그런데 사람들은 대야에 담긴 해삼이나 낙지보다는 낚싯대에 관심을 더 드러냈다. 특히 남자들이 그랬다.

낚싯대를 가지고 온 다음날, 어떤 중늙은이가 자꾸 그것을 만졌다. 그가 한마디 했다.

아니, 남의 낚싯대를 왜 자꾸 만져요.

서로 빌려주지 않는 금기들이 있다. 그중 하나가 낚싯대다. 그가 들었던 해녀들 노래 중에 이런 대목이 있었다. 아랫도리는 빌려줘도 노는 못 빌려주겠네…… 낚싯대가 사내에게는 그런 역할이다. 아랫도리를 빌려달라는 데도 없지만 말이다.

안 할 거면 한 번만 해봅시다.

안 돼요.

내 이거 한 번만 하게 해주면 해삼 사 먹으리다.

그 말에는 생각이 달라졌다. 그는 미끼를 끼워주었다. 세번째 만에야 사내는 보리멸을 한 마리 낚았다. 기쁘다는 표현으로는 부족했다.

행복해했다. 그는 약속대로 해삼을 한 접시 사 먹고 돌아갔다.

일등은 낚싯대로도 장사가 되겠다고 판단했다. 그는 이렇게 써붙여 놓았다.

'낚싯대 원투 일 회, 천원'

이게 폭발적이었다. 예전 공원 같은 데 가면 고무총 쏴서 인형을 맞히거나 당구공을 나란히 구멍에 넣는 게임, 또는 단 한 번만 올릴 기회가 있는 수족관 잉어낚시 같은 것이 있었다. 단 한 번의 기회에 경품이 걸렸다는 점에서 그것과 흡사했다.

여자 동행이 있는 남자들은 사족을 못 쓰고 달려들었다. 대부분 여자 동행이 있었으므로 사람들이 많을 때는 순서도 매겨야 했다. 다들 서툴러서 입질이 와도 놓치고 말았다. 일단 올리면 다시 천원. 단, 무엇을 낚더라도 낚아낸 사람의 소유. 그게 그의 세번째 마케팅이었다.

낚아냈다 하더라도 보리멸이나 용치놀래기처럼 흔한 물고기였지만 사내들은 어깨를 으쓱거렸고 구경하던 여자들은 환호성을 지르며 호들갑을 떨었다. 잡은 것은 그 자리에서 회를 쳐주었다. 몇 점 되지 않아 낙지와 해삼이 저절로 팔렸다. 커다란 도미를 잡은 중년도 있었다. 다음날 소문을 들은 관광객들이 우르르 몰려왔고 그는 몇 개의 낚싯대를 더 가지고 와야 했다.

그것도 벌이라고 몇 년 지나자 돈이 모였다. 그것을 종잣돈으로 하여 그는 식당 하나를 인수했다. 부족한 돈은 대출을 받았고 친구가 보증을 서주었다. 평생 빛을 보지 못한 그의 이름, 일등을 간판에 붙였다. 죽을 작정이면 뭣을 못 할 것인가마는 지금 생각하니 그 모든 게 친구의 덕이었다. 오 년 걸쳐 빚을 다 갚았을 때 친구는 말했다.

내가 보증 서주어서 빚 갚은 놈은 니가 처음이다.

그때는 이미 소주와 살고 있었다. 일등이 자리를 잡아가는 기간은 친구가 쇠락해가는 과정과 궤를 같이했다. 친구는 배를 감척했다. 어장이 신통치 않아 배 운영경비가 더 들어갔기 때문이었다. 또다른 친구의 빚 보증도 한 부조 했다. 식당도 손님이 줄어들었다. 그가 의욕을 잃고 술만 찾자 집사도 교회에만 열중했다.

뱃사람에게서 배가 없어진다는 것은 이발사가 가위를 잃어버리는 것과 같다. 입이 사라져버린 정치인과도 같다. 친구는 급하게 초라해져갔다. 말하는 대신 소주만 마셨다. 망가지는 것에는 가속도가 붙는다. 술과 상실, 자포자기를 향해 돌진해버렸다. 눈은 흐려지고 동작은 굼떠졌고 부부 사이도 급속도로 나빠졌다. 친구는 배를 몰고 나갈 때만 이순신 장군을 생각했던 것이다.

아마 집사가 달래고 위로를 했으면 그렇게까지는 나빠지지 않았을 거라는 게 일등의 짐작이다. 하지만 여자들 말에 의하면, 친구가 의욕 상실을 견뎌내고 아내의 노고를 알아주었다면 집사가 그렇게까지 교회에 빠지지는 않았을 거라고 했다. 뭐가 맞는 말인지 모르겠다. 한 가지 분명한 것은 그 둘 다, 네가 먼저 안 하면 나도 안 한다, 식이었다는 것이다. 그래서 그 부부를 보고 있으면 서로 마주 보고 달리는 기차 같았다. 그것은 마치 교회와 술의 싸움 같기도 했다.

되돌아오는 내내 일등은 눈물을 훔친다. 훔쳐도 자꾸 흘러내린다.

안 봤어야 했다. 이불 홑청으로 덮어놓은 친구의 모습 그냥 그대로 둬야 했다. 그런데 그 순간에는, 다들 눈을 돌리는데도 그는 봐야 할 것 같았다. 친구가 원한 것이 그것 같았다. 나는 이렇게 죽는다, 봐다

오. 그래서 봤다. 반쯤 감은 눈과 초점 없는 눈동자와 삐져나온 붉은 혀를.

사람이 그렇게 안 죽으면 얼마나 좋을까. 안녕, 그동안 고마웠어, 하고 슝, 사라진다면. 최소한 영화에서 나온 것처럼 반듯하게, 단정하게 눈감고 가면 보기에도 좋을 것인데.

그의 행보는 마을로 돌아와 삼거리횟집 앞에서 마감된다. 몇 시간 전, 자신이 만지다 만 밧줄이 축 늘어져 있다. 안개가 달라붙어 끝부분에서는 물방울이 하나씩 떨어진다. 밧줄이 우는 것 같다.

그가 삼거리횟집 수리를 시작한 것은 오로지 그 친구 때문이었다. 친구의 식당은 두 달 전 경매에 넘어갔다. 일등은 의리상 모르는 척할 수 없었다. 받은 것은 되갚아야 했다. 그는 매물로 나와 있는 삼거리횟집을 전세 계약했다. 그것을 친구에게 넘겨줄 작정이었다.

이번에는 니가 열심히 해서 나한테 갚어.

그렇게 말하는 일등에게 친구는 고맙다고 대답했다. 그는 친구가 회복해낼 거라고 봤다. 실의가 너무 오래가서 그렇지, 한 번만 마음먹으면 일어설 것 같았다. 워낙 튼튼하고 강한 친구였으니까.

하지만 끝내 빈 소주병 두 개와 담배 반갑만 남기고 떠나버렸다. 야속하기도 하다. 반대로 말하자면 이 정도로는 상심이 해소되지 않았을 수도 있다. 그러자니 정작 그 친구의 심정을 전혀 모르고 있었다는 생각도 든다.

안개는 더욱 짙어간다. 그가 걸어갔다 온 길이 농밀한 안개에 묻혀버리고 만다. 이젠 아무것도 안 보인다. 그저 점령군 같은 안개뿐이다. 리사무소 방송이 나온다. 이장이다. 안개 때문에 여객선 운항이 통제되었다는 내용이다. 그렇다면 육지에 나가 있는 친구의 자식들도 못 들어온다. 내림이라면 내림이다.

"잘 가라."

그는 안개에 대고 말을 건다.

"자네는 인사도 안 하고 갔지만 나는 해야겠어."

그러고는 잠시 끊었다가 다시 이었다.

"근데, 이렇게 가버리면 이 횟집은 어떡하라는 거야. 제기랄, 나보고 두 집 장사하라는 거야?"

멀리서 무적이 울기 시작한다. 마치 떠나는 친구의 마지막 울음 같기도 하고, 그렇게 하라는 대답 같기도 하다.

그 여자의 연애사

이 이야기는 새벽 네시 십칠분, 대문 앞에서 부부가 만나는 것으로 시작한다.

부부가 그 시간에 대문 앞에서 만나기란 어려운 일이다. 일부러 그렇게 하려 해도 쉽지 않다. 실제 이 부부도 아침 아홉시나 오후 세시 반에 마주친 적 많고 영업이 끝난 새벽 한시에 함께 들어온 적도 왕왕 있었지만, 이 시간에 이런 적은 한 번도 없었다. 그러나 세상일이란 어딘가에서 무언가가 벌어지게 되어 있다. 이 부부가 이렇게 되어버린 것만 봐도 그렇다.

둘 다 아무 말 못 했다. 흠칫, 하는 마음에서는 소리가 나지 않는 게 얼마나 다행인지 모른다. 보통의 경우라면, 아이고, 이제 오셨어요? 수고 많이 하셨어요, 아니오, 당신이 고생 참 많았소, 이런 말을 해야 하겠지만 수고는 수고대로 했음에도 상황이 상황인지라 말이 나오지 않았다. 상대가 방에서 자고 있든지 누구네 사랑채에서 화투라도 치고 있다면, 돈을 왕창 잃었다 해도 정말 좋았을 것이다. 그러나 세상은 생각대로 되는 게 절대 아니다. 생각대로만 되었다면 그들은 서울 강남의 이름 별스러운 아파트 로열층에서 각자 살고 있을 것이다. 서로 안부전화도 없이 지낼 것이다. 그러나 멀고 먼 섬 구석에서 포장마차나 하면서 이렇게 살고 있을 뿐이다.

여자는 남편의 얼굴을 피해 주변을 둘러봤다. 어둠은 짙고 마을은 괴괴하다. 다만 얼음공장 너머로 불빛만 한 덩어리 환할 뿐이다. 거기서는 통발배가 불을 잔뜩 밝히고 출항 준비를 하고 있다. 통발배가 이제야 출항 준비를 하는 것은 자신 때문이다. 자기가 아니었다면 두 시간 전에 출발했을 것이다. 그녀는 머뭇거리다가 녹색 페인트 벗겨진 철제 대문을 열고 들어갔다. 자고 있던 개가 눈뜨고 꼬리를 흔든다. 남편도 눈동자가 흔들리며 뒤따라 현관문 열고 거실로 올라온다. 개가 따라들어오려다가 남편의 발길질에 재빠르게 고개를 뒤로 뺀다. 자주 맞아본 존재는 빨라진다.

스위치를 켜자 마지못해 형광등 불이 들어온다. 오래된 갈색 톤의 벽지와 거실 바닥이 미미하게 반사된다. 을씨년스럽기까지 하다. 집안 분위기는 주인을 닮기 마련이다. 여자는 욕실로 들어가 순간온수기 버튼을 누른다. 점화가 되자 창문이 부르르 떤다. 소음이 다행일 때가 있다.

여자는 저 통발배처럼 자기도 어딘가로 가버리고 싶은 심정이다. 그런데 자신이 없다. 가려면 조금이라도 젊을 때 갔어야 했어, 그 생각만 수백 번 하면서 나이들어버렸다. 어제보다는 오늘이 더 늙었기 때문에 그녀는 어제 떠나지 못한 것을 오늘 후회하는 삶을 살아왔다.

그것은 오늘 머뭇거린 것을 후회하기 위해 내일이 필요한 것과도 같다. 희망과 좌절은 손바닥 앞과 뒤다.

박선장 따라가버리는 것은 어떨까. 조금 전 서로의 몸을 탐한 사이이지만 그것과 사는 것은 별개다. 사과를 좋아한다고 사과밭을 직접 일구는 사람은 없으니까. 아니 그것보다는 박선장의 접근이 수컷의 그것에서 한 발짝도 더 나아가지 않는다는 것을 알고 있기 때문이다. 공부 안 해도 그 정도는 저절로 안다. 세월의 능력이라면 능력이다.

여자는 옷을 벗어 변기뚜껑 위에다 차곡차곡 놓는다. 욕실이 작아서 옷 놓을 데가 없다. 브래지어와 팬티까지 막 벗었을 때 갑자기 돌 갈리는 소리를 내면서 남편이 욕실문을 열어젖힌다. 소리가 시끄러운 것은 새시로 만든 화장실문이 내려앉아 시멘트 바닥과의 틈새가 없어져버린 탓이다.

여자는 몸을 움찔했다. 그들이 서로의 알몸을 본 것은 수천 번도 넘는다. 심지어는 남편이 샤워할 때 여자가 변기에 앉아 오줌을 누기도 하고 반대로 남편이 똥을 눌 때도 있었다. 그렇지만 지금은 다르다. 느닷없이 문을 연다는 것은 정황포착이나 무언가 트집거리를 잡기 위해서이다. 이를테면 기습인 셈이다. 그녀는 몸을 돌리고 싶은 충동을 짧은 순간 잘 참아냈다. 돌리는 순간 그게 증거가 되어버릴 가능성이 크다.

남편은 튀어나온 젖가슴, 더 튀어나온 아랫배, 더덕살 붙은 허벅지를 훑어본다. 안테나 세운 수사관의 그것처럼 날카롭지만 본다고 해서 아는 것은 아니다. 우리가 하늘을 아무리 자주 봐도, 저 바다를 종일 바라본다고 해서 그 속을 알 수 없는 것처럼 말이다.

"왜?"

부부의 대화가 비로소 시작된다.

"추운데 뭔 샤워여."

"나갔다 왔으니 씻어야지."

"당신이 언제부터 그렇게 깨끗한 사람이었어?"

증거 찾기가 어려우니 시비조로 말이 변한다.

"아, 샤워하는 것 가지고도 왜 난리야. 오줌 눌 거 아니면 얼른 나가."

"……"

"얼른 나가라니까."

"배 좀 봐라, 니미."

결국 남편이 트집잡는 것은 그거다.

"배가 뭐 어쨌다고."

"위아래로 먹어대니 배가 안 나와?"

"말 같지도 않은 소리 하지 마."

여자는 소리지르며 문을 닫는 것으로 남편을 밀어낸다. 다시 한번 시멘트 갈리는 소리가 난다. 그러는 와중에 아닌 게 아니라 배가 출렁거렸다. 그녀는 스모선수처럼 튀어나온 자신의 배를 내려다보다가 두 손으로 잡아본다. 박선장도 말했다.

배가 나온지는 알았지만 참 어지간하네. 아랫배가 빤스처럼 덮고 있어서 그게 어디 있는지 찾아지기나 하겠어?

그거야 늘 그 자리에 있지 어디 있겠소. 거기 말고 딴 데 붙은 여자 봤소?

왜 다들 배 가지고 지랄인지 모르겠지만 그녀 입장에서도 남자 탓만 하기는 좀 그렇다. 고개를 숙여도 아랫도리털을 볼 수 없게 된 게 오래전이다. 지금도 앞, 좌우로 과하게 튀어나온 뱃살만 가득 보인다. 널따란 고원 같다. 뚱뚱해지면서 거기가 자꾸 멀어지는 기분이다. 손이나 발은 옛날 그대로 그 자리에 붙어 있어 내 것 같은데, 거기는 안 보이다보니 남의 것이 되어가는 것 같다.

복부 내장지방이 아주 심각한데요.

의사가 이렇게 말한 것은 지난달이다. 금선이 엄마 초상을 항구에 있는 대학병원 영안실에서 치렀는데 거기 간 김에 진료를 받은 것이다. 당과 콜레스테롤이 높다는 검사 결과도 나왔다. 의사는 설명했다. 우리 몸에 소장이 약 육칠 미터 되고 대장은 약 일 점 오 미터 정도예요. 그는 옆에 서 있는, 껍질 홀랑 까고 내장을 드러내고 있는 플라스틱 인형의 배를 볼펜으로 찍어가며 계속했다. 그러니 총길이 약 팔 미터 정도 된다고 보면 됩니다. 그 속에는 맹장도 있고 결장도 있고 항문 근처에 직장도 있어요. 그 모든 것이 제 역할을 해야만 배변도 잘 되고 건강하게 살 수 있어요. 아주머니는 여기와 여기, 그리고 여기에 기름이 너무 많이 끼어 있어요. 뱃살부터 빼세요.

듣고 있던 여자는 한마디 안 할 수 없었다.

그렇게 창자가 많으니 어떻게 배가 안 나와요?

정말이지 어쩌자고 사람 몸에 그렇게 복잡한 창자가 있을까. 겉에서 보면 그냥 밥 먹고 똥 싸는 간단한 구조인데, 더군다나 입하고 똥구멍은 이렇게 작은데 그 가운데는 뭐한다고 이렇게 굵고 길단 말인가.

배 엔진 소리가 들린다. 여자는 창문을 열고 밖을 본다. 차가운 공기가 훅 들어온다. 불을 밝히고 통발배가 드디어 먼바다로 나가고 있다. 이 시간이면 선원들은 선실에서 잠을 잘 것이고 박선장만 조타실에서 홀로 저 큰 배를 몰고 있을 것이다. 불 밝히고 지나가는 배는 멋지다. 조금 전까지 살을 맞대고 있던 사내가 커다란 배를 몰고 떠나가는 느낌도 삼삼하다.

남자들은 참 편리하겠다, 저렇게 가버릴 수 있어서. 저렇게 가면 어떤 여자라도 잡지 못한다. 그동안의 남자들도 그랬다. 그들은 그녀의 몸에서 내려온 다음 말했다. 나 군대에 가야 해. 개학 때가 되어서 학교에 가야 해. 돈 벌러 외국으로 배 타러 가야 해. 멀리서 친구가 동업을 하자고 불러서 가야 해. 희한하게도 하기 전에는 그런 말 안 했다. 그리고 표표히 떠났다. 안 떠난 단 한 명이 지금의 남편이다. 그래서 삼십 년 달라붙어 자식을 낳게 하고 밥 얻어먹고 용돈 받아 쓴다.

"잘한다, 니미. 가정 있는 여자가 밤늦도록 잘하는 짓이다."

사내 하나는 파도를 일으키고 지나가는데 또하나의 사내는 거실에서 구시렁거리기 시작한다. 기분 같아서는 어머, 고마워요, 해버리고 싶다. 떠난 자는 말이 없고 남은 자는 말이 많다. 떠나버린 자 반의 반만큼만 사람들이 조용하다면 얼마나 좋을까. 하지만 살면서 좋은 일이 일어나기는 나쁜 일이 일어나지 않는 것보다도 더 어렵다.

"솔직하게 말해봐. 그놈이랑 뭔 짓을 한 거야?"

"술 마셨어. 봤잖아."

열두시 정도에 여자는 자신의 포장마차에서 박선장이랑 앉아 있었다. 그때 남편이 노래방으로 들어갔다. 늙수그레한 관광객 여자 두엇과 가이드 노릇 하는 남편의 후배도 함께 있었다. 전작이 있었는지 서로 어깨를 치고 깔깔거렸다. 제법 먼 곳이지만 못 알아볼 정도는 아니었다. 들어가면서 남편은 이쪽을 흘낏거렸다.

박선장은 단골이다. 선장이 단골이라서 통발배 선원들이 자주 찾아왔다. 회식도 포차에서 했다. 포장마차는 방파제 시작 부분에 있는데, 그 배가 들어오면 늘 그 앞에 매어놓는다. 그들 상대의 벌이가 전체 매상의 반이 넘었다. 이번처럼 풍랑을 피해 어쩌다 한 번씩 찾아오는데도 그랬다.

통발은 철제 틀에 그물을 씌운 바구니 모양의 어구이다. 정어리나 고등어를 미끼로 넣어두면 물고기나 소라, 게 따위가 닥치는 대로 들어온다. 그 배는 그런 통발을 자그마치 만오천 개나 바다에 넣어두었단다. 덕분에 선원들은 낙지나 게 같은 것을 공짜로 가져다주기도 한다. 선장이 직접 줄 때도 많다. 다른 포차의 주인들이 그녀를 시샘하는 이유이기도 하다.

"술 같은 소리 하고 있네. 여편네가 이 시간에 기어들어왔다면 뻔한 거 아니야?"

"내가 이 시간에 한두 번 들어와?"

"시계 봐, 다섯시가 다 됐어."

"손님들이 안 가서 간판 불 끄고 홀에 있었어. 그러는 당신은 왜 이제 들어와?"

여자가 한마디 꽥 지른다. 남편은 입을 다문다. 그가 이쪽을 봤다면 이쪽도 그쪽을 충분히 볼 수 있기 때문이다. 하지만 내가 하는 것과 배우자가 하는 것을 전혀 다른 짓으로 받아들이는 게 부부이다. 그는 냉장고에서 소주를 한 병 꺼낸 다음 그예 또 입을 연다.

"하긴, 아무리 굵은 뱃놈이라도 저런 몸뚱이로 어떻게 되겠어?"

좋다고만 하더라, 소리도 하마터면 할 뻔했다. 그녀가 보기에 도대체 남자의 돼먹지 못한 심보가 이런 것이다. 남편이 몸을 안 붙여온 지는 오래되었다. 취해 들어온 그녀가 모처럼 몸이 동해서 다가가자 남편이 발로 밀어내버렸던 게 몇 년 전이다. 그뒤로는 자존심이 상해서 가까이 가지 않았고 찾아오지도 않았다. 대신 큰 싸움만 몇 번 있었다. 둘이 헤어지지 못하는 것은 법원이나 대서소 이런 것이 모두 육지에 있어서이다. 단지 멀기 때문이다.

"뭔 짓을 했는지 누가 알어? 한방에 있다보면 할머니하고도 하게 된다는 옛말도 있는디."

변기 위에 올려놓은 복대에서 지폐뭉치를 꺼낸 여자는 문을 열고는 남편을 향해 충동적으로 뿌려버린다. 비누거품 뚝뚝 떨어지는 것도 아랑곳하지 않는 것이 목욕탕 전투에서 승리하고 돌아온 개선장군처럼 보인다.

"돈 벌었다니까, 돈. 이 징그럽고 드러운 돈 벌었다고 몇 번 말해야 돼."

눈을 치켜뜬 남편 머리에도, 그가 마시고 있던 소주병 위에도 팔랑거리며 지폐가 떨어져내린다. 상황만 이렇지 않다면 축복받는 풍경이다.

"잠도 못 자고 그 고생하는데 자꾸 왜 이래?"

남자가 그렇듯 여자도, 조금 전 자신의 행동은 잊어버리고 평생 쌓인 감정이 복받친다. 내가 생활을 책임지고 돈 버는 것은 진실이다,

그런 생각이 저변에 깔려 있기 때문이다. 그녀는 그래놓고, 알몸을 보이기 싫은 이유에서라도 재빨리 제자리로 돌아온다. 돌 갈리는 소리가 연거푸 난다.

"이런 씨발, 뭐하는 짓이여."

"싫으면 당신이 나가서 돈 좀 벌어와보든가. 나도 방구석에서 드라마만 보고 살게."

"……"

"내가 벌어다주는 돈 없으면 지부터 꼼짝 못 하면서 꼴에 사내라고, 정말 어디 가서 콱 죽어버리든지 해야지."

여자는 남편이 들을 수 있을 정도의 톤으로 중얼거린다. 중얼거리는데 느닷없이 몸이 시리다. 당장 젖통이 시리다. 문 열고 닫는 잠깐 동안 찬 기운을 쐬어서 그렇기도 하겠지만 모처럼 세상 나들이를 해서 그럴 수도 있다. 선장이 너무 심하게 가지고 놀았으니까.

선장은 타박할 때와는 다르게 탐하고 집착했다. 손으로 쥐어짠 젖통은 남은 부분이 풍선처럼 부풀어올랐고 저 아래 물건 또한 팽창하고 경련했다. 덕분에 여자는 오랜만에 쾌락과 극치를 맛봤다. 보며 짐작한 대로 역시나 선장은 노련했고 단단했다. 이 상황을 항구의 의사가 보았다면 남녀 호감을 느끼는 도파민 생성에서 시작하여 페닐에틸아민이 분비되는 시점을 거쳐 옥시토신이 분출되는 절정의 순간까지 진행되었군요, 라고 말했을 것이다.

의사야 뭐라든 간에 임도 보고 뽕도 딴다는 말이 이런 경우이겠다. 근데 하필 대문에서 남편을 만나버린 것이다. 그래서 욕실문을 사이에 두고 이 새벽에 이 난리인 것이다. 그녀는 젖통에 호스를 갖다댄다. 묵은 때 때문에 호스 끝이 더럽다. 샤워기가 망가져 빼버린 게 이년 전이다. 남편은 이것 하나 고쳐놓지도 않았다. 예쁘게 보려야 예쁘게 볼 건더기가 없다. 세상에서 가장 어려운 일은 아마도 남편을 사랑하는 것일 게다.

이렇게 지방이 끼면 오래 못 살아요.

의사가 말하고 그녀는 또 대꾸했다.

오래 살아서 뭐해요. 사는 재미도 없는데.

그래도 오래 살아야 맛있는 것도 먹고 재미있게 놀고 그러죠.

맛있는 거 먹고 재미있게 놀고 그러면 이렇게 살쪄서 금방 죽을 거 아니에요.

의사는 피식 웃었다.

듣고 보니 그러네요. 그래도 사는 동안은 건강하게 사셔야죠. 운동하고 살 빼서 혈압과 당을 조절 안 하시면 앞으로는 정말 아프게 돼요.

물론 건강하게 살고 싶다. 죽는 것도 싫고 아픈 것은 더 싫다. 그런데 의사 말을 듣고부터 머리고 다리고 허리고 당장 아픈 것 같다. 이제라도 운동을 하면 뺄 수 있을까, 이렇게 오래된 살을?

최근에 119 헬기가 자주 왔다. 고혈압을 오래 앓았던 금선이 엄마는 지난달 헬기 타고 나가서 사흘 만에 죽었다. 합병증으로 인한 뇌출혈이었다. 간경화 말기인 정미 아버지는 아예 타고 가는 도중에 죽었다. 사람들은 말했다. 하늘에서 숨 끊어지면 올라가기는 편켔다. 그런데 그거 하나 편하려고 헬기 탈 수는 없는 일 아닌가.

섬마을에서 태어나 평생 물만 묻혀온 주민들로서는 죽을병 걸린 게 헬기 한번 타보는 유일한 방법이 되어버린 것이다. 그나마 십여 년 전까지는 해군 피케이선 타고 나가야 했다. 그 배는 빠르기는 한데 파도의 충격이 너무 커서 그것 때문에 죽을 지경이었노라고 간신히 살아 돌아온 이들은 하나같이 증언했다.

헬기 안 타려고 새벽마다 운동 다니는 그룹이 있다. 두세 명씩 짝을 지어 다리를 건너고 고개를 넘은 다음 등대까지 다녀온다. 하루도 안 빠지고 하고 있는 독한 이들은 늘씬하니 보기에도 좋다. 팔십대 노인들도 최소한 산책은 한다. 돌이켜보고 말 것도 없이 자신은 한 번도 안 해봤다. 밤 장사에 지쳐 오전에는 뻗어 있다가 오후에 영업 준비하면서 살다보니 이렇게 되었다. 포장마차라는 게 겉에서 보면 단순하지만 속은 엄청 복잡하고 부산스러운 곳이다. 그녀의 몸뚱이처럼 말이다. 집안 분위기는 주인을 닮아가지만 주인은 가게를 닮아간다.

죽으면 썩을 것 소리는 자주 듣고 해왔던 말이다. 금선이 엄마는 썩기 시작했을 것이다. 작년에 죽은 재민이 할머니는 완전히 썩었을 것이다. 정미 아버지는 화장해버렸으니 썩고 말고가 없다. 이 덩어리는 태우는 데도, 썩는 데도 한참 걸리겠군, 여자는 배를 만진다. 이러다 갑자기 죽으면 이제 막 몸을 튼 박선장이 서운하겠는데…… 박선장이 언제 다시 올지는 아무도 모른다. 기관 고장 같은 게 생기면 당장 내일이라도 올 수 있지만 그럴 가능성은 거의 없다.

박선장은 살아 있는 커다란 붕장어 두 마리를 주었다. 한 마리당 십 킬로그램짜리다. 포장마차 물칸에 지금 들어 있다. 자물쇠로 잠그긴 했지만 혹시나 해서 합판 덮고 커다란 돌멩이로 눌러놓았다. 요즘 시세로 일 킬로그램에 삼만원이니 도합 육십만원짜리다. 잡아온 사람에게 사는 가격이 그렇다. 이것을 요리해서 팔면 몇 배 이문이 남는다.

연애 한번 해, 박선장이 말했을 때 거절하지 못한 게 장어 때문만은 아니다. 연애를 하지 못하면 꼭 배가 사고가 나더라고, 했을 때도 저 큰 배가 사고 난다는 것이 아까워서만은 아니었다. 솔직히 말해서, 원한다면 응해줄 마음을 그녀는 먹고 있었다. 챙겨주는 것에 대한 고마움, 앞으로의 관계유지, 쓸쓸함에 대한 불만 같은 게 충분히 뒤섞여 있었다.

둘은 새벽 한시 삼십분에 여관엘 갔다. 박선장이 먼저 가서 방을 잡고 술과 안주를 주문하는 형식이었다. 그때까지 남편은 노래방에서 나오지 않았다. 그녀는 홍해삼 한 접시에 양념 그릇, 소주 두 병을 보자기에 싸서 갔다. 자다가 깬 주인에게 요즘 관광객 수급현황 따위로 일부러 말을 붙였다. 그게 동네 눈을 피하는 방법이다.

"허긴, 이놈한테도 주고 저놈한테도 줬던 버릇이 어디 가?"

가만히 있으면 붕장어탕이라도 한 그릇 얻어먹을 것이지만 남편은 돈 세례받은 부아와 술기운이 만나 상승작용을 일으키고 있다.

"뭐 단골? 당골네 같은 소리 하고 있네. 너는 기나 고동이나 닥치는 대로 들어가는 통발 같은 년이잖어. 오죽했으면 지 엄마한테 걸레 소리를 들었겄어."

남편의 용기가 승승장구하고 있다. 여자는 몸을 돌려 문짝을 걷어찬다. 시멘트 갈리는 소리와 새시 깨지는 소리가 합쳐진, 크고 괴상한 폭발음 같은 게 났다.

"왜, 뜨끔해서 발길질이냐?"

엄마가 그 말을 했던 것은 사실이다. 몸 함부로 놀리는 여자를 비난할 때 쓰이는 걸레라는 단어는 비슷한 뜻의 잡년보다도 더 경박하고 천박하다는 말로, 그런 탓에 삼인칭으로 주로 사용되는 것인데, 다른 사람도 아니고 엄마가 그 말을 한 것이다. 그녀는 자신이 그런 말 들을 사람이라고는 생각도 못 했지만 누가 내뱉어버리면 일단 들리는 게 말(語) 아닌가. 의상실에 취직하여 바다를 건넌 게 스무 살이었고 이 년 뒤 항구에서 돌아왔을 때였다.

당장 나가, 이 걸레 같은 년아.

무슨 소리야.

도대체 행실을 어떻게 했길래 소문이 여기까지 들려오냐.

……

누가 니 아부지 딸 아니랄까봐 동네방네 다 대주고 다니냐?

어머니가 남편을 끌어들이는 데는 이유가 있었다. 아버지는 벌초를 반년 동안이나 한 적이 있었다. 벌초한다고 낫 들고 가서 감감무소식이었다가 육 개월 뒤에 나타난 것이다.

아이고, 이제야 벌초 끝났소? 그래, 반년이면 사돈네 팔촌네 구촌네 십촌네 죄다 깎아놓고 오셨겄구만.

우리나라에 무덤이 좀 많아야지.

아버지는 덤덤하게 대답하며 딸을 바라보았다. 당시 중학교 다니던 그녀는 고구마를 씹으며 이렇게 상상했다. 할아버지 무덤 하고 나서 할머니 거, 고갯마루에 큰아버지 거, 그 너머 증조할머니 거, 그렇게 하고 나니 저 옆에 경순이네 할머니 무덤이 보인다. 손을 타지 못해 풀이 무성하다. 아는 얼굴이라 모른 척할 수 없다. 깎아준다. 그러자 그 아래 장씨네 할머니 무덤도 보인다. 참 친절했던 양반이다. 깎아준다. 저 밑에 면장 영감 것도 보인다. 안 봤으면 모를까 봤는데 예의가 있지. 그러자 맞은편 산 중턱에 친구 아버지 묘가 나타난다. 친구는 원양어선 타러 갔다가 죽었다. 집안이 뿔뿔이 흩어져버렸으니 대신 손 안 댈 수가 없다. 재 너머 있는 게 경섭이네 큰아버지다. 다 해주고 거기만 안 해주면 서운할 것이다. 경섭이네 큰아버지 밑으로 누구네 어머니, 할머니…… 그러다보니 섬 끝 벼랑. 저만치에 있는 섬도 보인다. 그곳에 작년에 돌아가신 기영 아재 무덤이 있다. 참 신세 많이 졌는데. 그렇게 옮겨가다보니 육지에 닿았고 거기에도 아는 면면들이 적잖았다. 나중에는 소문이 나서 무덤 주인들이 우리도, 우리도, 손을 든다. 아버지는 누가 부탁을 하면 거절하는 법이 없으니까 그렇게 계속해서 휴전선까지 간다.

나쁜 것은 모두 배우자 탓인 게 부부의 법칙이라지만 아버지와 자신을 한통속으로 보는 것은 기분 나빴다. 아버지가 낫 하나 들고 나가 다른 여자랑 살림을 차렸든 진짜로 대한민국 죽어버린 국민들 무덤을 모두 깎아주었든 그게 나와는 무슨 상관인가.

그녀는 억울했다. 아버지와 달리 자기는 그냥 있었다. 남자가 늘 접근을 했다. 밥을 사주고 영화를 보여주고 옷을 사주었다. 사주고 나서 졸랐고 엉겨붙었고 또 졸랐다. 그녀에게 문제가 있다면 매몰차지 못하다는 것뿐이다. 그것은 아버지를 닮은 것 같다.

남자들은 늘 어떤 이유가 있었다. 외롭다, 아프다, 친구에게 배신을 당했다, 엄마가 죽었다…… 그런 날 밤이면 서둘러 끌고 갔고 급하게 벗겼으며 환장을 하며 파고들었다. 밤 내내 칭송하고 토닥이며 되풀이하여 원했다. 남자를 만나면 그녀가 예쁘고 사랑스런 존재가 되었던 이유다. 그래서 남자가 좋았다. 남자들이 원했던 것은 딱 두 개, 가슴과 아랫도리였다는 것을 나중에야 깨달았지만 말이다. 그게 무어든 깨닫기 위해서는 시간과 훼손을 감수해야 하는 것 아니겠는가.

그녀가 자기 몸의 정체를 제대로 안 것은 항구로 나갔던 해였다. 향우회에서 만난 고향 선배 종석이를 사귀게 되었고 음악다방 몇 번 가다가 함께 자게 되었다. 조르는 놈한테는 못 당하는 법이다. 아팠다. 아픈 거 빼고는 나머지는 좋았다. 조금 지나자 다 좋았다. 그게 참 신기했다.

그전까지 그곳은 그저 오줌 나오고 생리를 하는 귀찮은 곳이었다. 그 외에는 봐서도 안 되고 말해서도 안 되고 만져서도 안 되는 곳이었다. 그런데 그 선배는 중독된 사람처럼 그곳을 탐닉했다. 시간 장소 상관없었다.

모른 척, 없는 척해야 했던 곳이 가장 재미있는 곳으로 변하는 게 그녀는 놀라웠다. 더군다나 자신은 거기를 그렇게 만들기 위해 노력한 게 하나도 없었다. 일해서 받은 것도 아니고 벌어서 산 것도 아니다. 화투쳐서 딴 것은 더더욱 아니다. 화투로 딸 수 있는 거라면 그녀는 지금 주렁주렁 달고 있을 것이다. 그냥 있었을 뿐인데도 남자가 좋아하는 곳이 있다는 것, 그게 몸이었다.

“조용히 해, 이 개새끼야.”

남편은 마침 뭔가를 보며 짖어대는 개한테 화풀이를 한다.

“옛날 남자들 소식 듣기는 하냐? 종석이 그놈은 저 광주에서 화물찬가 몬다더라. 찾아가봐라. 옛정이 남았으면 팔도유람은 다닐 수 있겼다. 도백이는 뭐한다더라? 경기도 어디에서 슈퍼 한다고 들은 것 같기는 한데 어째, 내가 더 알아봐줄까, 어?"

그녀는 첫번째 남자였던 종석이에게 시집가는 줄 알았다. 같이 잤으니까. 그런데 그녀가 시집가기 전에 남자가 군대에 가버렸다. 군대 가는 남자는 절대 잡을 수가 없다. 국방부에서 하는 국가적인 일이니까. 도백이는 그다음에 알게 된 이였다. 사랑의 상실은 그다음 사람이 채워준다는 것을 알게 해준 사람이기도 했다. 시집가기가 여의치 않으면 함께 살기라도 해야겠다, 싶었을 때 그는 원양어선 타러 외국으로 가버렸다. 배 타러 가는 남자도 절대 잡을 수 없다. 해양수산부 일이니까. 남편은 그들과 선후배 사이이다. 그들 이름이 남편 입에서 나오면 기분이 참 뭐 같다.

"으이그, 그만 좀 해."

그녀는 샴푸중인 머리카락을 신경질적으로 비볐다. 거품이 사방 벽으로 튄다. 하지만 그만하라고 해서 그만하는 사람 없다. 게 섰거라, 해서 멈춰 서는 도둑 없듯이.

"내가 아는 놈만도 여럿이니 내가 모르는 놈들은 또 몇 명이겠어. 허, 그러고 보니 내가 딴 놈들 뒤치다꺼리나 하고 살았네, 네미."

"그래, 많았다. 좆나게 많았다."

여자는 선포하듯이 외친다.

많이 사귀었지만 몸을 탐해서 접근을 하는 건지, 사랑으로 접근한 다음 애정이 식은 건지는 알 수 없었다. 아무도 진심을 말해주지 않았으니까. 하루종일 떠드는 소리가 모두 다 진심이라니 그중에서 진짜를 골라낸다는 것은 불가능했다. 그녀가 알 수 있었던, 그들의 진정한 진심은 마지막 말이었다. 군대 가야 해, 돈 벌러 배 타야 해, 학교에 가야 해, 동업하러 가야 해……

안 돌아온 걸로 봐서 군대 간 놈은 지금까지도 군대에 있어야 했다. 사병으로 갔으니 이렇게 오래 근무했으면 계급을 가리키는 작대기가 백 개는 넘어갔을 것이다. 그런데 고작 화물차 몰고 있다니. 배 타러 간 놈도 지금까지 배 타고 있어야 했다. 선장이 되어 있거나 물귀신 되었거나 해야 했다. 느닷없이 슈퍼는 다 뭔가.

학교에 가야 한다던 놈은 대학생이었다. 그녀가 처음으로 용돈을 주었던 남자였다. 밥값과 여관비도 냈다. 학생의 가난은 사회적으로 이해되는 대상이었다. 임신이 되었을 때 그는 개학 때가 되어서 올라갔다. 문교부 일이라서 거기도 잡을 수가 없었다. 며칠 뒤 그녀는 스스로 산부인과 수술대에 올랐다.

동업하러 서울 간 놈은 가장 나중에 만났었다. 자매점으로 있는 양복점 점원이었다. 미래의 청사진을 가장 멋들어지게 그려준 사람은 그 점원이었다. 중국집에서 청요리 먹을 때 그는 대한라사 사장이 되어 있었고 배갈 냄새 풍기며 올라탔을 때 그녀는 항구에서 가장 근사한 집의 안주인이 되어 있었다. 그의 방으로 살림을 옮겨갔을 때는 양복점과 양장점을 각자 하나씩 운영하는 기업체 회장부부가 되어 있었다. 문제는 그 점원의 청사진은 그리는 것과 동시에 증발한다는 것이다. 몇 달 동안 그리고 없어지고 다시 그리고 하던 그는 제일모직에서 막 퇴사한 친구를 만나 동업하기 위해서 밤기차를 탔다. 워낙 결기에 찬 얼굴이라 거기도 잡을 수 없었다.

사실 잊고 있었는데 남편 덕에 떠오른 남자들이다. 정말로, 다들 지금쯤은 뭐할까. 화물차와 슈퍼는 그렇다 치고 학생이었던 놈은 연락 한번 안 한 것으로 봐서 공부에 전념했을 터인데, 그렇다면 판검사가 되었을까. 최소한 초등학교 교사는 되지 않았을까. 동업하겠다던 놈은 성공 못 했을 것 같다. 동업해서 성공했다는 사람은 한 명도 못 들어봤으니까.

남편은 같은 마을의 노총각이었다. 남자들 떠나보내면서 항구에서 몇 년 더 지내다가 섬으로 다시 돌아왔을 때 엄마가 지금의 남편에게 물었다.

나 죽으면 니가 물밥 떠놔줄래?

그러죠.

그럼 니가 저넌 좀 데리고 살아라.

그녀는 지친 심신을 추스른 다음 또 육지로 나가려고 했었다. 그러나 엄마가 허락하지 않았다. 마을회관에서 대충 식 올린 그 이래로 섬에 박혀 살고 있는 것이다.

"자랑이다, 씨팔."

"그래, 자랑 좀 하자. 그지 같은 것을 서방이라고 만나 요 모양 요꼴로 살고 있지만 왕년에 잘나가던 년이다."

통발배는 이미 수평선 너머까지 갔을 것인데 싸움은 그칠 기미가 안 보인다.

"대주고 다닌 것도 자랑이냐, 이 걸레 같은 년아."

"내 것이 내 꺼였지, 니 꺼였냐?"

"참 잘났다. 그러니 아들놈도 그렇게 잘 놔놨지."

"이번에는 아들이냐? 그래, 너 빼고 다 나쁜 놈이다."

항구에서 공단으로 일하러 다니는 아들 이마와 볼에는 여러 개의 가느다란 흉터가 있다. 손등과 목에도 있다. 세월이 가서 얼른 알아보기는 힘들지만 눈 밝은 이들은 놓치지 않을 정도 된다. 사람 얼굴에 비슷한 흉터가 여러 개 생기기는 쉽지 않은 일이다.

십여 년 전이다. 지금은 여자 기근 상태가 되었지만 당시 마을에는 이른바 니나노집이 아직 있었다. 그때만 해도 중선, 고등어 선망어선, 건착선 따위의 큰 배들이 자주 들어왔으니 그들을 상대로 하는 아가씨들이 많았던 것이다.

아들은 항구의 고등학교를 마치고 귀향하여 허송세월하고 있는 중이었다. 입영 영장을 기다린다고 하니 핑계는 좋았다. 어느 날, 아침이 지나도 방에서 나오지 않았다. 들어가보니 수건으로 얼굴을 감싼 채 엎드려 있었다. 뭔 일이냐. 아들은 고개를 더 파묻었다. 아무것도 아니요. 아무것도 아닌데 왜 수건을 낯바닥에 뒤집어쓰고 있어? 진짜 아무것도 아니라니까.

엄마가 아들을 이기는 경우가 간혹 있는데 이럴 때이다. 엄마 성화에 못 이겨 자반뒤집기를 당한 아들 얼굴에는 피 맺혀 있는 상처가 열댓 개 나 있었다. 가늘고 길어서 손톱자국 같았다. 그렇다면 한 여자가 여러 번, 또는 여러 여자들이 한꺼번에 달려들어 할퀴었다는 소리다. 아들은 얼굴은 보여주었지만 입은 끝내 다물었다. 여자는 기다렸다. 철옹성처럼 입을 다물어도 좁은 동네에서는 소문이 금방 퍼지기 마련이다.

술집에 새로 들어온 아가씨가 얼굴이 반반했다. 밤이 깊어지자 아들은 그 여자를 노리고 술집 뒤채에 잠입을 했단다. 구조가 복잡한 집이었는데 대문과 안채 통과하고 아가씨들이 잔다는 뒷방으로 들어가는 데 성공을 한 모양이었다. 들어가는 게 다 무언가. 숫제 아가씨 옆에 눕기까지 했다는데.

여러 사내들이 그녀에게 그랬듯 아들놈도 수컷 표시를 냈다. 만진 것이다. 이 정도 상황이면 아가씨도 꼼짝 못 할 것으로 계산했으리라. 그런데 하필 아가씨는 외박중이었고 그 방에는 주인여자가 누워 있었다. 남편과 다투고 그곳에서 잤던 것이다. 훗날 아들이 다른 곳에서 떠든 대로 하자면 만져보니 아무래도 너무 크다 싶었단다. 너 누구야. 비명소리와 함께 아들은 뛰쳐나갔다. 당황하면 눈이 어두워져 자신이 들어왔던 방향도 잃게 된다.

목격자에 따르면 어떤 시커먼 물체가 방에서 뛰쳐나오더니 대포알처럼 탱자나무 울타리로 돌진했다는 것이다. 옷섶도 여미지 못한 주인여자가 덜렁거리며 쫓아나오는 상황이어서 이때는 중단 없는 전진, 뒤로돌아가를 거부하는 군인정신밖에 믿을 게 없었다. 살 곳은 울타리 바깥에 있었다. 목숨을 건 격렬한 몸짓 끝에 아들은 수십 년 된 탱자나무 울타리를 통과했으며 아무 때라도 그 집에 가면 사람 통과한 흔적이 고스란히 남아 있다는 말을 그녀는 들었다.

남편이 그 이야기를 들먹인 것이다. 그게 여자 탓이라는 거다. 아들 본능이 엄마 탓인지 아닌지는 모르지만 참으로 민망한 사건이기는 했다. 그러나 이렇게 가다보면 개 고양이가 새끼를 낳는 것도, 동백나무에 동백 열매 열리는 것도, 목련나무에 목련꽃이 피는 것도, 감성돔이 알을 밴 것도 모두 여자 탓일 수 있다.

“니가 만들었지만 내가 낳았으니까 그렇다고 치자. 그래도 나를 닮

왔으니까 열심히 돈 벌고 있지 너 닮았으면 마누라 등골 빼먹으면서 탱탱 놀고 자빠졌을 것이다."

여자는 수건으로 몸을 닦기 시작한다. 이렇게 시끄럽고 껄끄러운 샤워도 처음이다. 온수기를 끄자 비로소 사방은 조용해진다. 이제 조금 있으면 동이 터올 것이다. 커다란 몸이 옷 속으로 차곡차곡 들어간다. 거실로 나오니 남편이 노려본다. 소주가 벌써 두 병째이다. 그녀와 달리 몸 아껴서 술도 멀리하던 사람이 이렇게 마셔댄 것이다. 여자도 남편을 노려본다. 둘의 시선이 허공에서 부딪친다. 형광등을 꺼놨다면 스파크가 보일 수도 있을 정도이다.

개가 바깥에서 끙끙거린다. 담벼락 위에 고양이가 또 나타났는데 주인 목소리가 계속 들려 짖지 못하는 것이다. 한참이나 노려보던 남편이 술상을 발로 찬다. 빈 잔이 넘어지면서 또르르 타원을 그린다. 젓가락도 거실 바닥에 떨어진다. 그래놓고 비틀거리며 목욕탕으로 들어간다. 또 한번 돌 갈리는 소리가 크게 난다. 개 끙끙거리는 소리가 순간 잦아진다.

여자는 자신이 뿌려놓은 지폐를 바라본다. 한 장 한 장 주워보니 십삼만이천원이다. 날이 날이었는지라 하루 매상을 이제야 헤아려본 것이다. 다시 순간온수기 돌아가는 소리가 들린다. 남편도 샤워를 시작한 것이다. 망연자실 앉아 있던 여자는 새 잔을 가져와 반병쯤 남아 있는 소주병을 기울인다. 두 잔 정도 넣자 속이 덥혀진다. 목욕탕을 향하여 이번에는 여자가 입을 연다.

"솔직히 말해. 이 시간까지 그 관광객 여자들이랑 뭐했어?"

그 악사樂士의 연애사

그 친구 집은 바닷가에 있었다. 집은 작았다. 탁월한 능력이 있는 목수라 해도 화장실과 부엌을 함께 만들어넣을 수 없을 정도의 크기였다. 대신 주변이 넓었다. 문 앞으로 천막 쳐놓은 공간이 있고 그 아래로는 압력솥과 냉장고, 식기 따위가 있었다. 가게에서 아이스크림 통으로 쓰는 냉동고와 플라스틱 수납박스 같은 것도 차곡차곡 쌓여 있었다. 너머로는 갈대밭이었다.

나는 산 중턱에 살았다. 섬에는 높은 산이 없어서 친구 집까지도, 봉우리까지도 모두 십 분 거리였다. 내 거처는 농장을 했던 곳이라 나무가 많았다. 비파나 황칠나무처럼 귀한 것도 자라고 있었다. 그러나 그곳이 농장이었던 때는 오래전이었다.

십여 년 전 땅을 구입한 집안이 있었다. 그 가족은 오로지 호미와 괭이질로 비탈을 일구었다. 파낸 돌은 차곡차곡 기초와 담벼락이 되었다. 십 년을 꼬박 채우고 나자 농장은 모습을 갖췄다. 그들은 당시 유행하던 오렌지와 양다래를 심었다.

그곳은 사람의 수고가 시간과 만나면 어떤 물리적 변화를 만들 수 있는지 한눈에 보여주었다. 그러면서 긴 시간의 노동이 무슨 결과를 초래하고 말았는지도 증명하고 있었다. 집안의 노인들과 며느리는 중노동으로 인해 병을 얻었고 오렌지와 양다래 익어가는 것을 보면서 차례대로 눈을 감았다.

그들이 세상을 뜨자 아무도 일을 하려고 하지 않았다. 농장을 지어놨다고 해서 나무가 스스로 농사를 짓는 것은 아니기 때문에 본모습으로 되돌아가는 것은 금방이었다. 과실은 단맛을 배지 못했고 전원주택 흉내를 낸 조립식 집은 형태가 비틀어졌다. 그저 새들만 날아와 부리질하다가 제 짝을 불렀다. 노고가 폐허로 변한 것이다. 이렇게 되면 땅을 샀던 게 득인지 독인지 구분이 쉽지 않다. 내가 그곳을 얻게 된 것은 마을에서 빈방을 구하지 못했기 때문이었다. 주인은 혼자 남은 아들이었다. 그는 생각보다 높은 액수의 사글세를 원했다. 땅의 마지막 역할은 그런 것이었다.

뒷산과 묵정밭, 나무숲이 나의 배경이라면 그는 해수욕장과 푸른 바다를 그것으로 가지고 있었다. 파도 소리와 갈매기, 바다직박구리도 있었다. 그와 나의 차이는 또 있었다. 내 마당에는 녹슨 바비큐 구이통과 허물어진 닭장과 빈 기름통이 굴러다녔지만 그의 마당에는 색다른 것이 있었다. 야마하 PSR-2100 디지털 키보드, 롤랜드 앰프, 롤랜드 사운드모듈, 이퀄라이저 같은 것들. 그것 때문에 천막을 쳐놓았던 것이다.

그런 물건들은 술병 든 여자들이 왔다갔다하고 우주볼 조명이 돌아가는, 습습하고 퀴퀴한 지하에 있어야 옳은 것들이었다. 맞는 말이었다. 그것들은 예전에 그런 곳에 있었다. 그러니까 그는 야간업소 키보드 반주자, 일명 마스터였고 몇 년 전까지 그 일을 했었다.

그가 악기와 음향기기를 짊어지고 지상으로 올라온 것은 노래방의 부흥 때문이었다. 육지에서 멀리 떨어진 이곳까지 노래방이 생겨나자 악사(樂士) 직업은 퇴색되었다. 일은 점점 줄어들었고 마침내 섬마을 경로잔치를 끝으로 폐업했던 것이다.

야간업소 마스터라면 마르고 신경질적인 사내를 떠올리기 마련이나 그는 그런 선입견을 깨버리기에 충분했다. 우선 덩치가 씨름선수를 연상하게 했다. 힘도 셌다. 그런 탓에 직장을 잃은 비참은 잘 드러나지 않았다.

그는 자칭 해수욕장 마을의 이장이었다. 그의 셈법에 따르면 그곳의 총인구는 3.5명이었다. 조금 떨어진 곳에 노인 내외가 사는 집이 한 채 있었다. 그리고 그의 선배가 살았다 말았다 하는 컨테이너가 있었다. 육지의 야간업소에서 기타를 친다는 그 선배는 어쩌다 한 번씩 오기에 0.5명이었다. 그 이상한 셈법대로 하면 나는 그 마을의 4.5명째 주민이었다.

사람 드문 곳에서는 벼슬하기 쉬운 법이다. 그는 단박에 개발위원장이라는 직함을 나에게 주었다. 주민들에게 던져준 직함은 여러 개였다. 스스로는 이장 겸 어촌계장이며 노부부는 각각 노인회 회장과 자문위원장, 심지어 0.5명에 해당되는 선배도 마을 운영위원장이었다. 물론 해수욕장이 속한 리사무소에서는 인정을 해주지 않았다. 우리는 자존심이 조금 상했으나 마을이 워낙 조용한데다가 직함에 따라오는 수고스러움이 없다는 이유로 특별자치마을이나 독립공화국 선포는 뒷날로 미뤄두었다.

나에게는 고양이가 한 마리 있었다. 정확히는, 나에게 사람이 하나 생겼다, 고 고양이가 말하는 게 맞았다.

농장으로 이사를 한 다음 가장 먼저 한 일은 주변을 둘러싸고 있는 해장죽과 오동나무를 한 팔 길이 정도 쳐낸 거였다. 명색이 섬인데 바다가 보이지 않는다는 것은 서운했다. 일을 마치자 수평선이 나타나고 저 아래 악사 친구의 작은 지붕과 천막도 보였다. 그때 내 발목에 몸을 문지르는 게 있었다. 노란 점이 있는 암컷 고양이였다.

주인 말에 의하면 길고양이 한 마리가 스며들어 새끼를 낳았으며 육아가 끝나자 뿔뿔이 흩어졌는데, 무녀리 하나가 사람 쪽으로 줄을 섰다는 것이다. 그 녀석은 간혹 찾아오는 집주인에게 의지해 살다가 새로 나타난 나를 자신의 파트너로 정했다.

그에게는 강아지가 있었다. 진돗개라는데 먹성은 똥개 품성이었다. 그 녀석은 무어든 먹었다. 지나다 잠깐 서 있는 동안에도 쫓아와서 내 운동화를 핥곤 했다. 그만 좀 처먹어라, 너는 돼지가 아니고 개야 개. 고함치는 소리가 내 집까지 올라오기도 했다. 그래도 이름은 번듯했다. 빅토르 최.

"내가 가장 좋아하는 가수야."

외국 뮤지션 이름을 가진 개는, 섬에서는 그 개가 유일했다. 하지만 빅토르 최, 네 글자를 연속 발음하기는 쉽지 않았다. 개는 주로 이인칭으로 불리기 때문에 더욱 그랬다. 그는 꼬박꼬박 불렀지만 나는 성을 빼고 불렀다. 빅토르. 그의 선배는 그것도 귀찮았는지 토르라 불렀다. 노부부는 백구라고 불렀다. 어떻게 불러도 혀를 빼물고 달려왔다. 모든 주민에게 각자 다른 이름으로 불린 개도 빅토르가 유일했을 것이다.

개가 음계를 이해한다면서 시범을 보인 적도 있었다. 도를 치고 나서 내려다보면 빅토르는 가만히 있었다. 레를 쳐도 그랬다.

"빅토르 최. 너 이 음 좋아하지?"

미를 치자 엉덩이를 흔들며 앞발을 들었다. 내가 보기에는 음계보다는 말을 이해하는 쪽에 가까웠다. 앞의 두 번은 주인이 자신을 가만히 바라보니까 저도 그렇게 한 것 같았다. 그러나 악사는 빅토르가 미음을 좋아하는 개라고 우겼다.

강아지에게 자신의 성(姓)까지 물려주었지만 정작 밥 챙겨주는 것은 아주 성가셔했다. 천부적인 재능을 타고났건 말았건 빅토르는 계속 먹어야 하는 개였다. 그래서 내 집에까지 얻어먹으러 올라오곤 했다. 뒷날 듣기로, 목줄을 풀어주며 이런 말을 종종 했단다.

"저 위에 가봐. 지금쯤 밥했을 것이다."

짐승에게 들볶이기는 나도 마찬가지였다. 밥을 먹고 있으면 고양이는 현관 유리문에 코를 박고 바라보았다. 무언가 먹는 것을 누가 보고 있는 것도 불편한데 녀석은 앞발로 문을 긁으며 애절하게 울기까지 했다. 나도 아침저녁으로 남의 밥 차려주는 신세가 되었다.

밥 준다는 소문이 고양이세계에 퍼졌다. 몇몇 놈들이 밥그릇을 거쳐가더니 나중에는 몸집이 크고 인상도 고약한 검정고양이가 나타났다. 몇 번 싸움이 있었고 그럴 때마다 내 고양이는 비명을 지르며 지붕으로 도망을 쳤다.

녀석이 자신의 밥을 반 정도 남겨둔 게 그때부터였다. 배가 부르거나 입맛이 없어서 그런 줄 알았는데 틀린 짐작이었다. 검둥이가 천연덕스럽게 먹고 있는 동안 고양이는 지붕에 낮게 엎드려 자신의 상납품이 잘 먹히는지 내려다보고 있었던 것이다. 식사를 마친 검둥이가 어슬렁거리며 사라지자 고양이는 비로소 내려와 바닥에 등을 문지르며 한동안의 평화를 만끽했다. 그게 그들만의 질서로 보여 나는 관여하지 않은 채 밥만 넉넉히 퍼담아주었다.

호젓한 곳에 중년남자 둘이 이웃으로 산다는 것은 심심한 짓이었다. 사실 섬 자체가 그랬다. 좁은 섬마을은 같은 사람을 몇 번씩 보게 되는데 그때마다 인사 처리가 쉽지 않다. 조금 전 헤어졌는데 십 분 뒤 다른 곳에서 스치게 되면 모른 척하기도, 다시 알은척하기도 어색했다. 그래서 생긴 섬마을 인사법이 있다. 두 사람이 다시 만나면 먼저 본 사람이 말한다.

"뭐하는가?"

그럼 남은 사람이 답한다.

"어디 가는가?"

그 정도로 지나가고 두 시간 뒤 다른 곳에서 만나면 또 그 인사를 한다. 뭘 하고 있는지, 어디를 목표로 걸어가는지는 중요하지 않다. 서로 바꿔도 상관없다. 그와 나도 그랬다. 내가 내려가면 어디 가는가? 물어왔다. 그럴 때마다 대꾸했다. 뭐하는가? 차이가 있다면 돌아오다가 만나면 어디 갔다 오는가, 로 바뀐다는 것이다. 그럴 때도 나는 똑같이 답했다. 뭐하고 있었는가?

밤과 술에 관련된 직업이어서 그에게는 수많은 여자들이 스쳐갔다. 쉽게 만나 가볍게 헤어진 경우가 많았지만 깊이 사랑하였으되 끝내 보낼 수밖에 없었던 여인들도 있었다. 그중 한 명에 관해 듣게 된 것은 하루종일 비가 내리던 초가을 오후였다. 비 탓에 새울음도 멈추어 버린 다섯시쯤 저 아래 천막에서 어떤 연주곡이 들려왔다. 그것은 뜻밖에도 'Eagles'의 〈Hotel California〉였다.

어두운 사막의 하이웨이. 차가운 바람이 내 머리카락을 스쳐요. 저 멀리 희미한 불빛이 보여요…… 여기는 천국 아니면 지옥일 거야. 호텔 캘리포니아에 온 것을 환영해요. 이곳엔 많은 방이 있어요. 아무 때나 찾아올 수 있어요.

노랫말이 이랬던 곡. 나는 오호, 소리를 내뱉었다. 비록 악사이긴 해도, 비 내리는 바닷가에서 혼자 그런 곡을 연주할 거라고는 생각 못 해봤던 것이다. 이런 비유도 괜찮다면, 배추장사 삼십 년 만에 트럭운전의 달인이 된 사람이 갑자기 스포츠카 몰고 나타난 느낌이었다. 그도 그럴 만한 게 섬마을 단란주점의 음악이란 철저히 손님 입맛에 맞게 선곡되는 거 아니겠는가.

경이로운 기분까지 들어버린 나는 우산을 든 채 지붕이 내려다보이는 마당귀에 서서 음악을 들었다. 지하철 같은 데서 파는, 녹음상황 불확실한 풍의 연주였으나 파도 따라 흘러가듯 부드럽고 감미로웠다. 그리고 라이브였다.

빅토르가 나타난 게 그때였다. 헉헉거리며 나타난 녀석은 푸르르 물기를 털어내고는 곧바로 고양이 밥그릇을 향해 달려들었다. 지붕으로 도망친 고양이는 자신의 밥그릇이 방금 사온 것처럼 반짝반짝 변해가는 것을 내려다보며 처절하게 울었다. 나는 빅토르의 목줄에 묶여 있는 종이를 발견했다.

'한잔하러 내려오게. 우리 빅토르 쵀 밥 좀 주고.'

이렇게 비서를 보내는 초청은 처음 받아보았기에 아니 갈 수가 없었다. 단지 주둥이로 빈 밥그릇을 밀고 있는 녀석에게 심부름값은 챙겨주어야 해서 계란을 부쳐 한 그릇 비벼주었다. 빅토르는 몸이 흔들릴 정도로 꼬리를 쳤다.

인적 끊어진 백사장에는 동풍에 떠밀려온 해초무더기만 무덤처럼 여기저기 쌓여 있고 그 뒤로는 갈매기들이 깃에 부리를 묻고 있었다. 잔파도가 모래 끝에서 부서지고 그 모든 것들 사이사이를 물안개가 가득 채우고 있었다. 지난여름 피서객들의 몸부림이 아득했다. 자신의 흔적을 지우기에는 해수욕장 모래밭이 가장 효과적이었다.

탁자 위에는 맥주가 놓여 있었다. 나는 잔을 받으며 앙코르를 신청했다. 그는 보란 듯이 선글라스 끼고 연주를 다시 시작했다. 음악이 뒤섞이자 물안개가 더욱 부풀어올랐다.

"이 곡을 아주 좋아하던 여자가 있었네."

연주를 마친 그는 입을 열었다.

"오늘 그 여자 생일이거든."

경기도 어름의 여자가 있었다. 그녀는 아랫녘을 향해 도시에서 도시로 일 년씩 끊어 건너뛰었고, 그게 버릇이 되다보니 그만 이 먼 곳까지 오게 되었다. 마스터와 업소여자는 친밀도가 불가분의 관계이다. 서로가 서로의 이익을 챙겨주기도 하거니와 딱히 의지할 곳 없는 여자들 입장에서는 가장 가까운 사내이기도 했다. 많았던 여자들 중에 같이 살고 싶었던 일순위였다고 그는 말을 이었다.

"장사수완도 좋고 얼굴도 괜찮았고, 뭣보다도 성격이 인간적으로 좋아서 진상 부리는 손님도 잘 다뤘지."

그런 기억도 기억이지만 이렇게 여자의 생일을 기념하는 데에는 이유가 따로 있었다. 영업이 끝나고 악사가 천원 지폐를 세고 있을 때였다. 그녀가 다가와서 이천원을 내밀었다.

뭐야?

신청곡이 있어.

그냥 말하면 되지.

아니, 이 곡은 정식으로 듣고 싶어.

뭔데?

호텔 캘리포니아.

귀가 시원하게 뚫리는 기분이었다. 항구에서 고등학교 다닐 때 오인조 밴드를 시작하게 된 것도, 선배 연습실에서 밤이 새도록 연습을 한 것도, 상고 공고 모든 축제를 찾아다니며 무대에 올랐던 것도 어느 여고생이 이 곡을 몹시도 좋아한다는 것 때문이었다. 그렇게 했지만 그 나이 때의 연애는 길 걷다가 만난 꽃밭 같은 거였다. 보고 있으면 좋지만 아무리 오래 들여다보아도 내 것이 되지는 않는다는 점에서 그렇다. 여고생은 트럼펫을 부는 다른 고등학교 밴드부 애한테 가버렸다.

아무튼 그는 그 곡의 기본음이 Bm A#으로 진행된다는 것과 뛰어난 리드기타리스트 한 명만 있으면 연주하기 그다지 어렵지 않았던 곡이었다는 것을 떠올렸다. 그리고 정말 오랜만에 한 여인을 위해 〈호텔 캘리포니아〉를 연주했다. 그녀는 벽에 붙어서서 들었다. 좀 알아먹을 수 있는 부분은 입으로 흥얼거리기도 했다. 그리고 말했다. 오늘 나 생일이야. 생일에는 이 음악이 듣고 싶어져.

"심수봉이나 김수희가 아니고 호텔 캘리포니아라는 말이야. 그런 팝송을 알고 있다는 것은 그렇다고 쳐도 흥얼거리면서 따라 부르는 여자는 한 명도 없었거든. 나 마스터 노릇 하는 동안 이 노래 좋아한 사람은 딱 그 여자 한 명이었어."

나는 동의를 했다. 같은 곡을 공통분모로 한다는 것은 학교나 학원, 마을, 회사, 자격증을 공통으로 하는 것보다 오백 배는 더 감동적이었다. 돈 한 푼 안 들이고 마음의 문이 열리는 최고의 방법. 더군다나 생일이었다. 무슨 일이 있었는지 기억도 안 나는 날이지만 저 하고 싶은 대로 해도 되는 하루. 그러기에 다들 일 년씩 목 빼며 기다리는 것이다. 가난뱅이들이 큰소리칠 수 있는 날은 선거일과 자기 생일인데 선거는 자주 안 돌아오니까.

그래봤자 할 수 있는 것은 뭐하느냐, 빨리 오라, 재촉하는 동료들 무시하고 음악을 들을 수 있는 자유, 곡명을 선택할 수 있는 자유, 한 번 더 연주해달라고 부탁할 수 있는 권리 정도긴 했다. 그것도 오래 못 할 것이, 아가씨들이 자야 할 시간인데다가 홀 또한 악사 소유가 아니었다. 여자가 말했다.

우리 이 곡을 녹음해서 나가.

어떻게?

내 핸드폰으로 전화를 걸어줘. 내가 통화녹음을 할 테니까.

둘은 그렇게 했다. 선택할 게 빈약한 상황이면 그런 방법도 만들어졌다. 둘은 사람들 눈을 피해 바닷가로 갔다. 방파제 끝에 앉아 배터리가 닳도록 연주곡을 들었다. 여자는 예전에 그 곡을 얼마나 사랑했는지를, 악사는 그 곡을 무지 좋아했던 여고생에 대해 이야기를 했다. 소원이 캘리포니아 호텔에 가보는 거였다고 여자가 말했고, 트럼펫을 너무 열심히 불어 입술 가운데가 톡 튀어나와버린 애가 뭐가 좋다고 따라갔는지는 지금도 의문이지만 일전에 듣자니 애를 셋이나 낳은 뚱뚱한 아줌마가 되어버렸다 한다고 악사가 말했다. 여자가 대꾸했다. 쌤통이다, 더 쪄버려라. 말이 잘 섞이고 시간이 잘 섞이고 입술이 잘 섞였다.

배만 있었으면 태평양 건너 캘리포니아로 갔을 것이다. 어차피 세상은 천국 아니면 지옥인데다가 거기는 빈방도 많다니까. 하지만 선착장에 묶여 있는 저 많은 배들 중에 그들의 것은 없었다. 섬에는 캘리포니아 호텔도 없었다. 그래서 두 사람은 낙원장 203호로 갔다.

"같이 살자고 말했네. 나도 가정을 꾸리고 싶었으니까."

빅토르는 돌아와 우리를 바라보고 있었다. 아랫배가 땅에 끌릴 정도였다. 고양이 밥을 안 남겨놨다는 소리였다.

"한동안 고민을 하더니 결국 싫다더라고."

"……"

"초등학교 다니는 아들이 있대. 언니 집에 맡겨놨다는데 절대 시집은 안 가겠다고 아들하고 약속을 했대."

"저런."

"그러고 갔어."

"사랑하자 바로 이별이었군그래."

"내가 보냈어."

나는 남은 술을 따르다 말고 그의 얼굴을 바라보았다.

"사랑하는 여자가 다른 남자 품에 안겨 춤추는 꼴을 날마다 보고 있자니 괴롭더라고."

그날 밤 고양이가 검둥이에게 시달리는 소리가 두 번이나 들렸다.

날씨가 질기게 궂었다. 이틀거리로 가랑비가 찾아온 탓에 물안개도 오래 머물렀다. 우리는 여전히 뭐하는가, 어디 가는가, 인사를 했고 뭐하고 있었는가, 어디 갔다 오는가, 인사도 했다. 날씨나 요즘 조업 상황, 우리나라 축구대표팀 작전의 성공과 실패에 관한 이야기를 나누기도 했다. 그사이 빅토르는 몸집이 불어났다.

방귀 잦으면 똥 싼다는 말처럼 궂은 날씨는 끝내 폭풍을 끌고 왔다. 파도가 높아지고 갯강구가 자취를 감추더니 초속 이십이 미터 바람이 몰아쳐왔다. 풀은 바닥에 드러눕고 나무란 나무는 북서쪽을 향해 고개를 꺾으며 비명을 질렀다. 육 미터짜리 파도는 해수욕장을 거꾸로 뒤집었고 기관단총 탄환처럼 빗방울이 날아왔다. 마당에 고인 물도 현관 안으로 들어오려고 넘실거렸다.

나나니벌도, 동박새도, 비둘기도 알 수 없는 어느 구석에 박혀 모습이 보이지 않았다. 어쩌면 육지 쪽으로 휩쓸려가버렸는지도 몰랐다. 급기야 집이 들썩거리기 시작했다. 밧줄로 집을 감싸 바위에 칭칭 묶어놓았는데도 이륙할 것처럼 흔들렸다.

마당으로 파고든 바람은 돌담에 부딪친 다음 핑그르르 돌았다. 수십 년 묵은 백일홍 가지는 빗자루질이라도 하듯 땅바닥에 붙어 회전을 했다. 저녁에는 무언가 찢어지고 깨지는 굉음이 연달아 들렸다. 지붕 패널이 뜯겨나간 것이다. 거실은 천장에서 흘러내린 빗물로 인해 순식간에 흥건했다. 나는 금방이라도 깨질 것 같은 창문을 누르고 있느라 이러지도 저러지도 못했다.

아침이 되자 폭풍은 잦아들었다. 산에서는 흙탕물이 콸콸 내려왔고 거실에 받쳐둔 함지박에도 물이 차고 넘쳤다. 뜯겨나간 지붕의 패널이 여기저기 널브러져 있는데다 붙어 있는 부분은 솟구치고 휘어져서 보기에도 참혹했다. 도망칠 곳이 없어져버린 고양이는 오래도록 울었다.

기온도 낮아졌다. 하룻밤 사이에 가을이 끝난 것 같았다. 나는 벗겨진 지붕과 뿌리를 드러낸 채 누워버린 벚나무를 바라보다가 뒷정리를 했다. 마당을 쓸어내고 도랑에 쌓인 나뭇잎을 치우고 함지박 비운 다음 걸레질을 하고 있을 때였다. 그럴 때가 있다. 자신도 모르게 어떤 노래를 흥얼거리고 있는 것 말이다.

뜬금없게도 나는 배호의 노래를 부르고 있었다. 사랑이라면 하지 말 것을, 이렇게 시작하여 아리송한 가사 끝에 안개 속으로 가버린 사랑, 으로 끝나는 노래. 이 판국에 뭐가 좋다고 혼자서 흥얼거릴까 싶었는데 입을 다물자 역시나 능선을 따라 노래반주가 올라오고 있었다. 우리의 악사가 이번에는 전형적인 가요를 연주하고 있었던 것이다.

이건 또 뭐지, 하는 심사가 되어 나는 걸레질을 멈추었다. 이렇게 되면 청소가 귀찮아지고 방은 아직 빗자루질도 안 했다는 것도 잊어버리기 마련이다. 배호라면 한 시대를 풍미했던 불세출의 가수 아니던가. 이른바 불꽃처럼 살다 간, 스물아홉에 홀연히 숨을 거둔 사람.

선술집에서 친구들과 어깨동무를 하고 그런 노래를 불렀던 추억이 내겐 있었다. 그때도 배호 노래는 가사가 늘 헷갈렸다. 안개 낀 장충단공원으로 시작하는 노래는 번번이 돌아가는 삼각지로 끝났었다. 나는 조금 웃으면서 내려가지 않을 수 없다는 결론에 도달했다. 음악은 이렇게 사람의 마음을 바꿔버리는 능력도 있었다.

그의 집도 바람에 시달린 모습이었다. 양은그릇이 나뒹굴고 있고 천막도 반 정도 찢겨나간 것을 대충 묶어놓은 형국이었으나 그는 예의 선글라스를 낀 채 내 손에 들린 술병을 바라보았다. 씨익 웃었고 그리고 이야기를 시작했다.

노래 솜씨가 뛰어난 여자가 있었다. 화류의 아가씨라면 대부분 보통 솜씨는 넘는다. 같은 노래를 방마다 돌아다니며 매일 불러대니 누군들 안 늘겠는가. 문제가 있다면 북한 여자들처럼 모든 노래를 한 가지 창법만으로 부른다는 것인데 그녀는 달랐다. 프로의 창법과 호흡을 가지고 있었다. 가수지망생이었고 그쪽 세계에 몸을 담았던 시절이 있었다. 그녀는 그것으로 인기를 끌었다. 술도 잘 마셨다. 잘 마셨다기보다는 충동적으로 마셨다. 충동을 넘어서 폭발적으로 마시기도 했다.

그녀는 취하면 손님의 신청곡을 불렀다. 레퍼토리가 다양하고 장르도 풍부했다. 〈정선 아리랑〉도 잘 불렀던 것으로 보아 〈창부 타령〉이나 〈춘향이 칼 차는 대목〉 같은 것도 한 번쯤은 불렀지 싶다. 하지만 더 취하면 자신의 노래를 불렀다. 오빠 그거, 그러면 배호의 〈안개 속으로 가버린 사랑〉이었다. 남자 키(key)에도, 여자 키에도 다 맞췄다. 그거 말고도 더 있었다. 〈누가 울어〉 〈마지막 잎새〉 〈당신〉 같은 거.

배호 노래를 부른 날은 악사 품으로 오거나 손님과 외박을 나갔다. 손님 따라 나갔다가도 뒤늦게 찾아왔다. 술에서 깨어나면 이렇게 물었다. 나 또 배호 노래 불렀지? 그러면 악사는 준비해놓은 술을 꺼내놓았다. 해장술은 여자의 버릇 중 하나였다. 그러니까 배호는 그녀가 몸과 마음을 놓아버리는 신호나 통로 같은 거였다. 취향에 맞춰 맥주에 소주를 섞어주며 그 노래들이 십팔번이 된 이유를 물은 적이 있었다. 그녀는 한 잔 마신 다음 몸을 뒤틀었고 뒤틀림이 가라앉자 질문과는 다른 각도로 되물었다.

배호 노래의 특징이 뭔지 알아?

글쎄, 멋진 저음이나 뭐, 건방진 창법?

그것도 맞긴 한데 더 중요한 게 있어.

……

목이 타서 물을 찾아 헤매는 사람의 창법.

나무의 기운을 받고 태어난 배호는 사주에 물이 하나도 없었다. 그래서 평생 갈증에 시달린 사람이었다. 그런 사람들은 저렇게 물기를 찾아 방황하는 목소리를 내는데 그것을 수음(水音)이라고 한다. 수음의 특징은 어둡고 축축하다…… 그녀는 설명을 덧붙였다. 악사 자신은 한 번도 그런 생각을 해본 적이 없었다.

나도 어떤 놈한테 들은 거야. 그 자식 목소리랑 창법도 그랬거든.

여자는 건배를 하고서 혼자 마셨다. 몸 뒤트는 각도가 조금씩 줄어들어갔다.

배호가 유행하던 시절이 60년대 후반이었는데 그때가 우리나라 국민들이 뭔가에 갈증을 느끼는 그런 시기였대. 물을 아무리 마셔도 목이 더 마르는 병(病) 같은 거 말이야. 그래서 다들 배호를 그렇게 좋아한 거지. 남 같지 않으니까. 내 편 같으니까.

그는 들었다. 과거의 남자 없이 이곳까지 온 여자는 없었다.

그 자식이 나를 이렇게 만든 장본인인데, 배호 이미테이션가수였어. 알지? 몇 푼 받고 모창 테이프 녹음해주는 그런 사람. 거기에 배호 사진 붙여서 청계천이나 남대문에 넘기는 사람들이 있었거든. 그 자식이 물기 없는 나무같이 그랬어. 강팍하고 성질 잘 부리고…… 배호 노래는 정말 잘했는데 아직도 가수로 성공 못 했나봐. 전국노래자랑에도 한 번 못 나오는 거 보니까. 개새끼.

그 말대로 하자면 애인을 팔아넘기기 전에 죽어버린 배호는 다행이라고 해야 하겠지만 그러거나 말거나 해장술의 장점이자 단점은 급속하게 취하는 거였다. 그녀는 불과 이십 분 만에 조금 전의 모습으로 돌아갔다. 악사는 말리지 않았다. 이 여인네들이 이렇게 과거로 말려들어가버릴 때는 그냥 두어야 한다는 것을 알고 있었다.

근데 씨발, 뭐가 좋다고 나는 취했다 하면 그 노래를 부르고 자빠지는지 몰라.

여자는 다시 안기며 울었다.

이렇게 밸 없는 년 봤어? 내가 미친년 아니고 뭐야?

악사는 자칭 미친년을 감싸안았다.

그 새끼, 지금이라도 목 졸라 죽여버리고 싶어…… 박선주 노래처럼 사랑한다는 말은 못 해도 안녕이란 말은 했어야지. 우리는 안녕 소리도 못 했어. 그러니 한 번은 만나겠지? 만나면 사랑한다고 말하고서 회칼로 배때지를 쑤셔버릴 거야.

여자가 조금 전의 모습으로 돌아갔듯이 그들도 조금 전에 했던 것을 다시 시작했다. 여자는 전기히터처럼 재빨리, 재차 뜨거워졌다.

나는 그 대목에서 저번처럼 앙코르를 신청했다. 그는 연주를 하며 직접 노래까지 불렀다. 연주와 노래의 차이는 컸다. 노랫말이 끼어들자 히터처럼 뜨거웠다는 여인과 물기 없었다는 사내, 그리고 둘 사이에 어중간하게 끼어 있는 악사, 이렇게 셋이서 삼위일체 신파극을 완성시키고 있었다. 하지만 신파 아닌 사랑을 나는 본 적이 없었다.

연애란 갈증과 원망에 감염된 염증이 같은 부위에서 계속 재발되는 소모성질환 같은 것이다. 그런 게 없는 관계를 우정이라고 따로 부르면 되었다. 그렇게 본다면 여기는 천국 아니면 지옥이라고 한 이글스 돈 헨리의 작사에는 결함이 있었다. 돈 헨리가 그사이 연애를 몇 번 해봤다면, 세상 어디든 짧은 천국 긴 지옥일 뿐, 이라고 고쳐놨을 것이다.

나는 오징어포를 빅토르에게 던져준 다음 악사의 잔에 술을 따랐다. 빅토르는 한입에 먹어치우고 그는 천천히 여러 모금 마셨다. 그리고 말을 이었다.

"아까 전화가 왔었어."

"지금 그 여자? 전화를 간혹 하나보지?"

"아니, 아주 오랜만에 왔어. 여기 돌풍이 불었다고 뉴스에 나왔대.

다른 섬에서는 배가 깨지고 낚시꾼도 죽고 그랬나봐."

나는 담배를 하나 피웠다.

"괜찮냐고 물어오는데, 배도 안 타는 나한테 무슨 일이 있겠어."

"……"

"목소리가 많이 늙었더라구."

주인과 나는 한바탕 설전을 했다. 나무를 쳐낸 바람에 지붕이 그렇게 되어버렸다는 게 그의 결론이었다.

"여기를 이렇게 뚫어놓았으니 샛바람(동풍)이 들이닥쳐 이렇게 됐지."

"남동풍이었어요. 저 나무 꺾인 방향을 보세요."

"샛바람이었어."

"남동풍이었다니까요. 바람보다도 지붕이 낡아서 그런 거죠. 떨어진 것들 보세요. 속이 삭았잖아요."

"이 빌어먹을 놈의 집, 바람에 홀랑 날아가버릴 것이지 뭐한다고 붙어 있고 지랄이야."

돌아서는 주인의 뒷모습을 보며 어떻게든 새로운 곳을 구해야겠다고 마음먹었는데, 그러고 나자 겨울이 밀물처럼 밀려왔다. 전날보다 기온이 오 도나 더 내려간 날, 뭐하는가, 인사에 그는 구체적인 대답을 했다.

"학꽁치를 좀 낚아보려고 말이야. 근데 채비를 어떻게 만들지?"

구형 낚싯대를 매만지며 배시시 웃는데 웃는 이유가 학꽁치 낚기에는 스스로 생각해보아도 너무 굵고 컸던 것이다. 그는 변명처럼 말했다.

"당숙을 졸라서 하나 얻었는데 와서 보니 이러네."

나는 마을행을 뒤로 미루고 거처로 올라가 가벼운 낚싯대를 하나 가지고 내려왔다. 채비를 만들어주자 변명을 한번 더 했다.

"섬에 살아도 이런 것을 언제 해봤어야지."

어기찬 모습으로 바다로 나간 그는 해가 설핏 기울어진다 싶을 때 부들부들 떨면서 돌아왔다. 조황이 궁금했던 나는 마을 아낙이 준 김치전을 들고 와 빅토르와 나눠 먹고 있었다. 겨울 학꽁치 낚시 간 사람은 죄다 얼어서 돌아오는 법이지만, 그는 유난히 불쌍해 보였다. 커다란 쿨러 속에는 고작 일곱 마리의 꽁치가 들어 있었던 것이다. 투자한 시간에 비해 이렇게 비효율적인 낚시도 드물었다. 늙은이들도 백여 마리씩 낚아오는 게 그 어종이었다.

"제기랄, 더럽게 어렵네."

사연 많은 여자들이 헤엄치고 있었다면 훨씬 많은 수확물을 확보했을지도 모를 일이지만 역시나 경험부족이었다. 릴 사용도 어색하고 낚싯대에 스냅주는 것도 쉽지 않은데다 줄이 엉켜서 그것 풀다가 시간 다 보냈다고 투덜거렸다.

악사는 낚시 시작하게 된 이유로 심심함을 들었다. 심심하다는 것도 여러 개의 층위가 있어 늙은이의 나른한 권태부터 그럭저럭한 느긋함, 한숨이 나오는 한적함, 짜증이 솟는 무료함, 그리고 조바심나는 무기력한 심정도 있는데, 가장 뒤의 것으로 보였다. 고백에 의하면 이곳으로 옮겨온 뒤로 손아귀에 들어온 돈이 한 푼도 없었다. 느닷없는 출조는 아무것도 안 하고 있다는 불안감과 다달이 줄어드는 잔고 걱정 때문이었다.

그는 생선 손질법도 모르고 있었다. 비늘을 쳐내고 배를 갈라 칼날로 넓게 편 다음 척추뼈 발라내는 방식을 가르쳐주자 투박한 손으로 연습을 했다. 운이 극히 나빴던 일곱 마리는 너덜너덜한 고깃덩이로 변한 다음 고양이의 별식이 되었다.

그러나 하면 느는 게 실력이었다. 다음날 스물다섯 마리, 그다음날엔 예순 마리 이렇게 불어났다. 나흘째 되던 날은 흐뭇한 표정으로 이백 마리 가까이 잡아오더니 도움을 청해왔다. 우리는 장작불 밝혀놓고 앉아 손질을 시작했다. 그의 새 사업 판로는 사촌누나가 하는 슈퍼였다. 누나는 말린 학꽁치를 관광객들에게 팔고 있었는데, 거기에 납품을 하기로 한 것이다.

손이 많이 가는 일이었다. 칼질하고 발라내고 씻고 양념 바르다보니 밤이 깊어갔고 빅토르는 잠이 들었다. 동쪽 바다에 달도 떠서 수면에 은가루가 찰랑거렸다. 우리는 가내수공업자들이 흔히 그러듯, 며칠 전에 있었던 일, 몇 달 전에 있었던 일, 오래전에 있었던 일, 아주 오래전에 있었던 일에 관해 이야기를 나누었다. 가족과 친척과 친구와 이웃과 우연히 스친 사람들, 그리고 여인네들 몇몇도 그 속에 들어 있었다.

일차 작업을 마치자 그는 일손 접대로 소주를 내왔다. 우리는 한 잔씩 마셔가면서 발을 세워놓고 열 마리씩 줄맞추어 널었다. 은색 껍질이 형광등 불빛을 받아 수면처럼 반짝였다. 마치 키보드의 흰 건반 같다고 말하자 그가 문득 대꾸했다.

“예전에 그렇게 살았다면 데모 많이 했겠는데?”

“툭하면 했지 뭐.”

"혹시 이 노래가 뭔지 알겠어?"

그는 입으로 흥얼거리다가 성에 안 차는지 악기를 켜고 건반을 눌렀다. 연주곡은 〈호텔 캘리포니아〉보다 더 뜻밖이었다. 명동 한복판 패션 거리에서 뱃노래 듣는 것만큼이나 어색하기도 했다. '노래를 찾는 사람들'의 〈꽃다지〉라는 서정적인 운동가요였던 것이다. 잔잔한 멜로디가 밤바다에 아득하게 퍼져나갔다. 잘 알고 있다고 대답하자 노래를 청해왔고 나는 술에 취하고 수평선까지 뻗어나가는 달빛 밤바다에 혹해서 노래를 불렀다.

> 그리워도 뒤돌아보지 말자 작업장 언덕 위에 핀 꽃다지 나 오늘밤 캄캄한 창살 아래 몸 뒤척일 힘조차 없어라
>
> 진정 그리움이 무언지 사랑이 무언지 알 수 없어도 퀭한 눈 올려다본 흐린 천장에 흔들려 다시 피는 언덕길 꽃다지

그렇다면 그 노래를 불렀던 한 여자가 있었다는 소리였다. 그는 그렇다고 대답했다.

"걔는 손목을 그었어."

기억하는 첫번째는 그거였다.

"한번은 손님들하고 싸움이 났어. 거기는 객지 뱃사람들이 자주 왔거든. 다들 거칠지. 돈은 잘 쓰지만 무식하고. 외박 나가자는 것을 거부한 거야. 걔들 입장에서는 열받지. 그 생각 하나로 양주를 몇 병이나 마셨는데. 한 놈이 빰을 때렸고 그애가 달려들었던 모양이야. 엎어지고 깨지고 난리가 났어.

그때 그런 거야. 이 개새끼들아, 나 죽어버린다, 그러고는 칼로 손목을 그어버렸어. 사과 깎는 칼이긴 했지만 피가 제법 나더라고. 수건으로 둘둘 만 다음 들쳐업고 보건소로 뛰어가야지 어쩌겠어. 소장이 자다가 불려나와 꿰맸지. 잘하드라고. 지금까지 여기 온 소장 중에 가장 괜찮았어. 보통은 조금만 상처가 깊어도 벌벌 떨면서 헬기 부르거든. 걔 작년 여름에도 식구들 데리고 놀러 왔더라고. 어디 대학병원에 있다고 하던데."

잠에서 깨어난 빅토르는 앞발을 얌전히 모으고 제 주인을 올려다보고 있었다.

"동맥이 잘리기 직전이었대. 거기 잘렸으면 죽었지 뭐. 열몇 바늘인가 꿰매고 업소로 돌아왔어. 입원하는 보건소는 없으니까. 홀에 단둘이 있는데 내 건반을 켜달래. 그러면서 금방 그 곡을 부르더라고."

그게 운동권 중에서도 노동자 관련이며 일반인들은 잘 모르는 노래라고 내가 말했다. 그는 한동안 나를 바라보면서 무언가를 생각하는 눈치였다. 하지만 골똘히 생각해본다고 그 무엇을 깨닫게 되는 것은 아니었다.

"술은 나 혼자 마셨어. 걔는 깨고 내가 취한 거야. 그냥 취하고 싶더라고. 붕대 감은 왼손을 가슴에 붙이고 오른손으로 멜로디를 누르며 노래를 부르는데 미치겠더라니까. 아무 일 없다는 듯이 천연덕스럽게 그러고 있는 모습이 왜 그렇게 이뻐."

그는 한숨을 내쉬었다. 나는 그동안 들었던 여자들을 떠올리며 다음 수순을 기다렸다.

"못 했어."

말이 좀 그랬는지 악사는 뒤통수 버짐 자국 들킨 아이처럼 슬그머니 웃었다. 웃으면서 빅토르가 들으면 안 된다는 듯, 목소리 낮춰 한마디 더 했다.

"안으려고 하자 딱 부러지게 싫다는 거야. 자기 몸에 손대지 말래. 무서워서 그냥 놔뒀어. 그 일 하면서 여자한테 거절당한 게 딱 한 번 있었는데 바로 그때야."

나는 공연히 안도가 되었다. 악사는 그래도 좀 덜 서운하다는 얼굴로 말을 이었다.

"나뿐만이 아니야. 끝까지 외박 한 번도 안 나갔으니까."

"……"

"뭘 하다가 왔는지 아무도 몰랐어. 가깝게 지내던 애들 말도 다 틀려. 파출소 쪽으로는 고개도 안 돌리는 것으로 봐서 시국사건으로 도망쳐온 운동권 학생 출신이다, 아니다, 대학생이었던 오빠가 무슨 사건 때문에 죽었다더라, 아니다, 공장에서 위장취업 들어온 대학생하고 사귀었는데 배신을 당했다더라, 그 정도에서 빙빙 돌았지 뭐. 제 입으로는 한마디도 안 하니까."

나는 들었다. 빅토르는 여전히 제 주인을 빤히 쳐다보고만 있었다. 그러자니 이 개는 음계나 말보다도 주인 자체를 이해하는 것처럼 보였다.

"오래 안 있었어. 사장이 나가라고 그랬어. 이러다 잘못하면 송장 치우게 생겼다는 게 이유였지만 내용상으로는 외박 안 나간다고 맨날 시비 붙는 애들은 골치가 아프거든. 그래서 갔어. 걔는 빚 걸린 것도 없었으니 자유였지. 제 발로 찾아온 애였으니까. 방값하고 밥값 계산

깔끔하게 하고서 떴어."

나는 이번에는 공연히 서운해졌다.

"나가기 전날 술을 한잔 사더라고. 내가 그래도 그 밤에 업고 뛰어간 사람이잖어."

그는 버짐 자국을 한번 더 들킨 아이처럼 또 웃었다.

"헤어질 때 키스를 하긴 했어. 아주 깊게. 그리고 그게 끝이야."

"전혀 연락 없고?"

"없어."

"소식 없는 여자는 더 보고 싶어지지."

"정말 그래. 건반을 누르던 그 모습과 멜로디가 오랫동안 생각나더라고. 보통 아가씨들하고는 정말 달랐으니까. 지금 생각해보면 그 여자 느낌이 꼭 이 노래 같어. 소문은 두어 번 들었지. 서울 가는 무궁화호 기차칸에서 얼핏 봤다는 사람도 있고 시장에서 애 업고 지나가는 것을 봤다는 사람도 있지만 자세한 것은 몰라."

떠들고 놀다보니 일이 더뎠다. 우리는 달려들어 발 작업을 끝냈다. 녹았던 손이 다시 얼었고 달은 남쪽 하늘로 더 높이 올라갔다. 일을 마쳤으니 한잔 더 안 할 수 없었다. 초벌술에 재벌술이 겹쳤고 감상이 쉬 가라앉지 않았던 나는 노래를 자처했다. 그는 벗어놓은 선글라스를 다시 꼈다.

떠오르는 대로 그 시절 운동가요를 부르면 그는 적당히 코드를 맞춰가며 반주를 했다. 꼬이기도 하고 그럭저럭 되기도 했다. 이 부분은 첼로음이 좋겠다, 이 노래는 브라스밴드풍으로 전주를 시작해야 한다, 잔소리를 하면 악사는 비틀거리면서도 일일이 맞추어주었다. 우리는 늦게까지 망가져갔다. 빅토르와 겨울 달과 실루엣으로 서 있는 동백과 소나무가 두 사내 노는 꼴을 묵묵히 바라보았다.

몇 번 더 제품을 만들었지만 새 사업은 난관에 부딪혔다. 말릴 공간이 마땅치 않아서 자주 곰팡이가 핀 탓이었다. 겨울 동안 벌어들인 돈은 고작 십만원 남짓이었다. 가외 벌이로는 갯돌을 뒤져 손가락만한 낙지 열댓 마리 잡은 게 다였다.

그는 결국 가난에 손을 들고 말았다. 외해 가두리양식장에 다이버로 취직을 한 것이다. 외해 가두리는 일이 고되고 이직률도 높았다. 마침 빈자리가 나자 그곳에 있던 친척이 사장에게 천거를 한 거였다. 건반 누르던 손이 잠시 학꽁치를 만지더니 물고기 밥 주는 쪽으로 간 셈이었다.

낚시는 젬병이었지만 섬 출신답게 잠수는 잘했다. 그는 단기간에 교육을 마치고 현장에 투입되었고 아침 일찍 나가서 오후 늦게 돌아왔다. 일이 고달파서 그런지 말수도 줄어들었다. 연주하는 일은 더더욱 없었다. 대신 항구로 나가는 날이 많아졌다. 금요일 오후가 되면 여객선 타고 나갔고 일요일 저녁이나 때에 따라서는 월요일 오전 배로 들어와 현장으로 쫓아가곤 했다. 갑자기 생긴 돈 때문으로 보였다. 항구의 친구들이 자꾸 불러냈다는 후문도 있었다.

덕분에 호젓하게 앉아 연주를 듣거나 노래 부르며 술잔을 기울일 기회는 자꾸만 뒤로 미뤄졌다. 낚시를 다녀오면 빅토르는 아예 내 마당에서 죽치고 있었다. 그러면 생선과 밥을 넣고 끓여 개와 고양이에게 한 그릇씩 퍼주어야 했다. 아무래도 밥값을 네 주인 월급날 청구해야겠다, 말하면 빅토르는 꼬리를 힘차게 흔들었다.

여름이 시작될 즈음이었다. 나는 여러 날 육지에 다녀왔다. 부두에 내리자 아는 얼굴이 다가왔다.

"이야기 들었어?"

이런 경우 비극적인 소식이기 십상이다. 그 짐작은 맞아떨어지고 말았다. 나의 악사 친구가 그만 죽어버린 것이다. 이렇게 된 일이었다.

외해 가두리는 보통의 양식장과는 달리 수심 깊은 곳에서 물고기를 키우는 사업장이다. 수온에 따라 수심을 올리기도 하고 내리기도 하는데 보통 이십오 미터를 유지한다. 병이 없고 폐사율도 낮다. 하지만 보수와 관리유지를 하기 위해 날마다 다이버들이 산소통 메고 수차례 들어가야 했다. 일은 보통 이인일조로 진행되었다. 문제는 산소. 술을 마신 다음날이나 몸 상태가 좋지 않은 누군가가 산소를 일찍 써버리면 파트너도 함께 올라올 수밖에 없다. 그렇게 되면 진행이 더뎌서 작업에 차질이 생겼다.

악사가 번번이 그랬던 모양이었다. 잔소리 들은 끝에 예비 산소마저 다 쓸 때까지 참았고 그러다가 정신을 잃었을 것으로 사람들은 추측했다. 동료가 낌새를 알아차렸을 때는 이미 움직임이 없었다. 급히 데리고 올라와 인공호흡을 했지만 되돌아오지 못하고 말았던 것이다.

죽음은 늘 느닷없다. 특히 바다에서는 더 그렇다. 더 그렇다는 사실을 이런 식의 죽음이 증명을 했다. 그는 항구로 옮겨져 삼일장 치른 다음 화장되었고 근처에 뿌려졌다. 화장 직전 마지막 모습을 보았다. 그는 딱딱하게 굳은 채 두 팔을 앞으로 모으고 눈을 감고 입도 닫고 있었다. 화려하게 연주를 하던 손가락도 그랬다. 사람은 어떤 상황이라도 표정이 만들어지는데, 그중 가장 담담한 표정이었다.

빈소에는 동료들, 친구와 친척 들이 모여 있었다. 한쪽에서는 가족과 회사 간의 보상금 문제로 시끄럽기도 했는데, 소복을 입거나 정장을 한 여인네 중에 그의 여자들은 없어 보였다. 그것은 아무래도 그래야 하는 성질의 것이었다. 과거 추억의 여자란 만나서는 안 되는 존재이기도 하니까.

돌아오자 빈집에서 빅토르만이 나를 반겼다. 내려가다보면 어디 가는가, 부를 것 같고 어떤 때는 연주 소리가 들리는 것 같기도 했다. 여러 날 그랬다. 그러나 매번 방문은 굳게 잠겨 있었고 나뭇가지 사이를 통과하는 바람 소리만이 무성했다. 멀리 가버린 게 맞기는 맞는 모양이었다. 그러자니 아직 남아 있을 연애사마저도 멀리 사라져버린 것 같았다. 개는 남겨두고 연애사만 앨범처럼 챙겨가버린 것 같았다.

얼마 있지 않아 나도 마을에 빈방을 얻어 이사를 했다. 그사이 노부부도 집을 팔고 서울로 갔고 0.5명에 해당되었던 선배도 아예 발걸음을 끊었다. 우리의 마을이 없어져버린 것이다. 나는 마지막 밥을 주는 것으로 고양이와 빅토르와도 이별을 했다.

내가 그곳에 다시 간 것은 시간이 좀 지난 다음이었다. 천막 지붕은 벗겨졌고 살림살이도 함부로 뒹굴고 있었다. 악기와 앰프는 보이지 않았다. 그러자 같이 지냈던 시간이 아주 오래전의 일 같았다. 이제는 영영 되돌아오지 않는다는 것을 믿을 수밖에 없었다. 이렇게 사람의 죽음은 그 당시보다는 시간이 지나 문득 부재가 확인될 때 더 크게 느껴지는 법이었다.

성견이 된 빅토르는 묶인 채 바다를 바라보고 있었다. 악사의 형제들이 먹을 것을 건성으로 가져다주는지 그릇 속에는 밥이 딱딱하게 굳어 있었다. 녀석은 내가 준비해간 고기를 허겁지겁 받아먹고는 조금 전의 자세로 돌아갔다. 예전의 활기가 전혀 없었다. 방정맞음도 없었다. 대신 눈이 깊었다. 개의 눈이 이렇게 깊어질 수 있다는 것에 나는 놀랐다.

빅토르가 바라보는 곳은 공교롭게도 외해 가두리양식장이 있는 곳이었다. 내 눈에는 그저 푸른 물만 넘실거리고 있을 뿐이지만 어쩌면 그가 그곳에서 이쪽을 바라보고 있을 수도 있기에 나는 모처럼 인사를 했다.

"자네 어디 가 있는가, 거기서 뭐하는가?"

발문

김민정(시인)

무슨 말이 더 필요할까, 사랑이라는데……

뽐내는 꽃을 본 적이 있나요.
그저 바람에 흔들릴 뿐이랍니다.
—「애생은 이렇게」, 72쪽

그와 밥을 한 끼 하기로 했다. 오다가다 얼굴 보긴 했어도 단둘이 밥상을 마주한 적 없으니 내 기준으로 보자면 이건 안 친한 경우란 말씀이렷다. 처음이니 약속시간보다 삼십 분을 일찍 나가 서성였고, 처음이니 특유의 반말투를 뒤로 감췄으며, 처음이니 그 좋아하는 곤드레 나물밥도 삼분의 일가량을 남겼다. 누가 봐도 이건 딱 소개팅 나온 여자의 가식적인 짓거리이다 싶은데, 등골에서 땀이 흐르는 나의 긴장과 달리 그는 내 날 때 사내인지 계집인지 아랫도리부터 확인했다는 외삼촌마냥 여유롭게 윗니 아랫니 거울도 안 보고 이를 쑤셔대고 있었다.

제가 딱 보니까 선생님은 가만있고 매번 여자들이 달려들었을 것 같아요. 맞죠?

솔직히 뭐, 그런 척한 거지, 사실 연애에 무심한 놈이 몇이나 되겠냐.

지금으로부터 십육 년 전 어느 가을, 우리 서로 빤히 쳐다보던 한순간이 있었다. 문창과 사무실이 어딥니까. 학과 복도 안으로 성큼성큼 걸어들어오던 한 사내는 군인도 아니면서 왜 저런 옷을 입을까 싶을 만큼 큼지막한 야상점퍼에 주머니가 여럿 달린 국방색 카르고 팬츠에, 권투선수도 아니면서 왜 저런 가방을 골랐나 싶을 만큼 샌드백을 빼닮은 원통형의 큰 색을 어깨 한쪽이 한껏 기울도록 멘 채였다. 저기 저 문 열린 데, 뿔테안경 쓴 남자가 서 있는 저 방이에요. 언제 빗었나 싶게 마구잡이로 뻗은 곱슬머리와 더불어 쌍꺼풀이 짙은 그의 눈매가 꽤나 인상적이어서 나는 뚜벅뚜벅 제 걸음에 속도를 내던 그의 뒷모습을 한참이나 쳐다봤던 것도 같다.

한창훈 강연회 들을 거야?

아, 저 사내가 그 작가구나.

그제야 나는 학과 복도에 이 주 넘게 붙어 있던 대자보 속 사진의 주인공이 그라는 걸 알아차렸다. 만일 그때 내가 우르르 강의실로 향하는 친구들 틈에 끼어 그가 설파하는 소설기법의 다만 얼마라도 또박또박 받아적었다면 아무래도 지금보다는 좀더 나은 글쟁이로 자라 있겠지. 그 시절 빨간색 메리제인 슈즈에 미니스커트를 입은 채 모포로 다리 가리고 학과 잔디밭에 앉아 막걸리를 반주 삼아 장구를 쳐대던 나, 낮에는 뽀얗게 분 바른 얼굴이다가 밤에는 늘 눈물에 뭉개진 얼굴이던 나, 그렇게 감정적 언밸런스로 무장한 나날 속의 내가 화장실에서 손을 씻고 나오니 강의실 밖으로 연신 웃음소리가 팝콘처럼 터지고 있었다. 모두가 행복한데 왜 나만 불행할까. "방 밖에서는 방 안의 사정을 모르는 법", 문 하나를 사이에 두고 저마다의 사정이 각기 다를 터인데, 나는 그러지 말아야지 하면서도 또다시 첫사랑 내 남자에게 답도 안 올 삐삐를 치고 있었다. 하고 많은 사랑 중에 왜 하필 내 첫사랑은 짝사랑이었던 걸까. "인간의 인연이라는 것 자체가 이따위 정도일지도 모른다"는 자포를 일찌감치 받아들였다면 되지도 않을 사랑에 입이 돌아가 침이나 흘려대는 흉한 몰골의 시절은 맞이하지 않았을 텐데 시간도 참, 그것도 벌써 십육 년 전의 일이라니. 그사이 여기저기 아픈 데 많고 내내 땀을 흘려 손수건 없이는 밥 못 먹는 쉰하나의 중년으로 그도 좀 늙은 듯싶었다. 기억이나 하시려나, 서른다섯의 그라 할라치면 키 크고 기 센 남자 중에 상남자였는데. 참고로 이는 오롯이 내 감상이 아니라 그날 밤 한층 물이 오른 술자리에서 도망친 그를 놓고 선후배 여학생들이 두고두고 아쉬움에 내뱉은 후일담이렷다.

남자들은 참 편리하겠다, 저렇게 가버릴 수 있어서. 저렇게 가면 어떤 여자라도 잡지 못한다. 그동안의 남자들도 그랬다. 그들은 그녀의 몸에서 내려온 다음 말했다. 나 군대에 가야 해. 개학 때가 되어서 학교에 가야 해. 돈 벌러 외국으로 배 타러 가야 해. 멀리서 친구가 동업을 하자고 불러서 가야 해. 희한하게도 하기 전에는 그런 말 안 했다. 그리고 표표히 떠났다. 안 떠난 단 한 명이 지금의 남편이다. 그래서 삼십 년 달라붙어 자식을 낳게 하고 밥 얻어먹고 용돈 받아 쓴다.

—「그 여자의 연애사」, 180쪽

이 가방에서 저 가방으로 바꿔 들 때마다 빼먹지 않고 옮겨담음으로 그 끝이 너덜너덜해진 도합 여덟 편의 소설뭉치로 나는 봄을 났다. 무심코 페이지를 넘기다가 "친구의 언니가 없었다면 이름도 바꿨을 것이다. 현미 민정 이런 정도로"라는 구절 속 내 이름을 발견한 것이 어쩌면 운명이겠거니 하는 유치한 계기를 필두로 삼은 것도 아니었다. 그저 좋고 마냥 좋아서 책상에서 읽고 소파에서 읽고 똥을 누면서도 읽고 욕조에 몸을 담근 채 소설뭉치를 수건에 싸서도 읽고 서서도 읽고 그것도 모자라 한두 장 읽다 잠들 게 빤하면서도 침실까지 가지고 들어와 침대 위에 배 깔고 누워 읽다 줄줄 종이 흘리기도 여러 날이었다. 깨어보면 키우고 있는 새끼고양이가 꼭 그 종이 위에 올라앉아 곤한 잠을 자서는 목을 쥐어잡고 강제로 들어올려야 했던 적도 꽤 여러 번이었다. 그렇게 따스한 온기로 마주한 페이지마다 참 쉽다 싶은 남의 사랑이 마치 내 사랑인 양 날 울리고 날 웃겼으니, 맞다, 누군들 "사랑에 빠졌고 그리고 헤어졌다는 것", 이 단순한 줄거리로부터 다른 사랑의 물줄기를 타고 내릴 수 있으랴.

술을 마신 것도 아닌데 소설을 읽는 내내 취기가 느껴졌다. 잔에 부어 기울일 소주가 없고 그 잔에 잔을 맞댈 친구가 없었어도 이 소설들이 다 쓰였을까 의구심이 들 정도로 각양각색의 연애사는 도수 높은 소주 냄새와 술에 취해 혀가 꼬부라진 인간 냄새로 물씬했다. "술 마시면서 여자 이야기를 하면 친해지는 족속"이 비단 남자들만은 아닐 터, 나는 남자와 헤어진 뒤에는 꼭 술판을 벌이고 사람들을 죄다 불러모아서는 울며불며 그간의 연애사를 낱낱이 토로하던 한 친구를 떠올렸다. "친구는 느닷없는 상황을 만들어내는 세상의 문이면서도 세상을 잊어버리고 맘대로 틀어박혀 있을 수 있는 '방'"이라고 했던가. 그 친구 어땠나. 한창 사랑일 때는 삼겹살 네 점을 한 젓가락질로 집어먹는 그 남자의 동물성이 미치게 좋아죽겠다고 했었지. 그 친구 또 어땠나. 한참 이별일 때는 그 남자가 흘린 고기 기름이 드라이클리닝을 해도 안 지워진다며 원피스를 부여잡고 개새끼 소새끼 쳐죽이겠다고 난리였지. 안면 바꾸는 일이 전통 경극 변검처럼 훈련하면야 가능키야 하다지만 이토록 간사한 사랑의 면상을 번번이 맞닥뜨리면서도 왜들, 그렇게들, 사랑들을, 하는지, 원. 우주를 한 사람으로 축소시키고 그 사람을 신으로 다시 확대하는 것이 바로 사랑이라고 말한 빅토르 위고를 너무들 신뢰해온 연유는 아니었을까.

끊임없이 누군가를 좋아하는 이유에 대해 애생이 물었을 때 그는 이렇게 대답했다.

저절로 그렇게 되는 것이어서 나도 어떻게 할 수가 없어. 아마도 여자들이 모두 거기에 오아시스를 숨기고 있기 때문이겠지 뭐.

—「애생은 이렇게」, 82쪽

너 때문이야, 나 때문이 아니라고. 한창 달아오를 땐 눈이 매워 모른다지만 매캐한 연기 속에서 타다 만 숯처럼 차가워진 사랑 앞에 서면 우리들 여지없이 서로를 탓하기에 바쁘다. 슬퍼도 어쩔 수가 없는 노릇이다. 곧 죽어도 나쁜 년, 나쁜 놈 소리는 듣고 싶지 않아서일 게다. 늘 그렇듯 사랑의 후일담을 각자의 탓으로 돌리기 바쁜 우리들이 대부분인 가운데 놀랍게도 치사하게 그런 짓 안 하고 참으로 위풍당당 내 탓이야 가슴 치는 일군의 인물들이 소설 곳곳에 포진해 있었다. 돈이 없으면 가난한 대로, 배운 게 없으면 무식한 대로, 꼴리면 자빠지는 대로 사랑 앞에 성실하고 이별 앞에 정직한 그들. 저마다 제 본능에 충실했다고나 할까. 그리하여 "모처럼 만나보는 생날것 스타일"들이었다고나 할까.

"이런 씨발, 뭐하는 짓이여."

"싫으면 당신이 나가서 돈 좀 벌어와보든가. 나도 방구석에서 드라마만 보고 살게."

"……"

"내가 벌어다주는 돈 없으면 지부터 꼼짝 못 하면서 꼴에 사내라고, 정말 어디 가서 콱 죽어버리든지 해야지."

—「그 여자의 연애사」, 183쪽

특히나 돈, 흔한 말로 그 돈이란 게 있어야 연애도 한다지만 사람이 떠나 비어버린 자리와 돈이 떠나 비어버린 통장, 둘 중 어떤 대목에 더 아쉬움이 남는가, 하는 물음 앞에서 나는 자주 망연자실해지곤 했다. 찻값 술값 밥값을 놓고 첫사랑 내 남자와 얼마나 자주 가위바위보를 했던가. 가위바위보에 젬병이던 나는 첫사랑 내 남자와의 시합에서 내내 지곤 했다. 져도 괜찮다며 애써 가식적인 웃음을 지어 보이곤 했지만 집에 가는 길에 탈탈 털린 지갑 속에 훅훅 바람을 넣어가며 내 두 손을 마주한 채 연신 가위바위보를 연습하기도 했더랬다. 이기면 어떻고 또 지면 어떤가. 사랑한다면서, 그것도 첫사랑이라면서, "오빠, 오늘 우리 반까이할까?" 소설 속 한 여자처럼 까짓것 하며 왜 귀엽게 말해버리지 못했을까.

어쩌면 '섬'이라는 공간적 배경이 그들로 하여금 일찌감치 인간마다의 제 '분수'라는 걸 가르쳤는지도 모르겠다. 집 밖이 바다요 문밖이 넘실대는 저승이니 하루하루 생에 담보를 걸어야 하는 운명의 소유자들에게, 사랑놀음에 계산기 두드릴 여력 같은 건 애초에 사치였을 수도 있으니 말이다. "염소라서 묶어놓기를 하겄어요, 시래기라서 매달아놓기를 하겄어요"라며 자조 섞인 말투로 어찌해도 다스릴 수 없는 인간의 그 됨됨이를 그대로 받아들이는 데서부터 사랑을 시작하고 사랑을 마감하는 건강한 그네들. 숱하게 아픈 사연에도 불구하고 그들을 끝내 불행하다 말할 수 없는 건 내게 전해지는 그네들의 긍정적인 에너지 때문이기도 할 것이다. 기여? 그렇담 하고. 아니여? 그렇담 말고. 이토록 쿨한 아저씨 아줌마 들을 또 어디서 찾을까나. 사랑 때문에 죽이네 살리네 해도 "그렇게들 열심히 팬티 속에 손을 집어넣는" 까닭을 나는 이제 조금 알 것도 같다.

해가 지는 풍경이 없다면 사람은 좀 덜 다치고 덜 한숨 쉴지도 모른다. 하지만 애생은 그런 것들이 좋다. 바다 위로 지는 노을, 아침의 맑은 기운, 따뜻한 봄 날씨, 동박새 우는 소리, 벼랑에 핀 나리꽃…… 따져보면 사랑하는 대부분의 것은 소유할 수 없는 것이다.

—「애생은 이렇게」, 90쪽

우리가 겪을 수 있는 어떤 사랑의 시작이 있고 또 끝이 있다면 이 한 권의 소설집은 그 안에서 파도치는 다양한 연애의 형국을 낱낱이 드러내는 데 참으로 충실한 것 같다. 색이 다른 두 개의 형광펜으로 밑줄 그어 읽기를 시도하는데, 엇비슷한 속도로 펜 끝이 닳아나갔다. 하나는 나였던 기억으로, 또하나는 너였을 짐작으로. 그러다 그 두 개의 색이 때론 겹쳐지기도 했다. 남과 여라는 입장의 차이를 따져 물으려는 게 아니었다. 내가 놓쳤던 내 남자의 진심과 나를 몰라봤던 내 남자의 무심을 비로소 이해하고픈, 철 지나 철든 내 마음의 발로 때문이라면 믿으시려나.

첫사랑 내 남자는 사랑한다는 말도 없이 왜 그렇게 틈만 나면 입을 맞추려고 했을까. 첫사랑 내 남자는 사랑한다는 말도 없이 왜 그렇게 호시탐탐 내 발을 만지려고 했을까. "발 주면 다 주는 것이다, 어떻게 해서든 그 여자 발을 주물러라." 그러고 보니 여자는 모르고 남자들 사이에서만 통용되는 은밀한 조언 같은 걸 첫사랑 내 남자도 어디선가 얻어들었을지 모를 일이다. "그것은 어쩌면, 먹는 행위의 축약판일지도 몰랐다. 어미의 젖이 그랬을 것이고 갈증 끝에 만난 이슬이 그랬을 것이고 주림 끝의 삶은 콩이 그랬을 것이다. 입을 맞추는 것은 상대를 나의 것으로 만드는 행위였다. 먹는 것의 연장이며 먹는 것의 심화였다"(「내 사랑 개시」, 115쪽). 「소나기」의 에로 버전이라 할 「내 사랑 개시」 속 소년 소녀로 분해보니 온전히 나를 가지려는 꿍꿍이를 뒤로 숨길 수밖에 없던 첫사랑 내 남자의 소심함마저 암, 이해되고말고였으니.

다양한 연애들이 굴비처럼 엮여 족보 이름을 '연애사'라 아니 붙일 수 없었으련만 소리내어 발음해보니 말끝에 '연애사?' 물음표가 절로 따라온다. 연애다운 연애 한번 해보지 않은 것도 아니고 또 과거로 치자면 "공장에서 금방 찍어낸 A4용지"같이 깨끗한 것도 아니면서 아마추어처럼 왜 그랬는지 실은 나도 잘은 모르겠다. 외로웠나? 하기야 모래알 잔뜩 묻은 개똥도 싼 놈의 자세를 한번 따라할라치면 도통 쓸쓸한 노릇이 아닐 터, 그걸 연민이라 이름 붙인다면 강가를 헤집어 오지게 제 안으로만 돌을 주워나르던 첫사랑 내 남자에게 손에 쥔 돌보다 귀해지기 위해 부단히 애쓰던 한 시절 또한 내게 있어 나는 소설을 읽는 내내 뒷북인 줄 알면서도 또다시 내 발등을 찍어대곤 하였다. 나면 가는 인생지간처럼 어차피 만났다 헤어지는 연애지간의 수레바퀴를 그럼에도 평생 굴려야만 하는 운명, 그로부터 우리 영영 벗어날 수는 없는 것일까.

공을 잘 만든다고 해서 공차기의 달인이 되는 것은 아니듯, 사랑을 소설로 배웠다고 해서 당장에 연애의 달인이 되지는 못할 것이다. 다만 이제 와 마음놓이게 된 것은, 너의 곡절이나 나의 곡절이나 그 가늠함이 아무 소용없다는 부질없음의 확인이었다. 이 얼마나 안심이 되는 말인가. 내가 찼든 네가 찼든 이제 우리 서로 이렇듯 보다 깊어지는 방도에 대해서만 그 요령을 터득하면 될 것을. "쿠르베의 아랫도리는 세상을 만들어낸 것이지만 내 보지는 무엇을 했을까", 이토록 큰 화두를 작가는 참 심드렁히도 던져주고 있지 않은가.

성욕보다는 친밀 때문에 몸이 떨렸다. 깊게 키스하고 깊게 포옹했다. 깊게 원하고 깊게 탐했다. 깊게 삽입하고 깊게 전율했다. 앞에 있었던 아흔아홉 번의 재가는 아무 흔적도 없었다.

—「판녀」, 141쪽

외롭지 않으세요?

꾸역꾸역 사내들이 사는 섬으로 돌아가는 그에게 물었을 때 아직은 괜찮다는 답이 돌아왔다. 그러나 나는 "이 사내가 외롭구나, 생각했다. 사내들이 그렇게 많이 모여든 게 외로움 때문이었다는 것도 어렴풋이" 깨달은 후였으니 말이다. 결혼이라는 제도로 묶어봤자 도통 없어질 줄 모르는 감정이 외로움이라지 않던가, 오죽하면 "세상에서 가장 어려운 일은 아마도 남편을 사랑하는 것일 게다"라고 토로하지 않던가. 이 외로움으로부터 우리는 어떻게 평생을 도망칠 것인가.

"남자들 엉뚱한 생각 못 하게 하는 것은 하나밖에 없다. 그저 일이다. 자꾸 일거리를 만들어라." 걱정 마시라. 아무리 일을 해도 누군가를 사랑하는 시간은 충분히 생긴다니.

입말과 글말이 특유의 리듬감으로 굽이치고 요동치는 그의 소설을 자주 보고 싶다. 치고 빠지는 얍삽한 펀치가 아니라, 뒈지게 얻어맞을 것을 알면서도 덤비고 또 덤비는 맷집의 문장주의자. 세상과 사람과 글과 저 자신과 이토록 호기롭게 맞짱을 뜨는 작가가 어디 그리 흔할까. 다만 쓸쓸함만 피하시라. "어린 왕자는 해가 지는 것을 마흔세 번이나 연속 봤다지" 아마. 쓸쓸함. 그 비질 소리 때문에 또 결혼하고 싶어질지 모를 일이니.

작가의 말

사랑은 굶주린 개 앞에 던져진 상한 고깃덩어리와 같다. 개는 앞뒤 가리지 않고 덥석 문다. 허기가 가시고 포만감이 드는가 싶지만 식은땀과 뒤틀림과 발작이 곧바로 찾아온다. 끙끙 오랫동안 앓아야 한다. 그 시기가 지나면 또 한번의 고깃덩어리가 던져진다. 저것을 삼키면 식은땀과 뒤틀림, 발작이 틀림없이 찾아온다는 것을 알고 있다. 뻔히 알면서도 또 덥석 문다.

우리는 왜 매번 그럴 수밖에 없는가.

사랑을 뜻하는 스페인 말이 'amor'이다. 'mor'는 죽음, 'a'는 저항하다, 이다. 사랑은 죽음에 저항하는 행위인 것이다. 이 단어를 알고 나서야 독한 불면과 눈물을 감수하면서까지 사람들이 거듭 사랑에 빠지는 이유를 이해하게 되었다.

이 책은 그런 우리들의 연애사이다.

2013년 봄. 소나무가 휘어져 있는 연희문학창작촌에서

한창훈

| 수록작품 발표지면 |

뭐라 말 못 할 사랑 …… 실천문학 2008년 여름호

발 …… 현대문학 2010년 9월

애생은 이렇게 …… 현대문학 2011년 12월

내 사랑 개시 …… 현대문학 2008년 12월

판녀 …… 문학사상 2008년 6월 (원제 '빛과 물의 날')

무적이 운다, 가라 …… 문학사상 2011년 7월 (원제 '친구')

그 여자의 연애사 …… 실천문학 2012년 겨울호

그 악사(樂士)의 연애사 …… 창작과비평 2012년 봄호

문학동네 소설집
그 남자의 연애사

1판 1쇄 2013년 6월 13일
1판 2쇄 2013년 7월 15일

지은이 한창훈
펴낸이 강병선
책임편집 백다흠 | 편집 정은진 염현숙 | 디자인 김이정 유현아
마케팅 신정민 서유경 정소영 강병주 | 온라인마케팅 김희숙 김상만 이원주 한수진
제작 서동관 김애진 김동욱 임현식 | 제작처 미광(인쇄) 한영문화사(제본)

펴낸곳 (주)문학동네
출판등록 1993년 10월 22일 제406-2003-000045호
주소 413-120 경기도 파주시 회동길 210
전자우편 editor@munhak.com | 대표전화 031) 955-8888 | 팩스 031) 955-8855
문의전화 031) 955-8890(마케팅) 031) 955-8864(편집)
문학동네카페 http://cafe.naver.com/mhdn

ISBN 978-89-546-2172-4 03810

* 이 도서의 국립중앙도서관 출판시도서목록(CIP)은
e-CIP 홈페이지(http://www.nl.go.kr/cip.php)에서 이용하실 수 있습니다.
(CIP 제어번호 : CIP2013008069)

www.munhak.com